metro

James McClure

Snake

metro wurde begründet
von Thomas Wörtche

Zu diesem Buch

Eves sinnlichste Darbietung ist der Tanz mit ihrem Partner Clint, einem Python. Eines Morgens wird sie tot im Nachtclub aufgefunden – stranguliert von Clint. Der Kopf der Schlange ist eingeschlagen. Hat etwa jemand noch versucht, Eve vor der Erwürgung durch die Python zu retten? Als hätten Lieutenant Tromp Kramer und Sergeant Michael Zondi damit noch nicht genug zu tun, häufen sich derweil Raubüberfälle auf kleine Läden in und rund um Peacevale. Die Räuber bedienen sich kaum an der Kasse, aber immer am Leben der Besitzer: Sie werden regelrecht hingerichtet. Sind da Gangster am Werk, die sich auf etwas Größeres vorbereiten? Die Ermittlungen laufen auf Hochtouren, und Kramer begibt sich in höchste Gefahr. Gut, dass da noch Zondi ist, der seinem weißen Kollegen das Leben rettet …

»McClure hat mit seinem Duo Kramer und Zondi zwei Ermittler geschaffen, die weit von allen Stereotypen des Genres entfernt sind.« *P. D. James*

Der Autor

James McClure, geboren 1936 in Johannesburg, arbeitete als Fotograf und Lehrer, bevor er sich dem Schreiben widmete. Weil er offen über Polizeigewalt gegen schwarze Südafrikaner berichtete, wurde er von den Behörden überwacht und drangsaliert. 1965 emigrierte er mit seiner Familie nach England, wo er als Journalist tätig war. Bekannt wurde er mit seiner achtteiligen Krimiserie um das Ermittlerduo Kramer und Zondi. Für *Steam Pig* wurde er 1971 mit dem CWA Gold Dagger ausgezeichnet. Er starb 2006 in Oxford.

Im Taschenbuch sind bereits erschienen: *Song Dog; Steam Pig; Caterpillar Cop; Gooseberry Fool* und *Sunday Hangman.*

Als E-Book sind zudem bereits lieferbar: *Blood of an Englishman* und *Artful Egg.*

James McClure

Snake

Kriminalroman

Aus dem Englischen von Erika Ifang

Unionsverlag

Die Originalausgabe erschien 1975
im Verlag Victor Gollancz Ltd, London.
Die deutsche Erstausgabe erschien 1977
unter dem Titel *Die Viper* im Scherz Verlag, Bern.
Für die vorliegende Ausgabe wurde die deutsche Übersetzung
nach dem Original durchgesehen.

Im Internet
Aktuelle Informationen, Dokumente und Materialien
zu James McClure und diesem Buch
www.unionsverlag.com

Unionsverlag Taschenbuch 781

Originaltitel: Snake (1975)

Neptunstrasse 20, CH-8032 Zürich
Telefon +41 44 283 20 00
mail@unionsverlag.ch

Die erste Ausgabe dieses Werks im Unionsverlag
erschien am 26. September 2016
Reihengestaltung: Heinz Unternährer
Umschlagbild: pabkov/Shotshop.com
Umschlaggestaltung: Heike Ossenkop
Druck und Bindung: CPI – Clausen & Bosse, Leck
ISBN 978-3-293-20781-3

Der Unionsverlag wird vom Bundesamt für Kultur mit einem
Verlagsförderungs-Strukturbeitrag für die Jahre 2016–2020 unterstützt.

Auch als E-Book erhältlich

1

Eve forderte zweimal jeden Abend den Tod heraus, außer an Sonntagen.

Der Sonntag war gerade angebrochen, als an der Tür des Umkleideraums ein leises Klopfen ertönte.

»Hau ab«, zischte sie ungehalten.

Von montags bis freitags machte sie jeweils eine Show um elf und eine um eins: die erste, um den Leuten, die aus dem Kino kamen, noch etwas zu bieten, und die zweite als Betthupferl, sodass sie angenehm erregt und begierig auf mehr zu Bett gingen. Samstags mussten beide Shows vorüber sein, ehe die gesetzlichen Regelungen in Bezug auf Alkoholkonsum und Unterhaltung in der Öffentlichkeit in Kraft traten, die für den südafrikanischen Sabbat galten. Das ergab alles in allem zwölf Stunden, aber es war ein ermüdender, anstrengender Job.

So verwandelte sie sich, wenn ihre Arbeitswoche Samstag Punkt Mitternacht zu Ende gegangen war, mit Freude in einen Kürbis. Ihre straffe goldbraune Haut und das runde Gesicht waren genau richtig für einen untätigen, denkfaulen, dahinvegetierenden Kürbis, der – sobald sie die Brücke oben herausgenommen hatte – beim Lächeln die Zahnlücken im Spiegel zeigte wie eine Kürbislaterne zu Halloween. Niemand bezahlte sie dafür, auch privat hübsch auszusehen.

Es klopfte wieder.

Ihr Lächeln verschwand. Sie setzte die Brücke wieder ein und drehte sich auf dem Hocker herum.

»Hau ab, du *voetsak!*«, rief sie mit kalter Unmissverständlichkeit. »Ein Mädchen braucht seine Ruhe!«

Füße scharrten näher zur Tür.

»Eve?«

»Bist dus, Baby?«

»Kann ich dich eine Minute sprechen, ja?«

Den Spruch hatte sie schon mal gehört, aber sie nahm trotzdem ihren Morgenrock und legte ihn sich um die Schultern.

»Jetzt kannst du mit mir reden«, sagte sie und öffnete die Tür einen Spalt.

Er war tatsächlich noch ein Baby, ein großes, dickes Baby, das bemuttert werden wollte – und wie ein Baby wahrscheinlich einen großen Spektakel veranstalten würde, wenn es seinen Willen nicht bekam.

»Ich wollte – findest du es sehr frech?«

»Na los, ich höre.«

Sie versuchte, sich vorzustellen, was er diesmal wollte.

»Na ja«, sagte er schüchtern und zog die Hand mit einer Flasche Champagner, die er am Hals gepackt hatte, hinter dem Rücken hervor.

»Oho.«

Er hielt ihr die Flasche hin.

»Es geht auch so«, sagte er, »ich brauche nicht hereinzukommen.«

Wie es aussah, sollte sie die Flasche tatsächlich einfach nehmen. Aber da sie sich den Morgenrock über dem Busen zusammenhielt, hatte sie keine Hand mehr frei. Außerdem wäre das gemein gewesen.

»Für mich?«

»Bitte.«

»Wo hast du denn die Idee her? Aus einem alten Film?«

»Ist mir einfach so eingefallen.«

»Und?«

»Die Woche war wundervoll.«

»Du bist also ganz spontan darauf gekommen, was?«

Er lächelte breit, ein wenig geschmeichelt.

»So bin ich eben, Eve. Ich wollte dir nur – na ja – danken und so. Okay?«

Ihre Sinne hatten schon so oft Alarm geschlagen, dass sie jetzt kaum noch fair sein konnte – weder ihm noch sich selbst gegenüber.

»Bist du allein?«

»Verzeihung?«

»Die Flasche ist so groß.«

»Wir müssen sie ja nicht –«

»Gut«, sagte sie, »du wartest eine Minute, und dann sehen wir weiter.«

Sie warf einen Blick auf seine Lackschuhe, die nicht versuchten, die Tür offen zu halten. Also schloss sie diese sanft und schaute in den großen Spiegel an der gegenüberliegenden Wand. Ihr Spiegelbild war nicht besonders unterhaltsam, hinzu kam, dass es ihr letzter Abend in Trekkersburg war und sie sich, wenn sie ehrlich war, ein wenig deprimiert und einsam fühlte. Vor allem aber rührte sie seine spontane Geste. Niemand hatte ihr je zuvor Champagner gebracht, und fast sagte ihr Gefühl ihr, dass es auch nie wieder jemand tun würde.

»Also gut?«, wiederholte sie lautlos.

Ihr Spiegelbild zog eine Augenbraue hoch, die mit ihrem Auf-und-nieder-Zucken ihr Urteil infrage stellte, das auf Erfahrung beruhte – dass nämlich große Babys immer leicht hinauszuwerfen waren, wenn sie genug von ihnen hatte. Dann fiel es langsam wieder in seine nachgezeichnete Symmetrie zurück. Sie zuckte die Achseln. Es zuckte die Achseln.

»Schon gut«, sagte sie und verknotete den Gürtel ihres Morgenrocks ordentlich.

Dann hob sie einen großen Weidenkorb auf den Diwan und löste die Lederriemen. Heraus nahm sie eine Pythonschlange von etwa fünf Fuß Länge, die in der Mitte gut fünf Zentimeter dick und wunderschön mit hellbraunen, runden, blattähnlichen Formen gemustert war, und legte sie sich um die Schultern. Das Gewicht entsprach dem zweier zusätzlicher schützender Arme.

Wie er die Augen aufriss! Das war normalerweise das Letzte, was sie von denen sah, die es nicht ehrlich meinten.

»Es macht dir doch nichts aus?«, sagte sie. »Clint wird so unruhig nach einer Show, wenn ich ihn gleich wieder in seinen Korb lege. Er tut dir nichts.«

Seine Augen blitzten. Sie dachte zuerst, es machte ihm Spaß, dann war sie sich nicht mehr sicher, aber er war bereits höflich an ihr vorbeigetreten und hatte sich dorthin gestellt, wo ihre Straßenkleider an einem Haken hingen.

Sie schloss die Tür fest hinter ihm, um andere Besucher auf jeden Fall fernzuhalten, und wies auf den Hocker.

»Willst du nicht Platz nehmen?«

»Nein, es geht schon, danke – vielen Dank.«

»Na ja, ich bin für heute lange genug auf den Beinen gewesen«, sagte sie und setzte sich. »Bezaubernd hier, nicht wahr?«

Das sollte ein kleiner Seitenhieb über die Art und Weise sein, in der sie zu leben gezwungen war. Die Garderobe hatte drei Wände, durch deren dünne weiße

Tünche das Mauerwerk hindurchschimmerte, eine vierte Wand, die aus einer verbogenen Spanplatte bestand, einen unebenen Zementfußboden und eine Decke, die fleckig war und durchhing wie alte Unterwäsche. Was die Einrichtung betraf, so gab es den Spiegel mit blinden Stellen, der gegenüber der Tür schief an der Wand hing, eine Reihe von Kleiderbügeln an Haken als Schrank, einen Toilettentisch vom Trödler, eine Strohmatte, ein Sofa und ein Waschbecken, aus dem es übel roch – und natürlich den Schemel, auf dem sie hockte und von dem sich Holzsplitter lösten, wenn man nicht achtgab. Nicht ein einziges Fenster.

»Du bist ein bisschen unordentlich, Eve.«

Das stimmte, aber trotzdem war es eine unnötige Bemerkung.

»Ich wette, da, wo du wohnst, lohnt es sich, Ordnung zu halten!«, sagte sie.

»Also bitte! Du erwartest doch nicht wirklich, wie ein Filmstar zu leben, oder? Womit ich nicht gesagt haben will, dass du es nicht wert wärst!«

»Kommt jetzt der Zucker?«

»Wieso?«, fragte er in seiner überraschend unschuldigen Art.

»Ach, vergiss es. Dort neben dem Waschbecken sind ein Glas und ein Henkelbecher.«

»Ich hätte Gläser mitbringen sollen!«

»Du musst sie bloß abwaschen. Ich nehme immer Papiertücher zum Abtrocknen. Hier – fang!«

Er griff daneben, sodass die Schachtel herunterfiel. Dann reinigte er mit lautem Geschepper Glas und Becher im Waschbecken. Sie sah ihm mit einer gewissen Schadenfreude bei dieser Arbeit zu. Gut so, er hatte schließlich ein angenehmes Leben.

Der Korken flog mit einem scharfen Knall aus der Flasche.

Schlangen können keine Schallwellen aus der Luft auffangen, aber da sie jäh zusammenfuhr, rollte sich Clint enger zusammen, sodass sie ihn vorsichtig ein wenig auseinanderziehen musste, damit er erträglich war. Sobald sie sicher sein konnte, dass alles wieder war wie sonst, konnte Clint in seinen Korb zurück.

Sie bekam das damenhaftere Glas, das fast überschwappte, so voll war es.

»Auf dein Wohl, Eve!«

»Danke. Und auf deins!«

Sie tranken.

»Ist das dein richtiger Name? Eve?«

»Fällt dir ein besserer ein?«

Seine Lippen kräuselten sich, und er schüttelte den Kopf.

»Sagen wir mal so«, fuhr sie fort und merkte, dass sie ihr Glas fast auf einen Zug leer getrunken hatte. »Es ist nicht der, der einst auf meinem Grabstein stehen wird.«

Warum sie ein Schauer überlief, als sie das sagte, blieb ihr schleierhaft. Sie war jung, topfit und gesund und tat eigentlich nie etwas wirklich Gefährliches.

»Gänsehaut?«, fragte er grinsend.

»Bitte?«

»Zu spät! Nicht schlecht, das Zeug – wusste gar nicht, dass man hier so anständigen Schampus kriegen kann. Du und ich hätten viel früher damit anfangen sollen.«

Er ging allmählich aus sich heraus. Fühlte sich vielleicht hier mehr zu Hause als bei sich, nach allem, was sie davon gehört hatte. Die Frau klang wie ein alter Besen. Der arme Kerl.

»Die Tünche färbt ab auf dein Jackett.«

»Oh, keine Sorge, ich hab noch mehr davon – das ist nicht mein einziges.«

Es war ihr schon aufgefallen; praktisch jeden Abend ein anderer Anzug – als ob Kunden, die nicht so regelmäßig kamen, das je bemerken würden.

»Aber reden wir doch zur Abwechslung mal von dir«, sagte er. »Warum machst du nicht mehr aus dir? Spielst mal nackt in Lesotho und zeigst, was du kannst?«

»Vor Eingeborenen? So weit kommt es noch! Und überhaupt, was soll dieser ganze Nackt-Blödsinn? Ich dachte, du wärst der Mann, der meine psychologische Art zu würdigen weiß –«

»Bitte, bitte. Ich wollte ja nur, dass du dich verbesserst und die – äh – Verträge bekommst, die du wirklich verdienst. Du bist eine echte Künstlerin, und es wird höchste Zeit, dass du dir dessen bewusst wirst! Was ist denn schon Trekkersburg? Was du hier erreichen kannst, hast du erreicht. Und das gilt, wie ich zugeben muss, letztlich auch für Maseru. Aber hast du je an London gedacht? An Hamburg? Oder Las Vegas?«

»Ist schon alles klar – und du wärst mein Manager, was?«

»Warum ärgert dich das so?«

»Ach, weil mir alle fünf Minuten irgendein Kerl mit diesem Geseire kommt. Es macht mich krank, ich bins wirklich leid!«

»Hat es sich so angehört?«

»Allerdings!«

»Dann tut es mir leid, wirklich, etwas Falsches gesagt zu haben, obwohl ich dir versichere, dass ich es bestimmt so gemeint habe. Also los, nimm noch ein Schlückchen.«

Typisch. Mach, was du willst, sag, dass es dir leidtut, und alles ist wieder eitel Sonnenschein. Alle Männer waren im Grunde Babys, wenn mans recht bedachte. Bissen einen in den Finger, um dann Süßholz zu raspeln. Es stimmte sie traurig, dass jetzt alles einen Stich bekam, obwohl es sie nicht überraschte. So war das Leben eben.

Aber zumindest hatte der Champagner nichts von seiner Lieblichkeit verloren. Er musste ein Heidengeld gekostet haben. Süß und prickelnd und im Nu im Bauch, der wegen der schwierigeren Darbietungen immer leer blieb. Und von da aus verteilte er sich und wirkte wohltuender auf ihre schmerzenden Glieder als ein heißes Bad, das ihre Pension anscheinend ohnehin nicht besaß, und benebelte ihr den Kopf so angenehm, dass ihr das grelle Licht nicht länger in den Augen wehtat.

Sie ließ sich ihr Glas noch einmal von ihm füllen.

»Da – pass auf, dass nichts danebengeht! Bloß keinen Tropfen verschwenden. Weißt du, was ich beschlossen habe? Ich werde einfach einen Tag blaumachen.«

Jetzt war also Plan B dran.

»So?«

»Nimmst du dir jemals einen Tag frei?«

»Manchmal. Wenn Clint eine dicke Mahlzeit verschlungen hat.«

Seine Augen hefteten sich auf die Pythonschlange.

»Clint mag es nicht, wenn er angestarrt wird«, sagte sie und setzte dann den Satz aus ihrer Familienshow hinzu: »Er glaubt dann, du willst ihn hypnotisieren.«

Er lachte laut. »Wie fühlt er sich an, Eve?«

»Glatt und schön – nicht glitschig.«

»Und wie viel Kraft hat er tatsächlich?«

»Ein Python von seiner Größe kann eine Antilope töten, selbst einen viel größeren Bock. Berühr ihn mal.«

Seine freie Hand fuhr in die Hosentasche, und die

andere erhob er, um zu zeigen, dass er damit den Becher hielt. Baby wollte nicht.

»Was ist los – fehlt dir deine Mami?«

»Das ist gar nicht deine Art, Eve«, sagte er tief verletzt.

Dann streckte er die Finger mit den abgebissenen Nägeln aus, berührte vorsichtig die Schuppen und zog die Finger gleich zurück. Clint versuchte, von Eves Schultern wegzukommen. Sie legte ihn wieder um sich.

»Gar nicht so kalt«, sagte das Baby. »Super.«

»Zimmertemperatur.«

»Aha. Und womit fütterst du ihn?«

»Mit Meerschweinchen.«

»Toten oder lebendigen?«

»Ich werfe sie einfach in seinen Korb. Manchmal passiert stundenlang überhaupt nichts, und dann hört mans quieken. Das mach ich aber nicht allzu oft, sonst wird er noch fauler. Nicht wahr, du altes Mistvieh?«

Bei diesen Worten hielt sie den Kopf des Pythons mit trügerischem Nachdruck fest, während sie liebkosend ihre Nase an der seinen rieb.

»Darf ich zusehen, wie er eins frisst?«

»Keine Fütterungszeit.«

»Bitte!«

Das war auch so eine Zauberformel von ihm, wie »tut mir leid«.

»Ich bezahle es auch. Clint soll eine Extraration haben.«

Ich bezahle es.

»Wenn du es eines Tages schaffst, dich von diesem Club loszureißen, kannst du uns mal in Durban besuchen. Dort habe ich eine Kobra, die frisst, wann sie will.«

»Lass das endlich, Eve! Du weißt doch, dass du die Hauptattraktion bist!«

»Ach ja? Ich fasziniere dich, stimmts?«

»Irgendwie schon, ja – ja, das tust du.«

»Und warum?«

Er zuckte die Achseln und sah nachdenklicher aus, als sie erwartet hatte.

»Weil ich mit Schlangen spiele?«

»Das könnte den Ausschlag gegeben haben – ich dachte, es wäre sicher interessant, mit dir zu reden –, aber ich hatte auch so ein komisches Gefühl …«

Er brach mitten im Satz ab, ganz ungekünstelt, wie es schien, und sein Blick löste sich von ihr, während er die Stirn runzelte und an seinem Daumennagel kaute. Für ihn gab es ohne Zweifel auch einen Job im Showgeschäft.

»Mein Gott, du bist doch jetzt nicht etwa eingeschnappt, oder?«, sagte sie.

»Ich?«

Und er lachte leise, füllte ihr Glas wieder neu und reichte es ihr mit gespieltem Schwung. Sein professioneller Charme wurde so plötzlich an- und ausgeknipst, dass man es förmlich klicken hören konnte.

»Wofür wolltest du mir eigentlich danken? Ich werde doch dafür bezahlt, nicht wahr?«

»Für dich. Deine Show. Alles.«

»Törnt dich an, was?«

»Jemanden, den ich kenne.«

»He! Das ist mal was Neues! Jetzt erzähl mir bloß nicht, du hättest eine Freundin irgendwo versteckt!«

»Nein, nein, sie ist nicht hier. Sie – sie ist verreist.«

»Klar, sehe ich auch, dass sie nicht draußen vor der Tür steht, Mann. Ich habe mich bloß gewundert, denn nach allem, was du mir erzählt hast, ist es kaum wahrscheinlich, dass deine alte Fregatte daran Gefallen fände.«

»Ich nehme sie nie mit nach Hause«, sagte er ernst.

»Teufel auch! So weit ist es also gekommen?«

Er lachte länger als sie.

Es war krank, dass er zusehen wollte, wie Clint ein Meerschweinchen verschlang. Es dauerte jetzt ein Weilchen, bis sie schaltete – auch ganz nett. Sie hatte nie dabei zugeschaut, obgleich es zum Leben gehörte wie anderes auch. Clint musste etwas fressen, aber dabei brauchte man ihm nicht unbedingt zuzusehen. Die meisten Leute dachten wahrscheinlich wie sie, er war also gar nicht so normal. Er war verrückt.

»Bist du verrückt?«, fragte sie und schlürfte noch ein Schlückchen.

»Was für eine Frage!«

»Ich musste eben daran denken, dass du Clint anglotzen willst, wenn er mampft.«

»Finde ich lediglich interessant. Was ist daran verrückt?«

Nichts, wenn man bedachte, wie begeistert kleine Kinder darüber wären. Wenn sie es in einem Wildreservat mitbekämen, würden sie es toll finden und kein Mitleid oder andere Regungen zeigen. Wenn die Schlange auf sie losginge, sähe die Sache schon anders aus, aber ihre Angst wäre – wie seine – rein äußerlich. Das konnte sie Abend für Abend ringsumher bei den Erwachsenen beobachten.

»Wovon träumst du gerade?«, fragte er und versuchte, freundlich zu sprechen, konnte jedoch seine Nervosität nicht ganz verbergen.

»Ich habe nachgedacht.«

»Und, wars spannend?«

Als könnte er ihre Gedanken lesen, streckte er wieder die Hand aus, um den Python zu berühren.

»Nicht zu dicht an seinem Kopf«, warnte sie.

»Pythonschlangen beißen nicht.«

»Wer hat dir das denn gesagt?«

»Sie sind doch nicht giftig.«

»Blutvergiftung. Du kannst eine Blutvergiftung bekommen von seinen Zähnen – sie sind nicht sauber.«

Er zuckte zusammen. »Kann er nicht wieder in den Korb?«

»Gleich.«

Die Freundin war also weg. O ja, das erklärte einiges. Wie zum Beispiel die Flasche Champagner, die so groß war, dass zwei Leute davon sternhagelvoll werden konnten. Eine Flasche, die wahrscheinlich etlichen Augen im Club nicht entgangen war, und vermutlich waren auch Witze darüber gemacht worden. Vielleicht waren sogar ein paar derbe Wetten abgeschlossen worden. Sie sah immer klarer.

»Du bist vorher noch nie in meiner Garderobe gewesen«, sagte sie.

»Ich weiß. Und?«

»Am Tisch war es nicht so intim.«

»Wo-Worauf willst du hinaus?«

Schnell wie der Blitz war er. Sieh dir nur das unschuldige Lächeln an.

»Hast du deinen Freunden erzählt, dass du hierherkommst?«

»Was?«

»Freunden, Kumpeln, guten Kameraden.«

Er zog die Stirn in Falten, als hätte er sie nicht richtig verstanden.

»Habe ich recht?«

»Ich habe eigentlich keine«, sagte er. »Auf jeden Fall niemanden, dem ich das erzählen könnte.«

Dem ich das erzählen könnte.

Sie zögerte. Der Augenblick war da, ihn hinauszuwerfen. Doch sie konnte trotzdem noch dabei verlieren: Er konnte hingehen und bei seinen Kumpanen irgendeine dreckige Story über sie verbreiten, und dann wären sie alle draußen, würden an die Tür bummern und Flaschen schwingen. Oder auf der Straße auf sie warten oder ihr zur Pension folgen. Das Schlimme war, dass sie ihm schon viel zu lange gestattet hatte zu bleiben, und deshalb war es mit dem Rausschmiss nicht getan. Wenn sie ihn nur irgendwie davon abhalten könnte, ihr etwas Übles nachzureden, dafür sorgen konnte, dass er mit eingekniffenem Schwanz nach Hause rannte. Wenn sie doch nur …

Es gab einen Ausweg! Und wenn sie mit ihm fertig war, würde er nicht einmal daran zurückdenken wollen, geschweige denn darüber reden. Sie kannte die Männer.

»Halbe-halbe«, sagte sie.

»Aber du wirst doch davon nicht … Du weißt schon …!«

»Kriege so komische Gefühle dabei.«

Er neigte den Kopf schräg, und sein Lächeln wurde breiter. Dann konzentrierte er sich darauf, ihr Glas wieder besonders vollzuschenken.

Sie änderte Clints Lage ein wenig, wobei sich ihr Morgenrock vorn etwas aufschob. Sie ließ es zu und war sich bewusst, dass ihr Busen allmählich hervordrängte. Bald würden die Glitzerspitzen zum Vorschein kommen.

»Was für komische Gefühle?«, fragte er. »Vielleicht solche wie meine?«

»Wie soll ich das wissen?«

»Ich kann meine nicht in Worte fassen«, sagte er.

»Ich meine auch nicht«, sagte sie und nahm langsam die Knie auseinander.

Er trank mit einem Schluck seinen Henkelbecher leer. Schweiß rann ihm in die Augenbrauen. Es musste ein Gefühl für ihn sein, als ginge ein nasser Traum in Erfüllung.

Ihre Brüste waren jetzt heraus. Rund und voll, aber nicht so schwer, dass sie bei Hitze wund darunter wurden, wie bei manchen Frauen. Tief goldbraun, wie alles an ihr. Jedes bisschen.

»Stört dich etwas?«

»Nein!« Er schaute weg.

Wieder wusste sie, was zu tun war. Sie zog Clints Haupt herum und lenkte es so, dass er von ihren Schultern glitt in den Spalt zwischen ihren Brüsten. Der Kleber kitzelte, und die Glitzerspitzen fühlten sich an, als fielen sie gleich ab.

»Himmel«, sagte er und starrte.

Sie nahm Clint und lenkte ihn so, dass er sich wieder um ihren Hals legte, sanft an ihre Haut züngelnd, und die zwei kleinen Fußstummel kratzten, als er sich wand und die Schuppen am Bauch spreizte. Sie bewegte sich ebenso feinfühlig wie die Schlange, bis diese einen bequemen Platz gefunden hatte, wo sie sie halten konnte.

»Ich habe dir ja gesagt, wie das mit dem Anstarren ist«, murmelte sie.

»Man kriegt … ich meine, man bekommt wirklich …«

»Bist du nicht deshalb heute Abend hergekommen?«

»Nein, bin ich nicht …«

»Wegen der Show? Hat dich das nicht auch angetörnt? Oder nur wir Mädchen?«

Clint war wieder auf dem Weg zwischen ihren Brüsten nach unten und schob sein glattes Kinn über ihren harten kleinen Bauch. Sie tat so, als ließe sie es ihm durchgehen, doch dann presste sie sein Haupt fest zwischen ihre Schenkel und stoppte sein Gleiten, nur eine Sekunde lang.

Er wurde blass.

»Magst du die Zugabe, Baby?«, fragte sie, während sie die Beine spreizte und Clint auf den Fußboden entließ. Der Python verschwand natürlich sofort unter dem Toilettentisch.

»Bitte?«, sagte er und kehrte jäh in die Wirklichkeit zurück.

»Macht er dich eifersüchtig?«, fragte sie und räkelte sich zurück, wobei sie einen Ellbogen in verschütteten Puder legte. »Das sagen ihm die meisten nach. Dass Clint sie eifersüchtig macht. Richtig grün werden sie.«

Er ging einen Schritt auf sie zu und sagte dann: »Bleibt er da unten?«

»Meine Gefühle werden immer komischer.«

»Aber wird die Schlange da …?«

»Er kommt, wenn ich pfeife.«

»Und tust dus?«

»Was?«, fragte sie und lächelte absichtlich dreckig.

Der Morgenrock glitt ihr von den Schultern. Da stand sie, die Füße weit auseinander, die Hände auf den Hüften, und begann, eine ihrer Eröffnungsnummern zu summen, indem sie ihm erst eine, dann die andere hochgezogene Schulter zeigte. Seine Augen wanderten pfeilschnell von ihr zum Fußboden und wieder zurück.

»Na komm«, lud sie ihn ein.

Er sah, wie sie die Lippen spitzte, um zu pfeifen.

»Los doch, es ist nicht kalt«, sagte sie. Und pfiff ganz leise.

Er wich zurück. »Himmel, Eve.«

Sie fing an, mit den Hüften zu wackeln und ihren Busen zu schütteln, aber ganz langsam und im Takt zu dem leisen, weichen Pfeifen.

Dann verzog sich ihr Mund zu einem breiten, verheißungsvollen Lächeln.

Er griff mit der Hand nach ihr, aber sie bog sich zum Spaß zurück. Um sie berühren zu können, musste er noch einen Schritt auf sie zugehen. Er schaute unter den Toilettentisch, als messe er die Entfernung mit den Augen.

»Was gibts denn, Baby? Hast du keinen?«

Und sie ahmte das Aufbäumen ihres anderen Schätzchens nach, indem sie ihre Hand zur Schlangenhaube formte und darüber lachte, weil sie es so komisch fand. Was sie befremdete.

»Um Himmels willen!«

Er zeigte an ihr vorbei. Clint musste sein Haupt herausgestreckt haben.

»Oho, das macht dich also an! Ich habe einen wie ein Nüsschen!«

Die alten Gags waren immer noch brauchbar. Und sie drehte sich um und stand jetzt, die Füße zusammen, und lächelte ihn über die Schulter an. Während sie gleichzeitig erst den einen, dann den anderen Schenkelmuskel anspannte, weil sie wusste, wie ihr Hinterteil dabei wippte und wackelte.

Wippte und wackelte.

Er konnte nicht anders. Er kam auf sie zu. Sie hob die Arme ein wenig an, sodass er sie mit seinen Händen umfassen, umschließen, sie drücken und packen konnte.

Während seine schweißfeuchten Handflächen an ihr herunterstrichen, beugte sie sich vor und zerrte Clint am Schwanz hervor, sodass seine Unterseite über den Fußboden ratschte. Das tat ihm weh, und er zischte.

Hinter ihr fiel Killekille fast über sich selbst.

»Eve, um Gottes willen, steck ihn in den Korb!«

Sie zupfte an der Schleife ihres Bikini-Oberteils, entfernte die Klebespitzen unter Schmerzen und stellte sich erneut vor ihn, die Pythonschlange wieder um den Hals wie ein Metermaß.

»Komm – hol ihn dir!«, sagte sie.

»Das ist nicht mehr –«

»Ach, lass Clint-Schätzchen doch nicht warten, Baby – er will in sein eigenes Bett hüpfen!«

»Und –«

Sie nickte zum Diwan hinüber.

»Alles hübsch ordentlich falten!«

Sein Dilemma war perfekt.

Zwar griffen seine Hände nach der Frackschleife, aber Clints Haupt folgte seinen Bewegungen, und so sanken sie wieder herab, zitternd. Sie schaffte es, mit einer Hand den Deckel des Korbes zurückzuschlagen. Er begann, sich die Kleider vom Leib zu reißen, und ein Hemdenknopf flog mit einem Ping! gegen das Waschbecken, ohne dass er es bemerkte, denn er wandte seinen Blick nicht von ihr. Nicht eine einzige Sekunde.

»Fertig!«

»Sieh nur, Clint«, kicherte sie.

Er spähte an sich herunter, über den leichten Schmerbauch hinweg, und sah, dass sich nichts tat.

»O Himmel …«

»Du musst es ihm wohl zeigen, Clint, nicht wahr? Sonst wird Eve heute Abend sehr enttäuscht sein.«

Der Python verfiel in seine Routine, als wüsste er Bescheid, dabei erhielt er seine Anweisungen durch die leichten Berührungen mit ihren bebenden, spielenden Fingern. Clint war im Grunde ein ausgesprochen dummes Tier, aber das machte ihn nur noch liebenswerter.

»Es muss an der Schlange liegen«, sagte er. »Das ist mir noch nie –«

»Du bist doch nicht etwa impotent, mein Süßer? Und machst ein Mädchen an für nichts und wieder nichts?«

»Vielleicht kommt es daher, dass ich dich noch nie so –«

»Erinnere ich dich an deine Mutter?« Sie lachte.

Da war wieder das Blitzen in seinen Augen.

»Was du mir antust, ist überhaupt nicht komisch, verflucht noch mal«, sagte er flehentlich.

Dieses zusätzliche kleine Problem hatte sie nicht eingeplant – es traf sie wohl ebenso überraschend –, aber daraus ließ sich durchaus etwas machen. Sie holte Clint vorn wieder hoch, wozu sie eine Ewigkeit brauchte, und beobachtete die Wirkung.

Sie musste ein wenig übertrieben haben, denn das Problem war plötzlich nicht mehr da.

»Du bist also wirklich jetzt startklar, mein Süßer?«

»Eve«, bettelte er flüsternd.

»Feiern wir doch eine Orgie, ja? Wir drei?«

Sie hatte ebenfalls die Stimme gesenkt und sprach sehr leise.

»Bitte! Ich bezahle jede Summe. Nur –«

Das war der richtige Augenblick.

»Bezahlen? Es ist gratis! Komm schon!«

Er stürzte auf sie zu und prallte wieder zurück.

Wie sie lachte! Sich schüttelte, japste und ihm Küsschen zuwarf.

Lachte und lachte. Ganz leise lachte und lachte. Auch ein wenig schwankte, sodass sie sich Clint einmal um den Hals schlingen musste, damit er an Bord blieb. Wobei sie einen Hustenanfall bekam.

»Hure!«, fauchte er sie an.

»Wurm!«, gab sie zurück.

»Ich will endlich!«

»Ich will aber nicht – nicht mit dir, Baby.«

»Bitte, bitte …!«

»Nein, nichts da!«

Das alles immer noch im Flüsterton.

»Glaubst du, ich habe Angst?«

»Ha! Das sehe ich doch sogar!« Und sie streckte ihm die Zunge heraus.

Pa hatte ihr immer warnend vorgehalten, dass sie eines Tages zu weit gehen würde. Einem Mann etwas antun würde, das sie selbst nicht für möglich hielte. Oder eine Schlange so aufregte, dass sie ihre guten Manieren vergaß und gezwungen war, sich die Situation zunutze zu machen.

Während sie würgend, in einem scharlachroten Wirbel, auf dem Fußboden der Garderobe lag, musste sie sich zum ersten Mal in ihrem Leben eingestehen, dass der nichtsnutzige alte Saufbold in einem Punkt recht gehabt hatte. Dann fiel ihre Zahnbrücke heraus, und ihr Gesicht grinste fratzenhaft zur Decke empor wie eine Kürbislaterne zu Halloween. In der die Kerze noch einmal aufflackerte, ehe der Kürbis ein stumpfes Rostrot annahm, über und über fleckig und ekelhaft.

2

Ein Montagmorgen im Leichenschauhaus war für einige die Hölle, für andere der Himmel.

Van Rensberg, der Officer, der normalerweise hier Dienst tat, war nach einem Berufsunfall – wie es in der dienstlichen Meldung hieß – mit einer Blutvergiftung krankgeschrieben worden, und seinen Platz hatte widerstrebend Sergeant Jacobus Kloppers eingenommen, der erst vor Kurzem von der Nordgrenze Rhodesiens zurückgekehrt war.

Kloppers hatte Anpassungsprobleme. Erstens an den Gedanken, dass er nicht mehr an der Front stand, was ihm insgeheim missfallen hatte, und dann noch an die Tatsache, dass sein früherer Posten inzwischen von einem Juden eingenommen worden war. Er war nicht gerade Antisemitist oder wie immer das Wort lautete, aber es war doch unübersehbar das Jüdische an dem Burschen, das ihn ärgerte. Es schien ihm noch gar nicht lange her zu sein, dass er in der Zeitung gelesen hatte: ERSTER JÜDISCHER REKRUT SCHLIESST POLIZEIAUSBILDUNG ERFOLGREICH AB, und nun hatte Trekkersburg selbst einen, und lauter Pressefotos waren der Beweis dafür. JÜDISCHER CONSTABLE WACHT ÜBER MELDEREGISTER, lautete die Schlagzeile auf einem Zeitungsausschnitt, den ihm seine Frau geschickt hatte, und im Untertitel stand eine Menge Unsinn von der Vaterlandsliebe eines jeden. Darauf zu achten, dass alle weißen Bürger ihre Ausweispapiere hatten, sei eine sehr verantwortungsvolle Aufgabe, hatte Kloppers bei seiner Rückkehr argumentiert, die man keinem Neuling überlassen könne. Seine Vorgesetzten, deren Begeisterung für die Neuregelung ihm immer verdächtig vorgekommen war, hatten es anders gesehen. Jeder Dummkopf könne persönliche Daten verwalten, hatten sie ihm gesagt, was natürlich nicht hieße, dass Oppenheimer ein Dummkopf sei, nur sehr jung, und was sie weiter oben verzweifelt brauchten, sei ein erfahrener Mann, der auch die Schreibarbeiten gut erledigen könne. Ja, der hoffentlich so gut sei wie er und gewillt, in ruhiger Umgebung überwiegend selbstständig zu arbeiten. Der Betreffende sei letztendlich für eine ganze Abteilung zuständig. Eine wichtige. Könnte sie auf seine Art führen. Ob er die Stelle nicht antreten wolle? Gut! Ein weiser Entschluss. Er müsse nur vorsichtig sein und stets seine Gummihandschuhe tragen …

Diese Schweinehunde.

Es war nicht das Melderegister, das er in Händen hielt. Eher das Gegenteil davon, und dazu auch noch erbärmlich lückenhaft, was die persönlichen Angaben betraf. Kloppers konnte der Hälfte seiner Fälle nicht einmal einen Namen geben, sondern hatte sie fürs Erste mit Aufklebern alphabetisch geordnet.

Sie lagen überall. Die Kühlanlage war Samstagnacht voll geworden, alle vier Tische waren belegt, und was übrig war, kam ins Waschbecken – zwei Bantubabys – und auf Tabletts auf den Fußboden.

Kloppers überkam wieder die leichte Panik, die er schon früher einmal empfunden hatte, als er seinen ersten Verwaltungsjob bei einem sehr unordentlichen Lieutenant bekam. Er wusste einfach nicht, wo er anfangen sollte. Aber eins wusste er, dass es nämlich viel zu viel für den Kreisarzt war, um an einem Vormittag damit fertig zu werden, und so musste er irgendwie Prioritäten setzen. Es gab keine Weißen dabei, und damit war sein erstes Kriterium vom Tisch. Er konnte versuchen, eine rassische Einteilung vorzunehmen – Mischling, Inder oder Bantu –, aber das erschien ihm wie Haarspalterei. Er konnte sie natürlich auch danach aufteilen, ob der Tod verdächtig oder unfallbedingt war. Ja, das wars. Vorausgesetzt, er konnte es unterscheiden … Mann, das entwickelte sich zu einem Scheißjob. Ein Albtraum. Und der stets vergnügte Dr. Christiaan Strydom musste sehr bald da sein.

»Ach, fangen wir mit A an«, murmelte er vor sich hin, als er sein stickiges kleines Büro verließ, und wäre beinahe über K gestolpert.

Währenddessen saß sein schwarzer Helfer, N2134 Nxumalo, draußen in der Sonne und röstete angenehm in seiner Polizeiuniform, wärmte sich für die Kälte drinnen auf und genoss diesen beispiellos schleppenden Tagesbeginn aus vollen Zügen. Der große Vorteil seiner Position war der, dass er für unfähig gehalten wurde, irgendeine Initiative zu ergreifen, und er infolgedessen warten musste, bis ihm gesagt wurde, was zu tun war. Normalerweise hätte ihn Sarge Van Rensberg jetzt längst im Kreis herumlaufen lassen und ihm gedroht, die Knochensäge an seinen *tondo* anzulegen, wenn er nicht sofort von seinem verfluchten Baum herunterkäme und arbeiten würde.

»Du bist ein fauler Kaffer!«, machte ihn Nxumalo voller Vergnügen nach und schüttelte den Kopf bei der Erinnerung an ihre vier gemeinsamen Jahre. Und dieser hier, der ihn mit vollem Recht einen faulen Kaffer nennen konnte, tat es nicht. Verrückt!

Und auch noch schlecht in seiner Arbeit, die Nxumalo meinte mit verbundenen Augen erledigen zu können. Aber das war nicht seine Sorge.

Nxumalo hustete und nieste. Folge des Versuchs, mit rauchgefüllter Lunge zu lachen. Das Komischste an seinem neuen Boss Kloppers war, dass der offenbar dachte, das Wochenende sei vorüber. Dass keine Leichen mehr auf der Schwelle landen und ihm seine hübschen Listen verderben würden. Wohingegen mindestens eine, wenn nicht gar zwei oder ein halbes Dutzend, bis zum Anbruch der Nacht seine Sorgen vermehren dürfte.

Er würde ja sehen. So war es immer.

Er hatte Songqoza Sishanagane Shepstone Siyayo geheißen. Jeder hatte ihn Lucky genannt. Er war tot. Nicht ganz, aber doch tot genug, um der Definition des Wortes zu entsprechen.

Wenn sein Blut noch kreiste, dann war das der Schwerkraft zu verdanken und nicht einer intakten Zirkulation, und die vielen Zellen, die noch lebten, würden eine nach der anderen die Nachricht empfangen, es war also nur noch eine Frage der Zeit. Obwohl sie, da ihr Kommunikationszentrum völlig zerschossen war, womöglich nur noch ein grausiges Gerücht hören würden, bis plötzlich ihr eigener Zerfall einsetzte. Staub zu Staub, Pottasche zu Pottasche.

Was sonst noch zu Lucky gehörte, wurde allerdings sofort von seiner Ermordung in Kenntnis gesetzt. Und gebeten, sich unverzüglich in dem kleinen Laden an der Peacevale Road einzufinden. Wo sie ebenfalls Stück für Stück sterben sollten. Denn so schnell die Kugel auch war, würde es doch eine Weile dauern, bis sie bei allen angekommen wäre und ihre Zerstörungskraft voll entfaltet hätte.

Lieutenant Tromp Kramer vom Trekkersburger Morddezernat richtete sich auf, steckte noch ein Pfefferminz in seinen Mund und trat drei Schritte zurück.

Der Tod war nie ein schöner Anblick, doch diesmal kam er dem verdammt nahe.

Lucky war vor den Regalen gestorben, die seinen Vorrat an Süßigkeiten beherbergten, in der Nähe des einzigen staubigen Schaufensters, wo das Licht gut war. Nachdem die zerschlissene Leinwandmarkise endlich hochgezogen worden war, strahlte dieses Licht rein und ungehindert vom Himmel, wurde von der hellen Sandstraße und vom Lack der beiden draußen geparkten Fahrzeuge zurückgeworfen und ließ all die großmäuligen Bonbongläser funkeln.

Kniff man die Augen zusammen, kam es zu den unterschiedlichsten farbigen Impressionen. Der stärkste – wenn auch abwegigste – Eindruck war der, die edelsteinübersäte Wand einer Märchenhöhle vor Augen zu haben.

Alles war da, von der ungeschliffenen Glut der Fruchtgummis bis hin zu den rosaroten Perlen mit Zuckerguss überzogener Erdnüsse, von Silberbrocken in Folie gewickelten Nougats und bernsteinfarbenen Toffeescheiben bis hin zu jadegrünen Rhomben mit Zitronen und Limettengeschmack, und unten lagen verstreut die Penny-Insignien der Herrscher im Kinderreich: Lollipopszepter und Unmengen von Goldmünzen.

Darüber gestreut war eine wunderbare Mischung aus diamantenen Zuckerplätzchen und smaragdenen Pfefferminzchen – und ebenso viele, wenn nicht mehr, Blutrubine, so dick ausgestreut, dass nur die kleinsten nicht mehr glänzten.

Dazwischen lag ausgestreckt wie der pflichtvergessene Wächter eines Schatzes, der gerade eingeschlummert war, eine bunt gekleidete Gestalt mit braunen Sandalen. Die Pfefferminzchen lagen auf ihm wie sanft herabgefallene Pfirsichblüten.

In den vergangenen zehn Minuten hatte sich Luckys Hautfarbe von schwarzem zu Milchkaffee aufgehellt, er gab inzwischen einen widerwärtigen Gestank von sich, und der überraschte Ausdruck auf seinem Gesicht war fast vollständig dahingeschmolzen.

»Himmel, ja, heiß ist es«, sagte Kramer und wandte sich zu dem weißen Sergeant im Kakioverall an seiner Seite. Bei den Ölflecken in dem flachen, derben Gesicht musste er an ein Werkstatthandbuch denken.

»Hat nicht gerade Glück gehabt, was, Lieutenant?«

»Besser als Krebs.«

»Kriegen die auch Krebs?«

»Hm – ja.«

»Mann, man lernt nie aus.«

»Wers glaubt«, murmelte Kramer sarkastisch, der die allgemeine Überzeugung teilte, Bokkie Howells verdanke alles seinen Erbanlagen, auch sein technisches Genie – wie ein Webervogel. »Aber zurück zum Geschäft. Was –«

»Die Waffe, Sir – .32 oder .38?«

».38. Volltreffer aus großer Nähe.«

»Nicht zwei Schüsse?«, fragte Bokkie zweifelnd und zeigte auf eine entsprechende Wunde.

»Da ist die Kugel wieder ausgetreten.«

»Und Sie sagen, es ist die gleiche Methode wie vorher?«

»Hm. Nummer fünf. Kasse ausgeräumt. Mit Wagen geflüchtet. Apropos Wagen: Was ist mit meinen Stoßdämpfern? Wie lange wird es dauern?«

Bokkie gehörte zum polizeilichen Fahrzeugdienst, und

die beiden hatten gerade Kramers neuen Chevy Commando auf der Straße getestet, als sie der Ruf nach Peacevale erreichte. Die Federung war insgesamt zu weich für unbefestigte Straßen.

»Könnte ihn morgen fertig haben, sagen wir, um fünf.«

»Zwei Tage für vier Stoßdämpfer?«

»Haben Sie doch Erbarmen, Sir. Ich muss ja die Teile bestellen. Sehen, was gebraucht wird. He, er fängt an, in die Hose zu machen.«

»Sein gutes Recht.«

»Ich könnte versuchen – wirklich nur versuchen! –, bis heute Abend fertig zu werden. Dann müsste ich ihn aber gleich mitnehmen.«

»Mir recht. Das Militär hat Straßensperren errichtet, und Zondi ist sowieso mit seinem Wagen hier. Fahren Sie los, wann immer Sie wollen.«

Der Sergeant schien es nicht eilig zu haben. Er sah sich in dem Laden um, dann blickte er über die Menge draußen hinweg zu den aneinandergereihten Baracken auf der anderen Seite.

»Kein besonders attraktiver Ort«, sagte er naserümpfend. »Stimmt«, sagte Kramer und warf einen Blick auf seine Uhr. »Kann auch nicht viel in der Kasse gewesen sein, heute, an einem Montag.«

»Hm.«

Kramer hob einen interessanten Brocken Lehm auf, in den sich deutlich eine ungewöhnliche Gummisohle eingeprägt hatte. Das verdammte Ding stammte, wie sich Sekunden später herausstellte, von der linken Sandale des Toten.

»Fünf in zwei Wochen ist schlimm«, gab Bokkie zu, »aber sie müssen alle in Peacevale gewesen sein – habe gar nichts darüber in der Zeitung gelesen. Was gibts so Besonderes?«

Kramer war so gereizt, dass er den Pfefferminzbonbon durchbiss und sich an der Zunge wehtat.

»Zeitung?«, zischte er und schmeckte Blut. »Reporter? Diese Mistkerle sehen ja nicht mal das, was direkt vor ihrer Nase ist – und ihre sogenannten Wertvorstellungen sind doch eine große Kacke!«

Bokkie zuckte zusammen. Er mochte in vieler Hinsicht ein ungehobelter Klotz sein, an den kluge Reden verschwendet waren, aber er hörte genau, wenn es im Getriebe knirschte.

»Also, Sir, ich wollte nicht –«

»Was für Nachrichten bringen sie denn? Das sagen Sie mir mal. Wieder ein Neger in Peacevale ermordet? Teufel, bestimmt nicht. Das passiert alle Tage – das sind keine Neuigkeiten. Aber wenn eine vom Montagsclub im Supermarkt eine Flasche Sherry in die Hand nimmt, kreuzigen sie sie in so breiten Schlagzeilen.« Kramer breitete die Arme aus.

»Aber man muss doch fair bleiben, Sir. Sie bringen die Todesurteile von Negern, das habe ich selbst gesehen.«

»Ja, ich weiß, Todesurteile – das ist eine treffende Beschreibung. Sehen Sies denn nicht, Mann? Oder machen Sie den gleichen Fehler?«

»Dass mir die Schwarzen nicht genügend leidtun, Lieutenant?«

»Himmel, nein! Meiner Meinung nach sind es zwei völlig verschiedene Welten. Was in der einen geschieht, bedeutet in der anderen nichts. Dabei berühren sie sich, nicht wahr?«

»Aber bisher –«

»Genau – das ist der springende Punkt, auf den ich

hinauswill. Bisher haben diese Bastarde es noch nicht woanders versucht. Aber sie sind wie schwarze Blitze, Mann! Zack, rein, raus, keine Beschreibung, niemand, nichts. Wie lange, glauben Sie, dauert es, bis sie auf den Trichter kommen und dahin gehen, wo Geld zu holen ist?«

»Teufel auch«, sagte Bokkie, tief beeindruckt von solch weiser Voraussicht. »Dann ist es also ein Rennen mit der Zeit, Sir?«

»Hm«, erwiderte Kramer und schaute noch einmal auf einen der Verlierer herab. Lucky und er waren Freunde gewesen.

Der Notdienst gab die Meldung um Punkt 10.30 Uhr an den diensthabenden Officer durch. Er schrieb sich die Zeit und die anderen Angaben auf. Als er genug wusste, legte er den Hörer auf.

»Mannomann«, sagte er zu seinem Angelbruder, der von der Einbruchsabteilung herübergekommen war, »der Typ war vielleicht auf hundert! Hat ein erdrosseltes Mädchen.«

»Ach ja? Na und?«

»So hör doch – ein Showgirl! Eine junge Frau, weiß.«

»Was? Wo?«

»Im Wigwam.«

»Kenn ich nicht.«

»Wigwam, danke, Ma'am. Montys Schuppen.«

»Dann wunderts mich nicht weiter. Willst dus dem Lieutenant sagen? Der wird auch auf hundert sein! Es heißt, die Peacevale-Gang macht ihn allmählich mürbe, und er will nichts mehr hören.«

»Tut mir leid, aber ich muss es ihm sagen – der Colonel ist nicht da.«

»Und was ist mit Sarge Marais?«

»Ich werds ihm erzählen, keine Sorge, aber zuerst muss sein Vorgesetzter informiert werden. Hübsch der Reihe nach. Nebenbei bemerkt, wird es mir ein Vergnügen sein, den Mistkerl einmal so richtig unter Druck zu setzen.«

»Hört sich schon besser an«, sagte sein Angelbruder. Und sie lachten.

Bokkie Howells machte auf der Stelle kehrt, um Kramer zu holen, nachdem die Meldung durchgekommen war. Dann fuhr er ihn in die Stadt, wobei er allem, was sich bewegte, eine Hochachtung entgegenbrachte, dass es einem den kalten Schweiß auf die Stirn trieb. Selbst ein Eselskarren auf der Einfahrt zur Schnellstraße ging vor ihnen durchs Ziel.

Peacevale endete mit einer Ansammlung von schiefen Häusern und schwarzen Fußgängern, die am Straßenrand entlangtrotteten. Die Hochsicherheitszäune zum Schutz der grauen Eisenbahnhöfe wichen allmählich den weißen Häusern und Menschen der älteren Stadtteile von Trekkersburg mit ihren Gittertoren und Palmen; ein Stück weiter bestimmte der Beton der hohen Verwaltungsgebäude das Bild, die sich scharf vor dem flachen blauen Himmel abzeichneten wie Scherenschnitte.

Sie fuhren eine breite Straße zur Stadtmitte, auf der gerade drei schwarze Verkaufsfahrer ihre Motorräder testeten.

»Verflucht gefährlich«, knurrte Bokkie und vergaß seine leisen Spekulationen über die Moral des toten Mädchens. »Man hätte sie nie von ihren Fahrrädern abbringen sollen. Da – sehen Sie das?«

Das vorderste Motorrad war gegen ein Auto geprallt, das plötzlich aus einer Parklücke gebogen war, und der

Fahrer flog kopfüber auf seinen Helm, gefolgt von seiner Ladung Schnapsflaschen.

Kramer sah aus dem Augenwinkel eine schwangere Hausfrau, die vom Schock wie festgenagelt auf dem Sitz ihres Mini hockte.

»Das wird euch eine Lehre sein, Jungs!«, schrie Bokkie, als sie gemächlich um das Hindernis herumfuhren. »Euch lehren, wie man sich auf der Straße benimmt!«

Er war so ungeheuer befriedigt darüber, dass er Gelegenheit gehabt hatte, seine Lieblingstheorie zum Besten zu geben, dass er an der Adresse vorbeifuhr, die ans Armaturenbrett gepinnt war.

Kramer griff nach der Handbremse, zog mit aller Kraft und stieg unter dem lauten Quietschen und aufgebrachten Hupen der Fahrer hinter ihnen aus.

»Bis dann«, sagte er und ging davon.

»Wo ist der Kreisarzt?«, fragte Kloppers, als hätte Nxumalo ihn irgendwo versteckt.

»Ich, ich nicht wissen, Boss.«

»So viel zu spät zu kommen, ist nicht mehr komisch! Er hat gesagt, er wäre Punkt Viertel vor hier, und jetzt sieh nur, wie spät es schon ist. Außerdem: Wo ist die Spurensicherung? Der Typ sollte auch längst hier sein und Fotos von den Nichtidentifizierten machen. Ich gebe ihnen noch eine Minute, dann werde ich telefonieren.«

»*Hau,* eine Schande!«

»Und du? Was hast du denn die letzte halbe Stunde gemacht?«

»Nichts, Boss.«

»Gut. Ich habe auch so schon genug Sorgen.«

Die schmale Gasse führte zwischen einem Schuhgeschäft und einem Immobilienmakler hindurch und mündete in eine hohe rote Ziegelwand, die außen verlaufende Rohre interessanter gestalteten.

Kramer blieb auf halbem Wege vor einer Tür mit breiten Zickzackstreifen und einem Neonschild darüber stehen, auf dem THE WIGWAM stand. Auf einer Seite waren in einem Glaskasten ein paar schlechte Fotos von einer Frau, die mit Schlangen spielte. Sie war keinen zweiten Blick wert.

Er ging hinein und versank schultertief in der Presse. Der Fotograf der *Trekkersburg Gazette* bewies so viel Feingefühl, dass er seine Kamera unten ließ, aber irgendein langhaariger Affe machte ein Foto von ihm.

»Film her«, sagte Kramer mit ausgestreckter Hand.

»Bitte?«

»Den Film«, wiederholte Kramer und schnippte mit den Fingern.

»Schon gut, Mann«, wimmerte der Typ, »regen Sie sich ab, ja?«

»Gut, verknacken Sie ihn wegen Behinderung der Staatsgewalt«, sagte Kramer zu einem Constable mit blassen Wangen, der sich gerade in Sicht schob. »Und jagen Sie die anderen alle auf die Straße. Was zum Teufel machen Sie hier eigentlich?«

Ohne eine Erwiderung abzuwarten, bahnte er sich einen Weg und ging zum Club hinunter. Der Hauptbereich mit seiner schmuddeligen Dekoration, die eine indianische Atmosphäre schaffen sollte, wie Kopfschmuck aus Hühnerfedern, deutete bereits auf ein mitternächtliches Massaker hin. Alle Stühle hatten die Beine in der Luft, und es stank nach abgestandenem Rauch und Achselschweiß.

Aber es war keine Leiche da.

Kramer hob eine leere Weinflasche auf und klopfte

mit einem Löffel dagegen, um auf sich aufmerksam zu machen.

»Wer ist da?«, fragte eine scharfe Stimme von irgendwoher.

»Die verdammte Kavallerie, Mann – was glauben Sie denn!«

Die roten Vorhänge im Hintergrund der kleinen Bühne teilten sich, und ein verhältnismäßig kleiner Mann von der Farbe und Beschaffenheit eines ungebackenen Brötchens erschien auf wunderbare Weise. Seine saloppe Kleidung fiel so formvollendet in Falten, dass womöglich noch Stecknadeln darin steckten, und sein krauser schwarzer Spitzbart sah aus wie von den Lenden her aufgepfropft.

Kramer merkte, wie sich ein Vorurteil bei ihm bildete.

»Damit Sies gleich wissen: Ich bin Mr Monty Stevenson, und ich bin der Manager dieses Clubs. Ich habe hier das Hausrecht. Und ich habe Ihnen doch bereits gesagt, dass die *Sunday News* die ausschließlichen –«

»Kramer, Mord- und Raubdezernat.«

Zu eng, die Seidenkrawatte.

»Der Lieutenant?«

»Hm.«

Stevenson kam zögernd über die Bretter, wobei seine Lederschuhe laut klapperten.

»Verzeihen Sie, aber ich dachte, man würde Ihnen mitteilen, dass Sie sich doch nicht herzubemühen brauchten. Ich habe Sie von meinem Telefon im Büro aus anrufen lassen.«

»Warum das? Ist das hier eine Ente?«

»Gütiger Himmel, nein! Aber Ihr Medikus hat gesagt –«

»Der Kreisarzt? Ist er hier?«

»Äh, ja. In der Garderobe, dem Schauplatz der Tragödie. Darf ich Ihnen den Weg weisen?«

»Allerschleunigst!«, brummte Kramer.

Er folgte ihm durch eine Tür mit der Aufschrift PRIVAT – KEIN ZUGANG FÜR CLUBMITGLIEDER und sah bald den Grund dafür.

Der dämmerige Gang hinter den Samtvorhängen mit seinen zerquetschten Schaben und abgesplitterten Fußbodendielen war ein Schandfleck. Sie polterten ein paar Stufen hinauf, wandten sich nach links und blieben vor einer geschlossenen Tür stehen, an der ein Papierstern klebte.

Stevenson hob die Hand, um anzuklopfen, aber Kramer schob ihn beiseite.

»Schon gut«, sagte er. »Und jetzt gehen Sie in Ihr Büro zurück, und wenn ein Anruf für mich aus Peacevale kommt, dann benachrichtigen Sie mich sofort.«

»Gern«, sagte der Manager und tänzelte davon.

Dann wurde die Tür von innen aufgemacht, und Dirk Gardiner, ein Officer der Spurensicherung, streckte seinen Bürstenkopf heraus, um nachzusehen, was der Lärm zu bedeuten hatte.

»Ach du Sch-Schande«, sagte er.

»Hier halten Sie sich also versteckt, Sie Mistkerl!«

»Langsam, Lieutenant, ich war unterwegs zu Ihnen, als ich hierhergerufen wurde. Bin noch gar nicht in der Leichenhalle gewesen.«

»Brüsten sich noch damit, oder was?«

»Ich stehe Ihnen gleich zur Verfügung«, erwiderte Gardiner, gutmütig wie immer. Er besaß genug Muskelpakete unter seinem blauen Safarianzug, um alle Welt so zu behandeln, wie er selbst behandelt zu werden erwartete. Und es klappte auch irgendwie immer.

»Soll ich mal raten, wer da gekommen ist?«, kicherte

Strydom drinnen. »Aber brüllen Sie uns nicht an, klar? Wir haben dem diensttuenden Officer gleich durchgegeben, dass Sie nicht zu kommen brauchen. Machen Sie das mit ihm aus.«

Kramers Brauen zogen sich zusammen.

»Ja, ist nur ein tödlicher Unfall«, erklärte Gardiner und betätigte den Aufzug an seiner Pentax. »Stevenson, dieser blöde Hund, hat gemeldet, er hätte ein stranguliertes Mädchen gefunden. Hat es nicht richtig erklärt, war, wie er sagt, in einem Schockzustand. Völlig daneben und –«

Er trat in aller Ruhe beiseite, um nicht mit Füßen getreten zu werden.

Strydom, gnomenhaft wie eh und je, kniete mit seiner neuen Plastikschürze – von der seine Frau die Rüschen entfernt hatte – neben einer Pythonschlange mit eingeschlagenem Schädel und nahm äußerst genau Maß mit seinem Bandmaß. Neben ihm lag eine Leiche mit roten Augäpfeln und fleckiger Haut, die Arme sittsam unter einem Morgenrock über der Brust verschränkt.

»Oh, die«, sagte Kramer.

»Sonja Bergstroom alias Eve. Ist unvorsichtig geworden und verunglückt. Hat aber noch mordsmäßig gekämpft. Sie sollten mal ihre Schürfwunden vom Zementboden sehen.«

»Wer ist hier zuständig?«

»Sergeant Marais«, sagte Gardiner. »Musste schnell mal aufs Klo.«

»Ist er erleichtert?«

»Inzwischen wohl.«

»Was?«

»Entschuldigung, Sir. Ja, ihm ist ein Stein vom Herzen gefallen.«

»Hochinteressant«, murmelte Strydom und klopfte

noch einmal die großen blauen Flecken am Hals der Leiche ab. »Muss doch zusehen, ob ich nicht einen kurzen Bericht zusammenbekomme. Werde den Schlangenzoo in Durban um Hilfe bitten.«

»Ja, wegen der Moral von der Geschichte, Doktor.«

»Wam-bam«, meinte Kramer dazu. Der Reiz des Neuen war verflogen.

»Und was heißt das, Trompie?«

»Mr Gardiner hat dringend in Peacevale zu tun. Sagen Sie Marais, wir sehen uns später.«

»Lässt ja nichts Gutes ahnen«, sagte Strydom und lächelte in seinen Nikolausbart, während er die Schlange aufrollte und in eine Plastiktüte steckte. »Was für ein Schlachtfeld das heute war!«

Was sich als stark untertrieben erwies, als Kramer in Luckys Laden zurückkam. Dort mussten ihm zwei sehr verstörte Bantu-Constables beichten, dass, während sie die Schaulustigen vorne in Schach gehalten hatten, zwei Jugendliche von hinten in die Räumlichkeiten eingedrungen waren.

»Ich war es, der gesehen hat, wie sich die beiden *tsotsis* mit dem Diebesgut davonmachen wollten«, warf der Geistliche der Blechkirche nebenan ein. »Natürlich bin ich hinterher.«

»Und?«

»Sie haben alles fallen lassen, um schneller fliehen zu können.«

»Das Gebäude hat uns die Sicht versperrt«, erklärte einer der Constables.

»Aber Himmel, Mann, habt ihr sie denn nicht im Laden bemerkt?«

»Ich stand so wie jetzt mit dem Rücken dorthin, um die Leute im Auge zu haben.«

»Und haben die nichts gesagt?«

Kramer warf einen Blick auf die Zuschauer, die jetzt erheblich weiter entfernt standen, aber noch immer ein lebhaftes Interesse zeigten. Nein, die hätten nichts gesagt. Einige der blöden Hunde grinsten sogar von einem Ohr zum anderen und stießen sich gegenseitig an.

»Das Zeug sieht so aus, als stammte es aus dem Lager«, murmelte Gardiner und pochte mit seinem Spurensicherungskasten an die Ecke eines Cornflakeskartons. »Vielleicht hatten sie sich hinten versteckt. Sehen wirs uns mal an.«

Der Geistliche, der unter seiner ausgebeulten Tweedjacke nichts weiter als einen weißen Kragen samt schwarzem Lätzchen trug, erbot sich wichtigtuerisch, sie zu begleiten, wurde jedoch zurückgewiesen.

Eins zu null für Gardiner. Gleich an der Hintertür deutete ein ziemlich sauberes Rechteck im Staub darauf hin, wo der Karton gestanden hatte. Kramer erzielte den Ausgleich, als sie entdeckten, dass die Kasse inzwischen völlig leer war.

»Können Sie sich erinnern, in welchen Fächern die Münzen waren?«, fragte Gardiner in seiner hilfreichen Art.

»Verdammt, nein. Sie waren schon nach dem ersten Mal überall verstreut. Oder lohnt sich ein Versuch noch?«

»Die anderen müssen zwar Handschuhe getragen haben, aber warum nicht?«

»He, Augenblick mal – warum ist kein Dreck da? Lucky hat ihn doch hier überall verteilt! Kommen Sie, ich zeigs Ihnen.«

Kramer ging Gardiner voraus zur Hintertür und wies auf die große Pfütze draußen direkt davor, die das unablässige Tropfen eines Wasserhahns in der Nähe verursacht hatte. Auf einem halben Ziegelstein standen umgedreht eine Teekanne und eine Tasse mit Sprung, beide vom Ladenbesitzer.

Gardiner stäubte mit seinem Pinsel die grün gestrichene Holzstufe vor der Tür ein.

»Dacht ichs doch«, sagte er. »Habe einen Sohlenabdruck für Sie – und noch einen. Wollten sich die Füße nicht nass machen und sind gesprungen. Ich nehme sie ab, für den Fall, dass sie etwas nützen.«

Es waren natürlich nur Jugendliche gewesen. Kramer fühlte, dass er nicht weiterkam. Und Bagatelldiebstahl war ohnehin nicht seine Sache. Heiliger Himmel.

Nein, seine erste instinktive Reaktion war richtig gewesen. »Ja, tun Sie das. Könnte uns helfen, die Mistkerle festzunageln, wenn wir sie zur Klärung von Fingerabdrücken brauchen. Unsere große Hoffnung – und eine verfluchte Menge Extraarbeit. Ich gehe mal eben rüber, vielleicht hat Zondi wenigstens eine erfreuliche Nachricht für uns.«

Gardiner nickte, ohne sich in seiner Arbeit unterbrechen zu lassen, in der er jetzt vollkommen aufging. Er hätte Künstler werden sollen.

Kramer hatte bis hinüber zur Blechkirche eine Schar verwahrloster Kinder mit großen Augen und runden Blähbäuchen im Schlepptau, die einen Blick auf seine Waffe zu erhaschen hofften. Eins wurde rüde von seiner Mutter zurückgeholt, die sich mit Gekreisch wie eine braune Henne darauf stürzte.

Die Fenster hatten Spitzbögen, wie es sich gehörte, waren aber aus Normalglas, das zum Teil gesprungen und durchweg so staubig war, dass man kaum hindurchsehen konnte. Kramer fand ein passendes Loch und spähte hinein.

Bantu-Detective Sergeant Mickey Zondi hielt Hof, den breitkrempigen Hut sehr gerade auf dem Kopf. Er saß am Altartisch auf dem niedrigen, wackeligen Podest, cool und elegant in silberdurchwirktem Anzug trotz der Hitze, und hörte ernst zu, wie eine weinende Frau auf einer Bank zu seinen Füßen ihre Aussage machte.

Er konnte fürchterlich sein, wenn es um dramatische Effekte ging.

Kramer erkannte, dass seine Improvisationskunst mit gebührendem Respekt aufgenommen wurde und, was noch wichtiger war, am Ende vielleicht sogar echte Ergebnisse zeitigte. Darum beschloss er, erst einmal eine zu rauchen, bis eine Pause eintrat.

Zondi kam ein paar Sekunden später aus dem Gebäude. Er hatte immer flinke Augen gehabt.

»Nun?«

»Das Gleiche wie vorher, Boss. Sie haben sich versteckt, als sie das Geballer hörten. Als sie wieder hinschauten, sahen sie nur noch ein rotes Auto davonsausen.«

»Letztes Mal war es noch blau.«

Zondi zuckte die Achseln. »Der Laden war leer – zumindest war niemand drin, als sie kamen. Sie sagen alle, dass es sehr schnell ging.«

»Hm. Meinst du nicht, sie sind ein bisschen verschreckt? Wollen keinen Ärger mit der Gang?«

»*Aikona,* nie, das sind alles einfache Leute, und der Pfarrer ist ein guter Mann, sehr geachtet. Haben Sie gehört, dass er die Jungs verfolgt hat?«

»Wo warst du eigentlich, Mann?«

»Beschäftigt«, sagte Zondi, schon etwas weniger großspurig. »Luckys Frau ist sehr, sehr traurig über das, was geschehen ist. Sie kam in einem Taxi angefahren, und ich habe dort drüben mit ihr geredet.«

»Oh, ich dachte, du hättest –«

»Boss, sie sagt, Lucky hätte letzten Freitag Kasse gemacht.«

»Hm?«

»Sie hat eine Schulausbildung, und so hat sie ihm bei der Buchführung geholfen. Sie schwört bei Gott, dass höchstens fünf Rand im Laden waren, überwiegend in kleinen Münzen, da die Leute hier sowieso nur wenig Geld haben. Und vielleicht noch ein Schein.«

»Fünf Rand? Allmächtiger, hätte Lucky dafür einen Kampf riskiert? Warum, zum Teufel, haben sie ihn dann erschossen?«

Zondi zog die Schultern hoch und meinte: »Um nicht wiedererkannt zu werden?«

»Ha! Hätte er sie denn wegen fünf Rand angezeigt? Niemals, Mann – das wäre verrückt. Barer Unsinn.«

Sie starrten sich eine Ewigkeit lang an, wie es schien.

Und dann sagte Kramer: »Sind wir sicher, dass es Raub ist? Nicht Mord?«

Denn seit er in der Stadt war, hatte er das untrügliche Gefühl, als habe er etwas falsch verstanden.

3

Gardiner bezahlte dem Sergeant an der Bar der Polizeikantine seine zwei Drinks und gelangte durch den kleinen, überfüllten Raum, in dem es wegen herumfliegender Dartpfeile lebensgefährlich war, bis zu einem Tisch in der Ecke. Es war immer voll hier, da nur von halb fünf an zwei Stunden geöffnet war, aber dafür gab es hier auch den billigsten Schnaps der Stadt und angenehme Gesellschaft. Jedenfalls an den meisten Abenden.

Sein Begleiter Klip Marais, der zusammengekrümmt am Tisch saß und mit finsterem Blick die Wand anstarrte, wirkte mehr denn je wie ein vereinfachtes Abbild vom Zorn Gottes. Er nagte an seiner Oberlippe und kaute an seinem blonden Schnurrbart herum, wobei ihm der Geschmack offenbar nicht besonders zusagte.

Gardiner setzte Rum und Cola neben Marais' Ellbogen ab und quetschte sich auf seinen Sitz.

»Cheers«, sagte er und mischte seine Cola mit Wodka.

»Hm.«

»Ach, nun kommen Sie schon, Klip – was hat Ihnen denn den Tag so verhagelt?«, fragte Gardiner.

»Nichts«, murmelte der und stocherte in dem Eis in seinem Glas herum. »Ich bin nur stinksauer, sonst nichts.«

»Über das, was Kramer im Wigwam gemacht hat?«

»Das und anderes. Er hat mich ganz verflucht in Verlegenheit gebracht, stimmts? Mich den Kopf hinhalten lassen! Die ganzen Reporter einfach rauszuschmeißen, obwohl er gar kein Recht dazu hatte! Es war ja kein Verbrechen begangen worden – nur Monty hätte bestimmen dürfen, ob sie bleiben konnten oder nicht. Sein Hausrecht. Und dann die Sache mit dem Diensthabenden, der ihm nichts ausgerichtet hat. Jaja, typisch das verdammte alte Trekkersburg …«

Marais war neu. Mit seiner Beförderung vor Kurzem hatte er auch die Versetzung von Johannesburg hierher in Kauf nehmen müssen. Nach dem Leben in der Metropole schien er eine Stadt mit hunderttausend Einwohnern für nicht viel größer anzusehen als ein *dorp,* in dem keine Seele öfter als einmal sonntags den Kirchgang zu versäumen wagte.

»Der Lieut hat eine Menge am Hals«, sagte Gardiner.

»Aber nie lange! Den ganzen Nachmittag haben Zondi und ich die Peacevale-Prozesslisten durchgesehen, um herauszufinden, ob vielleicht eine Verbindung zwischen den erschossenen Negern besteht.«

»Und …?«

»Und er rennt wie immer herum wie ein Büffel mit dem Arsch in Flammen!«

Jetzt lachten sie zum ersten Mal. Gardiner fand diese Beschreibung von Kramers kurzem Besuch im Nachtclub sehr treffend. »Und wie gehts denn dem Bauch?«

»So lala … Aber er war sehr angetan von den Abdrücken, die Sie ihm von der Kasse gemacht haben. Wenn wir diese *tsotsis* erwischen, kommt wahrscheinlich heraus, dass die anderen zu einem von ihnen gehören.«

»Ist Zondi schon auf der Suche?«

Marais sah auf seine schicke Pilotenuhr.

»Ja, er ist seit vier unterwegs.«

»Der sexhungrige Dummkopf«, zitierte Gardiner spöttisch aus *The Goon Show.*

Aber Marais, der nicht viel für diese zwanzig Jahre alte BBC-Sendung übrighatte, die in Südafrika immer noch beliebt war, reagierte nicht.

Stattdessen probierte er es nun selbst mit einer witzigen Bemerkung: »Ich wette, Sie werden nie erraten, wo der große weiße Häuptling heute Abend ist!«

Zondi parkte seinen Wagen und prüfte seine PPK Automatik, ehe er ausstieg. Es war dunkel, und er musste vielleicht weit gehen. Er ging über das offene Gelände, das Peacevale als Fußballplatz diente, und durch das hohe Gras am Flussufer. Sein Tempo verlangsamte sich, als er darauf achtgeben musste, sich die Schienbeine nicht an dem rostigen Blech und anderem Schrott aufzuschrammen, der dort versteckt lag.

Doch bevor der Mond aufging, war er bei einer Behausung angekommen, die ihm gerade bis zur Taille ging und recht und schlecht aus leeren Zementsäcken und Rohren von einem alten Lastwagenaufbau zusammengeschustert war. Ein kleines Feuer brannte vor dem Eingang und wärmte, was immer sich in den Marmeladendosen befinden mochte.

»Mama Thembu«, sagte er leise, »wo finde ich deinen Sohn heute Nacht? Ein Freund fragt dich.«

Ein Bündel Lumpen schob sich weit genug aus dem Innern heraus, dass die Flammen die tränenden Augen einer fleckig roten alten Frau beleuchteten. Eins zwinkerte ihm zu.

Er hielt ihr ein Zehncentstück hin und spürte das Kratzen ihrer Krallen auf seiner Handfläche. Dann wartete er geduldig, bis sie die Münze in den Zipfel eines schmutzigen Kopftuches eingeknotet hatte.

»In Plymouth«, sagte sie und verschwand wieder wie ein Krabbeltier unter seinem Stein.

Zondi war erleichtert. Seine Frau Miriam war wegen einer Beerdigung nach Kwa-Zulu zurückgekehrt, und zu Hause warteten die Kinder auf ihr Essen. Er musste nicht weit weg, wie er gefürchtet hatte.

Er ging weiter am Ufer des Flusses entlang, bis er zu einer provisorischen Brücke kam, die er überquerte. Auf der anderen Seite gab es ebenfalls Büsche, Disteln, Stinkginster, Zäune, aus denen Stacheldrahtfallen geworden waren, und außerdem lauter seltsame leise Geräusche. Größtenteils von Ratten.

Der Mond – er schien nur mit halber Kraft – kam gerade rechtzeitig hervor, um den wirren Haufen von Blechklosetts mit der Aufschrift NATAL ROADS DEPARTMENT zu beleuchten, der ihm bestätigte, dass er auf dem richtigen Weg war. Hoch oben auf dem Kamm konnte er Kerzenlicht in den Fenstern der Häuser sehen und Kinder bei ihren nächtlichen Spielen kreischen hören. Er fragte sich, was seine eigenen wohl machten.

Er schlüpfte durch ein Loch in der aus Knüppeln geflochtenen Einfriedung auf den Schrottplatz. Jetzt war wirklich nur noch Schrott da, denn nichts hier lohnte sich noch zu retten, und niemand kam je geschäftlich hierher – außer dem Mann, den er aufzutreiben hoffte. Ein verschwiegener Mann, der mit Geheimnissen Geschäfte machte.

Zondi ging vorsichtig weiter zu einem Kreis aus alten Wracks, die Taschenlampe gebrauchsbereit in der Linken, um die rechte Hand für den Notfall frei zu haben. Oldsmobile, Dodge, wieder Oldsmobile, Studebaker, Ford, Ford, Ford … Plymouth.

Während er sich näherte, quietschte die Fahrertür und schwang auf.

Yankee Boy Msomi, in seinen warmen Mantel mit pelzbesetztem Kragen gehüllt, saß kerzengerade auf dem Rücksitz, die weichen Finger um den Knauf seines Spazierstocks gekrümmt. Er roch nach Whiskey und hatte eine zwei Drittel volle Flasche neben sich an einen Stapel Zeitschriften gelehnt. Trotzdem heftete er seine großen, weich gekochten Eiern gleichenden Augen mit Tränensäcken darunter wie schwarze Eierbecher scharf auf den Besucher.

»Nun?«, fragte Zondi und setzte sich seitlich auf den Fahrersitz, um die Füße auf dem Erdboden zu behalten. »Heute war Lucky Siyayo an der Reihe. Was hast du gehört?«

Msomi wiegte kummervoll den Kopf hin und her.

»Nichts? In all den Spelunken? Warst du denn in allen Schnapsbuden? Wie geben sie ihr Geld aus?«

»Heute«, sagte Msomi, »sagt ein kleiner Vogel, sie hätten eben genug Mäuse für das Benzin.«

Das war seine Vorstellung von einem Scherz. Dennoch bewies es, wie gut seine Nachrichtenquellen waren, und das war die Hauptsache.

»Ich habe noch eine andere Frage, Msomi: Diese Ladenbesitzer – gibt es irgendetwas, das sie zu Brüdern macht?«

»Wir sind alle Brüder, Mann.«

»Etwas, das sie zusammenbindet. Verstehst du? Sodass diese Morde einen anderen Grund haben könnten?«

Msomi schnaubte verächtlich. Dann fing er an zu kichern und schwang vor und zurück, bis Zondi ihn beim Haarschopf packte und ihn ein paar Sekunden länger als nötig daran festhielt.

»Immer mit der Ruhe, Baby, immer mit der Ruhe«, protestierte Msomi und glättete seine Afrofrisur wieder. »Das sehe ich nicht – absolut nicht. Diese Typen mögen zwar gaukeln wie ein Schmetterling und stechen wie eine Biene, aber das ist es auch, Mann. Es reicht ihnen einfach noch nicht. Verstehst du? Ist diese blöde Idee vielleicht von einem weißen Bullen?«

»Was sagst du da?«

»He, Mann! Ich habe ja nur gefragt, beruhige dich! Sonst kriegst du nichts mehr zu hören.«

»Du Arsch deiner Mutter!«, fluchte Zondi auf Zulu.

Msomi murmelte zwei Namen.

Eine Stunde später hatte Zondi zwei junge *tsotsi*-Strolche in Gewahrsam genommen. Nicht gerade ein echter Fortschritt, aber es kam doch Bewegung in die Dinge … für einen hohen Preis.

Der Kriminalreporter der *Gazette* bat den Kellner um eine Quittung, die er mit seiner Spesenabrechnung einreichen konnte, und bestellte noch zwei kleine Brandys. Dann bestand er darauf, dass Kramer sich einen Stumpen nahm.

Von der Art und Weise her, wie er sich gab, hätte man meinen können, sie hätten in einem piekfeinen Restaurant gespeist und nicht bei Georgie dem Griechen, der mehr Milchshakes als Hochprozentiges verkaufte, aber offensichtlich genügte diese Umgebung, um die Fantasie des Jungen zu beflügeln. Er hatte sogar den Knoten seiner Krawatte auf Halbmast gebracht, wie es in Comics üblich war, und seine Brille mit dem schweren Gestell ruhte wissend auf der Spitze seiner Stupsnase.

»Sie können sich auf mich verlassen, Lieut«, sagte er mit abgrundtiefer Stimme. »Der stellvertretende Chefredakteur hält mir einen Platz auf der Titelseite frei, und morgen haben Sies da. Ich weiß es zu würdigen, dass Sie mich ins Vertrauen ziehen. Wirklich.«

Eines Tages würde er aus Erfahrung wissen, dass die Leute ihm etwas anvertrauten, um ihn davon abzuhalten, etwas zu veröffentlichen, worauf er vielleicht selber gekommen wäre.

»Lieut?«

»Sehen Sie zu, dass es auch so bleibt, Brian.«

»Keith«, sagte Kramers Gastgeber.

»Ja, Keith, denn man muss zwischen den Zeilen lesen können.«

»Ich verspreche Ihnen, kein Wort darüber zu schreiben, dass es nach Trekkersburg gelangen könnte. Wir machen eine Art Rührstück daraus. Wie die Freimilch-Damen in Peacevale waren, als Lucky Seesaw erschossen wurde, ohne zu ahnen, was am helllichten Tag geschah. Wie sie sich als Wohltätige hundertprozentig sicher fühlten. Vielleicht kann man eine von ihnen zitieren: ›Nein, ich glaube nicht, dass wir Polizeischutz brauchen. Alle Afrikaner sind uns doch so dankbar, dass wir bestimmt nicht zu Schaden kommen.‹ Etwas in der Art.«

»Am besten lassen Sie uns ganz raus.«

»Wie Sie wünschen.«

Bei Kramers Seufzer beschlug sein erhobenes Weinglas von innen. Dies war sein dritter Versuch, der Gang keine Ideen einzuimpfen, auf die sie – durch irgendeinen Zufall – noch nicht gekommen war, während die weißen und indischen Händler der Stadt selbst zwei und zwei zusammenzählen konnten. Über seine Theorie, es gäbe vielleicht ein anderes Motiv, hatte der Colonel nur die Nase gerümpft, vielleicht mit Recht.

Quittung und Brandy wurden gebracht.

»Besteht die Möglichkeit, Ihren Artikel vorweg zu lesen?«, fragte Kramer.

»Äh – das wird normalerweise nicht … Wie wärs, wenn ich es Ihnen am Telefon vorlese? Geben Sie mir Ihre Privatnummer, und –«

»Nein«, sagte Kramer bestimmt, »ich warte beim CID. Falls dann etwas nicht stimmt, habe ich es nicht so weit, um Ihnen einen Tritt in den Hintern zu verpassen.«

Der Reporter konzentrierte sich so sehr darauf, mannhaft zu lachen, dass er seine Asche auf der Butter abklopfte.

»Was für ein Tag«, sagte er nach einer Weile.

»Ein verfluchtes Chaos«, pflichtete ihm Kramer bei. »Aber ich nehme an, diese Wigwam-Sache war eine Exklusivmeldung für Sie, oder?«

»Ach, das sieht die breite Öffentlichkeit häufig falsch«, war die etwas herablassend klingende Antwort. »Eine Exklusivmeldung ist etwas, das nur eine Zeitung bringen kann, sonst keine. Ich hätte Monty dafür umbringen können, nach all den Kicks, die ich ihm verschafft habe!«

»Wie?«

»Kicks – Werbung, kostenlose Publicity, keine Fußtritte!«

Er hätte kein solches Entzücken an Kramers Unkenntnis des Zeitungsjargons gehabt, wenn er in diesem Unverständnis den Hanfrauch gewittert hätte.

»Ja, aber was hat Monty denn getan?«

»Er hat allen Übrigen ebenfalls einen Wink gegeben. Selbst Radio Südafrika war da, obwohl sie es nur am Ende der Regionalnachrichten gebracht haben. Die Abendblätter von Durban haben uns allerdings noch geschlagen – gingen hier weg wie warme Semmeln. Das Beste, was ich noch herausholen konnte, war ein Exklusivinterview – ein Interview, das niemand sonst bekam, mit eigenen Worten erzählt. Der dämliche Herausgeber sagt jetzt, das sei bis auf den Anfang und das Ende ein

Eingriff in ein laufendes Verfahren, da die Untersuchung erst noch erfolgen müsse.«

Kramer, der dies alles mit großem Vergnügen hörte, knurrte mitfühlend.

»Sie sollten die Zitate hören, die ich bekommen habe! Gute, solide Ware. Der Chef vom Dienst hat gesagt, die Story wäre ein absoluter Hammer. Wie Monty dem Flittchen den Puls fühlte, weil er nicht ahnte, dass sie tot sein könnte, weil er nicht glauben wollte, dass sie tot war – als ob man das überhaupt glauben könnte! –, um dann zu merken, dass ihre Arme wie ›kalte Holzstöcke waren, steif und ungelenk‹, woraufhin ihm klar wurde, dass er zu spät kam, heiliger Himmel. Und dass er nie ihre Augen vergessen würde und wie sie zu ihm aufschaute, flehentlich, vom Jenseits aus! Und so weiter!«

»Jammerschade.«

»Glauben Sie nur nicht, ich hätte ihn nicht ausgequetscht! Habe ich nämlich! Ganz und gar. Und das war noch nicht alles – ich sollte um elf zu den Scheidungen vor der Kammer am Obersten Gericht, und da er erst um zwanzig vor anrief, habe ich vergessen, einen jungen Kollegen hinzuschicken, und jetzt ist die Hölle los deswegen. Völlig verwirrend, was er sagte, du meine Güte – wie ich höre, hat er Ihren Leuten auch so was aufgetischt. Der Kerl hat doch tatsächlich die Frechheit –«

Er sah plötzlich aus wie jemand, der gerade versehentlich etwas Falsches gesagt hat.

Was Kramer betraf, hatte er das auch. Wenn die vergebliche Fahrt nach Trekkersburg nicht gewesen wäre, hätte niemand seine Finger in die Kasse gesteckt.

»Wer hat Ihnen das erzählt? Wo haben Sie das gehört?«

»Keine Aufregung, Lieut, es handelt sich nur um das, was mir Ihr Sergeant erklärt hat, nachdem wir rausgeschmissen worden waren. Ich will keineswegs behaupten, dass Monty irgendetwas absichtlich getan hätte.«

»Tun Sie aber.«

»Es ist nur eine Überlegung, ist mir sozusagen entschlüpft. Er ist publicitysüchtig, nicht wahr? Wer wäre das nicht mit einer solchen Bruchbude! Vor allem, wo sein Gegenüber in der Straße so stark ist – er imitiert alles, mit Zeltmotiven und allem Pipapo.«

»Ich verstehe den Zusammenhang nicht ganz.«

»Gibt eine bessere Story, sonst nichts. Ihr Kerle kommt hereingestürmt. Das hätten Sie mal sehen sollen!«

»Haben Sie es gesehen?«

»Natürlich, wir hatten es ja nicht – äh – so weit.«

Der Reporter lächelte bei dieser unbeabsichtigten Wiederholung von Kramers Worten. Aber nicht seine Augen, sie blieben auf der Hut wie die eines Klatschweibes, das sich auf keine Konfrontation einlassen will.

»Nicht, dass er mehr ins Detail gegangen wäre, als er uns anrief«, fügte er hastig hinzu. »Musste er auch wahrhaftig nicht, denn wir hatten null Komma nichts in petto für einen Aufmacher. Aber ich kann mich für all das nicht verbürgen – man könnte sagen, ich bin ein bisschen voreingenommen.«

»Brauchen Sie auch nicht«, sagte Kramer und warf seinen Anteil für das Essen nebst einem Trinkgeld auf den Tisch.

»Nicht doch, das ging auf meine Rechnung!«, protestierte der Reporter und stand ebenfalls auf. »Das war doch unsere erste Zusammenkunft! Diesmal ich, das nächste Mal Sie.«

Kramer ignorierte ihn. Er prüfte, ob er sein Feuerzeug eingesteckt hatte.

»Ah – Sie erwähnen doch nichts von dem, was ich gesagt habe, Lieutenant Kramer? Und was den Artikel angeht, ist es ja noch früh, er müsste also zur Erstausgabe fertig sein, ich rufe Sie dann so –«

»Tun Sie das, Clive«, sagte Kramer und stürzte hinaus.

Die letzten Runden wurden bestellt. Der kleine schwarze Junge, der ab und zu in die Kantine geschlichen kam, um leere Flaschen und Gläser abzuräumen, wobei er die Augen nie über die Tischkante erhob, tat sich an halb ausgetrunkenem Soda und Cola, für die längst Ersatz dastand, gütlich. Wenn das Niveau der Unterhaltung nicht besonders hoch war, so war der Geräuschpegel dafür umso höher, und Marais hatte sich in dem lauten Stimmengewirr allmählich aufgeheitert.

»Die armen Schweine«, sagte er mit Blick auf zwei portugiesische Gäste, die Bier tranken. »Wie fänden Sie es, wenn die Kaffern Sie aus Ihrem Land vertrieben, und Sie müssten ganz von vorn anfangen?«

»Wer hat sie denn hier hereingeholt?«, fragte Gardiner blinzelnd, wie es Nichtraucher im Rauchermief zu tun pflegen. Er hatte seit drei Tagen keine angerührt.

»Weiß ich nicht. Vielen tun sie einfach leid. Die machen sich bei uns lieb Kind. Wollen zeigen, wie gut sie es hier in der Republik finden, meine ich. Der Große dort ist aus Lourenço Marques, der Kleine aus Beira; sie haben ein Café in der Nähe vom College.«

»Die haben heute alle Cafés«, sagte ein junger Constable, der mitgehört hatte. »Schlimmer als die Kulis.«

Ihre Gläser waren leer.

Gardiner ging voraus zum Ausgang, wo er kurz bei einem uniformierten Sergeant stehen blieb, der Orangensaft im Gang an der Tür trank, weil er Dienst hatte und keine Schusswaffen in der Kantine erlaubt waren.

»Wer ist der aufdringliche Kerl dahinten, Sarge?«

»Der gerade mit Ihnen geredet hat? Oppenheimer.«

»Aha«, sagte Gardiner, und dann gingen er und Marais durch den breiten Gang in den Hof hinaus und zum Abtritt. Der aus irgendeinem ebenso komischen wie unerfindlichen Grund Schwingtüren hatte, wie ein Saloon im Wilden Westen.

»Hier meine Meinung über dich«, sagte Marais und zielte sorgfältig zwischen die Becken auf Trekkersburg, denn die Rohre zur Abflussrinne fehlten, sodass er andernfalls seine Mokassins durchgeweicht hätte. »Wie war das mit der Puppe und der letzten Reihe im Drive-in? Ein Jammer, dass Mickey doppelte Arbeit für Sie und –«

Die Flügeltüren schwangen weit auf.

»So, Sergeant Marais, in mein Büro«, sagte Kramer leise, die Hände auf den Hüften.

Gardiner blieb noch, um seinen linken Strumpf auszuspülen.

Zondi übergab Kramer die Schlüssel des Chevys, der jetzt besser als neu war, und lieh sich das Fahrgeld für den Bus von ihm. Dann ging er um Marais herum, grinste kurz hinter dessen Rücken und machte sich auf den Heimweg.

»Hören Sie, Sir«, fing Marais steif an, der durch diese Unterbrechung Zeit gehabt hatte, sich etwas zu seiner Verteidigung auszudenken.

»Nein, Sie hören zu«, widersprach ihm Kramer und bedeutete ihm, Platz zu nehmen. »Ich werde gelten lassen, was Sie mir über die Johannesburger Zeitungen sagen wollen, die unseren Funk abgehört haben und genauso schnell am Tatort waren wie wir. Ich will das alles gelten lassen.«

Marais hockte sich auf die Kante von Zondis kleinem Tisch und entspannte sich etwas.

»Wenn ich nicht selbst im Wigwam gewesen wäre, hätte das alles ganz anders ausgesehen, Marais. Dann hätte ich von Ihnen erwartet, dass Sie es persönlich nehmen – sehr persönlich. Aber so hatte ich die gleichen Chancen wie Sie. Der springende Punkt ist der: Mir scheint es ziemlich eindeutig zu sein, dass wir von dem Arschloch, das den Club betreibt, verschaukelt worden sind. Wir, die Polizei. Ich möchte, dass das untersucht wird. Und wenn irgendetwas daran ist, möchte ich, dass Anklage gegen ihn erhoben wird. Wegen Falschaussage, Verdunkelung –«

»Meineid? Ich habe den Bericht mit seiner Aussage bereits, Sir.«

»Was? Hervorragend – dann lassen Sie mich gleich mal hören.« Der verlorene Sohn verließ den Raum, als werde nebenan schon das Kalb für ihn geschlachtet, und Kramer nutzte die Pause, um die Witwe Fourie anzurufen und sich für später als geplant anzumelden.

Ja, er habe Mickey gesagt, dass er für den Umzug gebraucht würde. Ihm sei klar, dass es sich nicht mehr aufschieben ließe. Bis später.

Marais war gerade mit der Akte wiedergekommen, als der *Gazette*-Reporter wegen seines Artikels anrief.

»Nicht übel«, sagte Kramer zum Schluss mit einem halben Lächeln der Erleichterung. »Nur gibt es noch keine Salve, wenn fünf Schüsse im Abstand von ein paar Tagen fallen, klar? Finde ich gut, dass es auf Englisch ist, aber … Ja, das wäre gut. Ausgezeichnet. Hm, Sie mich auch.«

Er warf einen Blick auf Marais, wie er darauf reagieren mochte, aber der kritzelte gerade völlig versunken etwas.

»Ach ja? Nie! Bis dann.«

Das Gewicht des Hörers sorgte abrupt für Stille.

»Ich habe alles aufgeführt«, verkündete Marais.

»Na los – lesen Sie vor.«

»Erstens: Anruf des Verdächtigen beim diensthabenden Officer laut Eintrag um 10.30 Uhr; Benachrichtigung der Presse um 10.40 Uhr, die Anrufe müssen also unmittelbar danach getätigt worden sein.«

»Oder vorher?«

»Hm. Zweitens: anmaßendes Verhalten des Verdächtigen, als er hörte, dass die Presse gebeten worden war, draußen zu warten.«

Seine diplomatische Ausdrucksweise wurde mit einem knappen Nicken gewürdigt.

»Drittens: Reaktion des Verdächtigen, als er erfuhr, dass Beweisstück A aus seinen Räumen entfernt werden würde. Damit meine ich sein Angebot, der Polizei Zeit zu sparen und es in seinen Schweinekoben zu legen.«

»Bitte?«, fragte Kramer und warf ihm eine angezündete Lucky Strike zu.

»Danke, Sir. Na ja, damals dachte ich, Monty würde bloß arschkriechen, aber in Anbetracht seiner Publicitysucht hat er wohl gehofft, ein Bild der Schlange käme in die Zeitung. Hätte gut ausgesehen, und wenn man Unfallfotos bringen kann, warum dann nicht auch so was?«

»Hm. Haie – sie bringen Fotos von Killerhaien. Und weiter?«

»Viertens: die Aufregung des Verdächtigen. Kollege Gardiner hat mir heute Abend erzählt, dass Monty einmal einen Junkie tot in seinem Scheißhaus gefunden hat und –«

»He!«, unterbrach ihn Kramer. »Was ist mit Nummer fünf? Das würde mich nämlich wirklich interessieren.«

Marais hatte keinen fünften Punkt aufgeschrieben. Er blickte auf, ein wenig aus der Fassung gebracht.

»Sir?«

»Wenn man Nachtschicht hat, Mann, wann steht man dann nach einer dienstfreien Nacht auf? Früh? Oder spät, wie Sie nach der Nachtschicht?«

»Man – äh – kommt irgendwie in eine Routine, sicher. Es wird also meist spät wie bei den anderen. Wenn nicht, wird man mit der Zeit ... Oh, verstehe. Zehn ist ziemlich früh für ihn, was?«

»Damit hätte er einen 15- oder 16-Stunden-Arbeitstag.«

»Ja, aber – Teufel, welch gemeiner Verdacht!«

»Aber was?«

»Er hat angegeben, immer um zehn zu erscheinen, um nach der Post zu sehen, die Varieté-Buchungen festzumachen, Futter und Gesöff zu bestellen und den Putzmann einzulassen.«

»Wie macht man denn dann Reservierungen?«

»Über seine Privatnummer – seine Frau ist dafür zuständig. Moment mal ...«

Marais zerrte ein Aussageblatt aus dem Ordner.

»Hier: ›Ich bin immer vormittags für ein paar Stunden im Club und gehe gegen zwölf zum Schlafen nach Hause. Ich hatte keine Termine, und so hatte ich das auch vor, als mir der Bantu Joseph Ngcobo Bericht erstattete, der bei mir teilzeitbeschäftigt ist als –«

»Vergessen Sie, was Sie aufgeschrieben haben«, sagte Kramer. »Erzählen Sie mir einfach, von wo an Sie übernommen haben.«

Marais fühlte sich durch seine einsichtige Art geschmeichelt, er fuhr mit dem Finger zur vierten Zeile. »Von ›Bericht erstattete‹ an, Sir. Verdammt, er wollte einen ganzen

Roman daraus machen und Sachen aufnehmen, die er nur vom Hörensagen wusste.«

»Das tun sie alle, mein Sohn. Ein guter Einfall immerhin. Was haben Sie gesagt? Vier?«

»Ach, nur, dass Monty vorher nicht so leicht zu schockieren war. Sehr cool, hat der Kollege gesagt. Aber Punkt vier ist auch keine so dicke Sache, würde ich sagen, angesichts einer Frau mit so einer verfluchten Schlange um den Hals, muss es –«

»War sie noch dran?«

»Hier sind die Fotos – das Labor hat schnelle Arbeit geleistet.« Kramer spielte eine Zeit lang Patience mit ihnen.

»Wie kommt es, dass die Schlange immer noch um ihren Hals geschlungen war, obwohl sie ihr an der Wand den Schädel eingeschlagen hat?«

»Doc Strydom sagt, so ein Vieh hätte ein seltsames Nervensystem; wahrscheinlich hätte es sich in den letzten Zuckungen krampfartig um sie gerollt. Sie wissen ja, dass die Kaffern sagen, eine Schlange könnte nicht vor Sonnenuntergang sterben, ganz gleich, was man mit ihr anstellt.«

»Man trennt das Haupt mit einem Spaten ab, und Stunden später peitscht sie immer noch herum, meinen Sie das?«

»Ja. Der Doktor will sich an den Schlangenzoo wenden, damit er seinen Bericht mit den entsprechenden Details abfassen kann.«

Die Fotos wurden zur Seite geschoben. Sie waren für den vorliegenden Fall unerheblich, und Kramer verdross es, wenn ihm ein Strich durch die Rechnung gemacht wurde. Er hatte eine sehr genaue Vorstellung von dem Manager und eine ebenso genaue Vorstellung davon, was er gern …

»Sechstens!«, sagte er. »Was haben wir heute in Trekkersburg? Und sagen Sie jetzt bloß nicht Montag!«

»Waschtag?«, sagte Marais erfreulich schnell.

»Haargenau. Denken Sie mal zurück, wie fein gemacht der Kerl war. Sah in meinen Augen alles neu aus. Und selbst wenn es das nicht war, wer zieht nicht am Wochenende seine besten Klamotten an? Samstagabend oder Sonntag? Wer macht sich schon schick für den Briefträger oder irgendeinen verfluchten schwarzen Angestellten? Er war mit niemandem verabredet. Zwei Stunden lang, was? Wer geht schon am helllichten Tag auch nur in die Nähe eines Nachtclubs? Wann genau wurde Mr Joseph Ngcobo in den Schuppen reingelassen? Und dann die Weinflaschen überall? Und totes Ungeziefer im Gang?«

Marais begann, hin und her zu wandern, und tippte sich mit dem Daumen an die Schneidezähne. Dann blieb er abrupt stehen.

»Worauf wollen wir hinaus, Sir?«, fragte er sehr ernst.

»Nur darauf: dass Monty Stevenson, der Werbefachmann, womöglich vor Ngcobo im Club erschienen ist, um nachzusehen, ob das Mädchen vielleicht etwas geklaut hatte – und gewisse Vorteile kommerzieller Art in der Situation sah.«

»Heiliger Himmel! Man muss ganz schön cool sein, um das zu tun!«

»Und was hat Ihr Spezi Gardiner über ihn gesagt?«

Marais schlug sich selbstanklagend auf die Schenkel. »Und ich habe gar nicht weiter nach der Zeit gefragt, als ich Ngcobo vernommen habe! Tut mir leid, aber es schien –«

»Jetzt nicht mehr! Haben Sie denn Zeitangaben von Stevenson?«

»Beeidet.«

»Und Ngcobos Adresse? Bantu-Männerhaus?«

»Stimmt, Sir.«

»Die Nacht ist noch lang«, bemerkte Kramer leichthin.

Sergeant Kloppers prallte mit seiner Liste im Autopsieraum mit Strydom zusammen und hätte dabei fast ein Glasgefäß mit Lungen zu Boden gestoßen. Seine Nacht war um.

»Ich geh jetzt nach Hause«, erklärte er trotzig.

Strydom warf über den Rand seiner Bifocalbrille einen Blick auf die Uhr und runzelte die Stirn. »Sie waren fast den ganzen Nachmittag weg. Was soll also der Unsinn? Sie können nicht erwarten, dass jede Woche so gemütlich ist wie die letzte. Wir haben alle Hände voll zu tun – deshalb habe ich mir überhaupt die Mühe gemacht, Ihnen eine Pause zu empfehlen, als ich in Peacevale aufgehalten wurde. Sie waren ganze drei Stunden weg.«

»Von Peacevale habe ich gehört!«, sagte Kloppers giftig.

»Wir können uns nicht den ganzen Tag damit um die Ohren schlagen, uns zu überlegen, was wir Ihnen erzählen –«

Kloppers klopfte heftig auf seine Liste.

»Der Schwarze von Peacevale, na schön. Aber dann? Eine Weiße mit Tanga. Eine Abtreibung. Ein –«

»Fehlgeburt heißt das!«, korrigierte ihn Strydom aufgebracht in untypischer Pedanterie.

»Eine Wasauchimmer. Aber dann? Ein Schwarzer voller Glas. Und jetzt –«

»Ach, was soll das Gejammer – wer hat denn gesagt, dass wir versuchen müssten, alle heute Nacht zu schaffen?«

»Soso«, sagte Kloppers, »soso, dann kommen Sie mal,

und sehen Sie, was sonst noch in meinem Kühlschrank ist!«

Strydom stolzierte an ihm vorbei in den anderen Raum.

»Die ist zufällig für mich«, sagte er kalt. »Sie gehen wohl besser nach Hause. Morgen werde ich ein Wörtchen mit Ihrem Vorgesetzten reden – Sie eignen sich nämlich nicht für diesen Job!«

»Kommt mir sehr entgegen!«, rief Kloppers von der Tür her.

Und Nxumalo, der mit der Riesenschlange gut fertig geworden war, fragte sich, ob Sergeant Van nicht bald zurückkommen konnte.

Gardiner legte die Sohlenabdrücke der Gefangenen und die Originale auf den Schreibtisch vor Kramer, der gerade angefangen hatte, Stevensons Aussage zu lesen.

»Einer passt«, sagte er, »der andere nicht. Könnte einer von Luckys großen Jungs gewesen sein. Ich könnte –«

»He, wie war das mit den Gefangenen?«

»Richtige Spitzbuben, die beiden. Haben eine Gelegenheit gewittert und beim Schopf ergriffen. Zondi wurde durch den Anruf eines Informanten aufgehalten, also hat er sie kurz in die Zange genommen, und da haben sie gestanden. Er hat den Fall Sithole übergeben und ihn gebeten, Untersuchungshaft zu beantragen und in der Zwischenzeit Stillschweigen über die Sache zu bewahren.«

»Und die Fingerabdrücke auf der Kasse?«

»Tut mir leid, Lieutenant, aber der eine, der nicht Luckys war, ist von einem der beiden. Dem hier.«

»Und wir haben keine Schuhabdrücke bei den Akten.«

»Ein paar, aber der andere hier stimmt mit keinem überein. Vergessen wirs?«

»Hm.«

»Ich wette, die Gang schlägt morgen wieder zu«, bemerkte Gardiner freundlich zum Abschied. »Ich würde es jedenfalls tun, wenn ich so gut wäre, aber bisher nur Peanuts eingesackt hätte.«

Binsenweisheiten halfen auch nicht weiter. Kramer versank so tief in trübe Gedanken, dass er fast überhörte, was Marais bei seiner Rückkehr berichtete.

»Der Putzmann Ngcobo war auch früher da heute Morgen«, erzählte er Kramer. »Und er ist mit Stevenson zusammen vor zehn im Club gewesen. Die Weinflaschen sammeln die indischen Kellner bei Arbeitsantritt ein. Er wird nicht dafür bezahlt, den Gang zu säubern. Aber etwas hat er noch gesagt: dass seiner Meinung nach sein Boss die ganze Zeit über nur so getan hat, als könnte er kein Zulu, denn als Ngcobo ihm von der kranken Missus erzählte, hätte er sofort Bescheid gewusst.«

4

Der Dienstag brach an, und an diesem Tag sollte in Trekkersburg etwas Gutes und etwas besonders Übles geschehen.

Er war auch der Tag, den sich Mickey Zondi und der Lieutenant nach gemeinsamer Absprache freigenommen hatten, um der Witwe Fourie beim Umzug zu helfen.

Die Pläne wurden trotz drohender späterer Interessenkonflikte nicht geändert, und alles sollte wie vereinbart geschehen.

Womit ein sehr früher Tagesbeginn in 2137 Kwela Village am Rand der Stadt angesetzt war. Sogar in doppelter Hinsicht, denn Zondi stand schon vor der übrigen Familie auf, um das Wohnzimmer zu putzen. Das war mit ungefähr einem Dutzend Besenschwüngen über den gestampften Lehmboden getan. Dann gab er sechs Hände voll Maisgrieß in einen Topf auf dem Primuskocher, suchte erst die Näpfe zusammen und dann angestrengt nach dem Sirup. Er fand ihn schließlich in einer Dose, die in einer anderen Dose mit Wasser stand, das die Ameisen fernhalten sollte. Miriam war eine erfindungsreiche Frau, wie ihr geschickt aus Zeitungspapier ausgeschnittenes Spitzentischtuch bewies. Und da ihn nun einmal die Umstände zwangen, sich genauer mit der Häuslichkeit zu befassen, bewunderte er auch gleich den neuen Griff des Bügeleisens, den sie aus Baumwollspulen gefertigt hatte. Miriam, die Wäscherei und Flickarbeiten erledigte, hoffte, eines Tages – wenn Strom gelegt worden war – genug erspart zu haben für eine Mangel.

Der Brei warf Blasen und blubberte und riss ihn aus seinen Träumen.

Zondi drehte die Gasflamme kleiner und ging ins Nachbarzimmer, wo er laut in die Hände klatschte, um seine fünf Kinder zu wecken. Was er gleich ein wenig bereute, weil er eigentlich gut ihre Gesichter hätte betrachten können, während sie noch schliefen. Sie sahen sich ja so selten.

Aber die hungrigen Sprösslinge erhoben sich schnell. Die Zwillinge waren im Nu auf; sie hatten noch nicht einmal ihre Matratze aufgerollt, als die anderen im großen elterlichen Bett bereits anfingen, sich zu streiten.

»*Hau, hau, hau!* Was soll dieser Unsinn?«, schalt Zondi. »Zieht euch erst fertig an, dann bekommt ihr Frühstück von mir. Du da! Warte mal!«

Er packte den frecheren der Zwillinge beim Ohr.

»Aber ich bin doch schon angezogen!«

»Immer schön langsam.«

»Ich will aber mein Porridge! Gestern Abend hast du nichts –«

»Ihr esst euer Porridge heute hier.«

Alle Kinder sahen ihn fassungslos an, selbst die Jüngste, die sich noch mit ihren geerbten Pumphosen abmühte. Dieser Sinn für gute Sitten überraschte ihn.

»Hier drin?«, fragte der ruhigere Zwilling, der mehr nach seiner Mutter kam.

»Ihr geht nicht in das andere Zimmer, nachdem ich es jetzt für Mamas Heimkehr geputzt habe – keiner von euch.«

»Auch nicht, wenn wir zur Schule müssen, mein Vater?«

»Nein. Ihr werdet alle aus diesem Fenster klettern! Ich

habe gesehen, was für eine Schweinerei ihr schneller als schnell anrichten könnt! So ist das! Ich will nur noch ein Zimmer putzen müssen.«

»Das ist ja mal eine gute Idee!«, sagte die Älteste, die bei der verhassten Hausarbeit helfen musste. »Unser Vater ist wirklich clever!«

»Küss ihm die Füße! Küss ihm die Füße!«, schrien die anderen im Chor.

»Hört mit dem Lärm auf!«, brüllte Zondi. »Sonst schnalle ich meinen Gürtel ab!«

»Dann rutschen dir ja die Ho–«

Der frechere Zwilling zog sich mit seinem schmerzenden Ohr in eine Ecke zurück und beschwerte sich, ohne Hilfe könne er seine Hausaufgaben nicht verstehen.

Er fand kein Gehör. Zondi stand auf einmal ganz still da und versuchte, sich an einen Gedanken zu erinnern, der ein Schlüssel zu der Serie von Überfällen hätte sein können. Er war ihm vor wenigen Augenblicken durch den Kopf geschossen, ausgelöst durch etwas, das gesagt oder getan worden war.

Zu schade, er war weg.

Klip Marais war ebenfalls um diese Stunde auf, denn er war gar nicht erst im Bett gewesen. Das hatte nicht an seinem Magen gelegen – er erfreute sich eigentlich ausgezeichneter Gesundheit und war nur aus der Garderobe gestürzt, um sich zu übergeben –, sondern weil ihm die Gedanken wie verrückt im Kopf herumgingen.

In seiner Einstellung zu Kramer hatte sich eine bedeutende Veränderung vollzogen, als ihm klar geworden war, dass er die Chance bekam, sich zu beweisen, nur wusste er nicht, wie er das anfangen sollte.

Besonders, da er sich während der frühen Morgenstunden in der ernüchternden Einsamkeit seines Junggesellenapartments gezwungenermaßen hatte eingestehen müssen, dass die Beweise äußerst dünn waren. Er schaute sich seine Liste noch einmal an. Sie war neu – er musste immer alles, was ihm Probleme bereitete, ordentlich aufschreiben. Dieser Versuch las sich wie folgt:

1. Anzug – zu gut für den Anlass.
2. Anrufe – zu kurz nach Benachrichtigung des CID.
3. Art – zu aufgeregt (sagt Gardiner).
4. Auffassung – zu schnell den Putzmann verstanden.

Marais hatte zudem eine Vorliebe für die Alliteration und seine Prüfungen weitgehend mithilfe von Eselsbrücken bestanden, eine Methode, die nur er leichter fand als das normale Einprägen des Stoffes.

Punkt eins und zwei hatten an Bedeutung verloren, da sie eine Frage der Einstellung waren und einfach der Neigung dieses Mannes entsprechen konnten, persönlich und geschäftlich Profit aus der Sache zu schlagen. Punkt drei war auch Ansichtssache, wenn man einmal von Freundschaft absah, und der Tod wirkte auf jeden Menschen anders – nach einem Verkehrsunfall hatte er sich nie übergeben. Punkt vier gründete sich auf das Wort eines Eingeborenen, noch dazu eines sehr schwerfälligen, und es hatte einen leichten Beiklang von Rachsucht. Und doch …

Marais dachte einen Moment nach und schrieb dann noch »Ablauf« dazu, was am nächsten an das Wort »Zeitfaktor« herankam. Das war der entscheidende Punkt.

Er hatte bereits eine Ablaufliste zusammengestellt und grübelte eben darüber nach, als ein schlaftrunkener Constable, ohne anzuklopfen, in sein Zimmer stolperte und ihm meldete, er würde am Telefon gewünscht.

Jetzt überschlugen sich die Gedanken in seinem Kopf förmlich.

Die Sache war dadurch ins Rollen gekommen, wie Kramer sich erinnerte, dass die Witwe Fourie ihn eines Tages fragte, ob er etwas von Psychologie verstehe. Er hatte es bejaht und erklärt, die Psychologie sei so etwas wie eine Plastikente. Und als ihr das nicht recht einleuchten wollte, hatte er gesagt, die Psychologie sei auch so, als hole man zum Tritt in die Eier eines Verdächtigen aus, halte aber einen Millimeter vorher inne.

Es war ungefähr um die Zeit gewesen, als in Südafrika das metrische System eingeführt wurde.

Sie war danach etwa eine Woche lang nicht mehr auf die Psychologie zu sprechen gekommen. Dann hatte er gesehen, dass sie ein Buch aus der Bibliothek darüber las, und sie gefragt, woher ihr plötzliches Interesse rühre.

Ohne ein Wort hatte sie in ihrer Handtasche herumgewühlt und ihm einen Brief vom Schulleiter ihres ältesten Sohnes gereicht. Darin wurde ihr sehr freundlich empfohlen, einen Termin mit dem Schulpsychologen auszumachen. Piet, zu diesem Schluss seien sie aufgrund ihrer Beobachtungen gekommen, sei sehr unglücklich, was sich in seiner schulischen Leistung niederschlage.

Die Witwe Fourie war zur Schulbehörde gegangen und hatte den Psychologen aufgesucht, und danach schwirrte ihr der Kopf vor lauter Fachausdrücken, von deren Existenz sie nichts geahnt hatte. Wie Verdrängung, Ödipuskomplex, Trauma und Gott weiß was alles.

Darum hatte sie Kramer gefragt, was er darüber wüsste, und darum hatte sie sich Bücher aus der Bibliothek geholt, um so vielleicht herauszufinden, worum es eigentlich ging. Er hatte den Rest des Abends damit zugebracht, selbst in einigen der Bücher zu lesen – stellenweise sogar laut, wenn ihn etwas empörte, wie zum Beispiel: »Der Ödipuskomplex kann als weitgehend unbewusste Denkdisposition definiert werden, die auf dem Wunsch beruht, die Mutter zu besitzen und den Vater auszuschalten.«

Gegen Mitternacht hatte er die Bücher in die Ecke geschleudert und ihr gesagt, Piet sei einfach ein im Wachstum begriffener Junge, der Platz zum Wachsen brauche. So eingepfercht in einer Mietwohnung unter dem Dach leben zu müssen, hätte ihn als Kind jedenfalls verrückt gemacht.

Dann hatte sie es zu einer hässlichen Szene kommen lassen, indem sie Kramer eröffnete, ihrer beider Beziehung sei als möglicher Grund für Piets Schwierigkeiten diskutiert worden. So war es bis in die Morgenfrühe weitergegangen, und dann hatten sie sich zweimal geliebt, und er hatte gesagt: »Abwarten.«

Was ihm noch ganz frisch in Erinnerung war an diesem Morgen, als er ungeduldig am Straßenrand auf Zondis Erscheinen mit einem gemieteten Lastwagen wartete. Der sollte um acht bei einem indischen Autohändler abgeholt werden, und angesichts der Unmengen von Zeug, die zu transportieren waren, war eine Verspätung alles andere als komisch.

Es war Viertel vor neun.

Dann kam der Lastwagen vorgefahren mit Zondis üblichem Wahnsinnstempo, das ihm nicht abzugewöhnen war, und vier Schwarzen in Arbeitsoveralls, die sich hinten am Dach des Führerhauses festklammerten. Kramer wusste, dass es unklug war, zu fragen, wer sie waren.

»So, Boss – was ist zuerst dran?«, fragte Zondi und sprang vom Fahrersitz.

»Das zerbrechliche Zeug, würde ich sagen.«

»He! Drei von euch! Los, runter!«, befahl Zondi und machte sich an die Organisation.

Die Witwe Fourie kam herunter, um zuzusehen – die Kinder hatte sie für den Tag in den Park geschickt. Ihr gelbblondes Haar war gegen den Umzugsstaub unter einem Kopftuch versteckt, und sie trug einen formlosen Kittel, den sie von der Kinderfrau geborgt hatte, sodass er sich nur an ihrem Gesicht erfreuen konnte – was er auch tat, und zwar sehr, denn er hatte sie noch nie so glücklich und aufgeregt gesehen.

»Vorsichtig, Mickey!«, stieß sie warnend hervor.

Aber Zondi, der damit begonnen hatte, den Boys Kartons voll sorgfältig verpackten Geschirrs zuzuwerfen, das behandelt werden sollte wie Ziegelsteine vom Baugerüst, lachte nur höflich.

»Warum räumen wir nicht einfach das Feld?«, schlug Kramer vor und nahm sie beim Arm. »Komm, wir fahren rüber und schließen auf.«

»Na ja ...«, sagte sie und schaute über die Schulter zurück, während er sie zu seinem Wagen führte.

Sie fuhren die ganze Strecke in den Westteil der Stadt schweigend, an Flughafen und Schießplatz vorbei in sanftes Hügelland hinein, wo sich einige der ersten Siedler niedergelassen hatten. Das Gras war gelb wie ihr Haar, und das dunkle Grün der Eukalyptusbäume und Akazien glich der ungewöhnlichen Farbe ihrer Augen.

Er spürte, dass sie leise weinte, als er anhielt.

Da war es. Das große Haus. Mit einer Veranda ringsherum und einem Regenwassertank auf einer Ecke, der das Wasser von dem tief herabgezogenen Wellblechdach auffing. Und der große Garten. Fünf Morgen mit Wildnis, Rasen, Gemüsebeeten und Bäumen, deren Äste genau richtig waren, um Plattformen und Kletterseile daran zu befestigen. Eine vergammelte, anheimelnde Stätte.

Jetzt lächelte sie, so wie immer, wenn er sich auf sie stürzte.

Kramer, der jahrelang etwas von seinem Gehalt gespart hatte, um irgendwann einmal etwas Besseres damit anzufangen, hatte Blue Haze auf Anhieb gekauft und sie in seinem Testament als Erbin eingesetzt. Bis dahin sollte sie die gleiche Miete dafür bezahlen wie vorher für ihre Wohnung.

»Meldung an Lieutenant Kramer, Meldung an Lieutenant Kramer!«, störte sie das Funkgerät auf einmal. »Bitte kommen Sie sofort ins Hauptquartier. Ich wiederhole: Bitte –«

Er schaltete es wütend ab.

Marais schritt stolzgeschwellt hinter Strydom her aus dem Hauptgebäude zum Parkplatz.

Dort trafen sie Gardiner, der sofort fragte, warum sie so selbstgefällig lächelten.

»Teamwork«, sagte Strydom und bedeutete ihm mit einem heimlichen Wink, dass das sehr wohlwollend ausgedrückt war.

»Ja, der Doktor und ich haben Stevenson sozusagen in der Hand. Ich habe gerade an Kramer durchgegeben, dass er seinen freien Tag vergessen kann.«

Dann musste an der Sache etwas dran sein.

»Na los, kommt schon, ihr könnt es dem Onkel ruhig erzählen«, drängte Gardiner und zuckte mit den Augenbrauen.

»Ich habe sehr schlecht geschlafen letzte Nacht«, sagte Strydom. »So ein Tag, und dann kriegt Kloppers zu allem Überfluss noch einen Koller. Ich war so unruhig, dass mich meine Frau gegen sechs aus dem Bett geworfen hat mit der Aufforderung, gefälligst im Arbeitszimmer weiterzuschlafen.«

»Dann –«, versuchte Marais, den Faden aufzunehmen.

»Natürlich war an Schlaf gar nicht mehr zu denken, also fing ich an, meine Notizen über die junge Dame von gestern in die Formulare zu übertragen. Ich wollte gerade die äußeren Beobachtungen in die entsprechende Rubrik eintragen, als mir plötzlich ein Einfall kam.«

»Mir auch«, mischte Marais sich ein, »nur wollte ich erst nach dem Frühstück anrufen.«

»Ach ja?«, murmelte Strydom mit unverhohlenem Zweifel in der Stimme, um dann rasch fortzufahren. »Ich schrieb, dass die Hände noch nach den beiden Enden der Schlange griffen – was, nebenbei bemerkt, die einzige Art ist, mit einer Riesenschlange umzugehen, wie mir von sachverständiger Seite versichert wurde: Man muss sie davon abhalten, etwas mit dem Schwanz zu fassen zu kriegen, und das Kopfende lässt unangenehme Bisse erwarten. Sie hat also das Richtige getan, nur hat ihre Panik der Schlange wahrscheinlich erst die nötige Hebelkraft verschafft. Wenn man sich in ihre Lage versetzt, kann man verst–«

»Das ist alles unerheblich«, wandte Marais ein.

»Na, hören Sie mal, junger Mann! Aber wie dem auch sei, ich beschrieb jedenfalls den Zustand der Leiche und vermerkte, dass sich die Totenstarre bereits gelöst hatte. Da fiel mir auf einmal ein, was der dumme Kerl bei unserem Eintreffen gesagt hatte. Wissen Sie noch? Dass sie ganz starr gewesen sei bei Berührung? Ihre Beine, nun gut, das würde ich gelten lassen –«

»Der Doktor rief mich also an, um zu hören, ob ich

mich auch daran erinnerte oder ob er sich das bloß einbildete, und ich sagte, nein, er hätte es so gesagt. Sogar bei seiner Aussage.«

»Die haben Sie aufgenommen?«

»Teufel auch, man erwartet schließlich von den Leuten, dass sie dergleichen sagen, und ich habe die Arme nicht selber geprüft!«, Marais verstummte jäh, als er merkte, dass er sich mit seiner Behauptung, die gleiche Entdeckung gemacht zu haben, selbst reinlegte.

»Unerheblich«, sagte Strydom jetzt. »Tatsache ist, dass ihre Arme schlaff waren und ich nicht stark ziehen musste, um sie auf ihre Brust zu bekommen. Mr Stevenson hat sie demnach entweder überhaupt nicht angefasst – oder sie war steif, als er es getan hat.«

»Und das hieße?«

»Dass er unter Eid falsch ausgesagt hat, wie man es auch dreht«, erklärte Marais. »Damit habe ich ihn! Kein Problem!«

Yankee Boy Msomi schritt voller Anmut den Pfad durch das Gras hinter einer kurzen Reihe von Geschäften entlang, wo sein Freund einen Schallplattenladen betrieb. Er wollte um keinen Preis den Eindruck erwecken, als habe er es eilig.

Sekunden vorher hatte er sich noch drüben auf der anderen Straßenseite gesonnt, die Begrüßung der Vorübergehenden mit einem Nicken quittiert und sich rundum wohlgefühlt, bis sein Blick zufällig wieder das alte rote Auto vor dem Laden seines Freundes streifte. Da erst bemerkte er, dass die beiden Insassen des Wagens nicht ausgestiegen waren. Sie schienen auf etwas zu warten.

Vielleicht auf das sichere Abebben des Menschenstroms, eine Erscheinung von kurzer Dauer, die Msomi auch anderswo schon oft vormittags aufgefallen war.

Das reichte ihm. Schallplatten, selbst solche für altmodische Kurbelkisten, brachten dickes Geld ein.

Er merkte, dass er schwer atmete, als er die Hintertür zum Geschäft seines Freundes erreicht hatte. Obgleich er wusste, dass ihm niemand gefolgt war, schob er den Riegel vor, als er drin war. Dann ging er mit größter Vorsicht auf Zehenspitzen zum Ladendurchgang und hielt im Überwachungsspiegel nach seinem Freund Ausschau.

Beebop trank eine Cola und hörte sich die neueste Platte von Black Mambazo an. Kunden waren nicht im Laden.

Msomi warf einen prüfenden Blick auf das Auto. Die zwei Männer saßen immer noch auf den Vordersitzen.

Daraufhin streckte er vorsichtig seinen Kopf um die Ecke und sagte freundlich und leise: »Beebop, bleib ganz ruhig, Bruder, aber schließ mal deine Tür dort ab, häng dein Schild dran und komm hierher nach hinten. Draußen sieht es sehr, sehr schlecht aus, das kann ich dir sagen.«

Wenn er etwas in dieser Art gratis losließ, gab es kaum jemanden, der noch zögerte oder Einwände hatte.

Beebop, der unter seiner tiefschwarzen Haut leicht grau wurde, schlurfte nach vorn, schloss die Tür, schob den Riegel vor, drehte das Schild um, sodass zu lesen war: GESCHLOSSEN, LEUTE, BIN WEG, und dann rannte er fast, bis er den sicheren Lagerraum erreicht hatte.

Es war eigentlich ein Ding der Unmöglichkeit, aber in dem kurzen Augenblick, in dem er Msomi den Blick auf das Auto versperrte – was kaum länger als zwei Sekunden gewesen sein konnte –, war einer der Insassen ausgestiegen und verschwunden.

In dem unzureichenden Licht konnte Msomi die Gesichtszüge des Mannes am Steuer nicht erkennen, und von seinem Blickwinkel aus konnte er auch das Nummernschild nicht sehen – er hatte es zu eilig gehabt, um es sich vorher zu merken. War vermutlich ohnehin ein falsches.

»Was ist denn hier faul?«, flüsterte Beebop. »Und wie bist du überhaupt hier reingekommen, Mann? Hat mein Sprössling wieder die Tür offen gelassen? Habe einige gute Sachen hier drin.«

»Dein Sprössling ist wie alle Kids.« Msomi grinste. »Dass du nur die Tür zuschließt, mein Sohn! Ja!«

Und er scharrte leicht über den Boden mit seinen spitzen Schuhen.

Als er aufschaute, saßen wieder zwei Männer auf den Vordersitzen des Wagens. Sie fuhren davon.

Beebop junior versuchte sein Glück an der Hintertür – sie knallte ihm ins Gesicht, und ehe er noch schreien konnte, wurde ihm schon tüchtig das Fell gegerbt.

Msomi wartete, bis der Junge wieder auf die Füße gekommen war und seinen Besen in die Hand gedrückt bekommen hatte, dann entfernte er sich mit den Worten: »Meine aufrichtigsten Empfehlungen, Bruder, vielleicht habe ich ja etwas Gutes getan.«

Wahrhaftig, vielleicht hatte er das. Aber im Laden nebenan blutete sich gerade der Metzger zu Tode. Diesmal hatten sie eine Kaliber .22 benutzt, deren Knall durch Beebops starke Boxen einfach verschluckt worden war.

Kramer versuchte es mit einem Scherz.

»Man sieht, dass ihnen der Saft ausgeht«, sagte er. »Das ist erheblich billiger, als mit einer .38er zu schießen.«

Er wollte Colonel Muller nicht unbedingt zum Lachen, sondern nur zum Reden bringen.

Der Colonel drehte weiterhin sein Plastiklineal in den merkwürdig gepflegten Händen, die ausgesehen hätten wie die eines Pianisten, wären da nicht die Werwolfkrallen gewesen. Sein dicker Kopf mit den rosigen Wangen war fleckig geworden.

»Sie halten uns wirklich zum Narren«, sagte er schließlich, »und das mag ich nicht. Ich mag es nicht, wenn in meinem Bezirk Leute erschossen werden. Ich mag nicht, dass wir beide – aber, Mann, was können wir schon tun? Wir haben nicht genügend Leute für Peacevale, und wer sagt denn, dass es das nächste Mal dort sein wird?«

»Hm, besonders, wo sie eben wieder dort zugeschlagen haben«, pflichtete Kramer ihm bei. »Die Schwarzen können froh sein, wenn sie einmal die Woche Fleisch essen können, und dann kaufen sie es freitags, wenn sie ihren Lohn ausbezahlt bekommen haben. Die Woche über haben die Metzger allenfalls Würstchen, vielleicht ein bisschen Huhn, das sie für sich selber kochen, und Innereien. Dann sind ihre Kassen fast leer.«

»Und Sie sagen, daneben ist ein Plattenladen?«

»Verkauft auch Transistorradios und Plattenspieler für Batteriebetrieb. Ist die Nummer eins in dem Bezirk; von überall her kommen die Fettärsche dorthin. Aber er war gerade zu, Inventur.«

Der Colonel ließ das Lineal fallen und nahm stattdessen den Brieföffner, um damit zu spielen. Daran klebte noch das Asservatenetikett eines Mordfalls.

»Also – wie viel genau war es diesmal?«

»Schätzungsweise fünfzehn Rand.«

»Verflucht. Arbeitet Zondi daran?«

»Er hat heute seinen freien Tag, Sir.«

»Unter diesen Umständen?«

»Seine Frau ist nicht da, und –«

»Seit wann hat ein Kaff–«

Dieses abrupte Abbrechen mitten in einem Satz, der es in sich hatte, amüsierte Kramer. Der Colonel hätte beinahe »Kaffer« gesagt, ein Ausdruck, der inzwischen verboten war. Erst am Vortag hatte sich ein Verkehrspolizist öffentlich entschuldigt, weil er einen seiner Bantu-Untergebenen so bezeichnet hatte.

»Was finden Sie denn so komisch?«, fragte der Colonel. »Ist Ihnen ein neuer Witz eingefallen?«

»Ich wollte nur sagen, dass er mir zu Hause bei ein paar schweren Arbeiten hilft.«

»Ach, ist schon in Ordnung. Solange er Respekt vor Ihnen hat. Aber setzen Sie ihn darauf an, vielleicht weiß einer seiner Spezis etwas von heute.«

»Und ich?«

»Sie werden doch wohl keine Befehle von mir erwarten, Kramer! Mann, legen Sie los, Sie *voetsak!*«

Worin sich alles summierte, was Kramer an dem Mann so gut fand. Er wäre überglücklich hinausmarschiert, wäre die Last des Vertrauens nicht gewesen, die ihm damit zusätzlich auferlegt wurde.

Zondi brachte den Lastwagen zu dem indischen Autohändler zurück und ließ die vier schwarzen Männer in seinen Dienstwagen umsteigen. Dann bezahlte er jedem von ihnen die zwei Rand, die Express-Umzugshelfer zurzeit kosteten, wie er dem Lieutenant gesagt hatte.

Als das erledigt war, fuhr er um die Ecke zu dem Baugelände. Der weiße Polier, der ganz steif war, weil er den ganzen Tag auf Backsteinstapeln herumgesessen hatte, kam zu ihnen herüber.

Zondi zeigte ihm erneut seine Marke.

»Ah ja, und was haben diese Kerle ausgefressen, he? Willst du sie vielleicht alle abholen? Das macht nämlich gar nichts.«

»*Hau,* nein, Master! Das sehr gute Jungs, Master. Du ihnen vertrauen! Sie uns viel, viel helfen.«

»Niemals.«

»Schwieriger Fall, Master, aber ihre Augen sehr wachsam, sehen alles. Wenn Master mir nicht glauben, dann Klingeling Lieutenant Kramer. *Hau,* dieser hier uns erzählen, wo der *skabenga* das Messer in Polstermöbel von Ehefrau versteckt, und dieser hier –«

»Die Arbeit wartet«, sagte der Polier und wandte sich ab. »Kommt, ihr nichtsnutzigen *ntombi*-Mistkerle, los, die Leitern da rauf, *checha wena!*«

Zondi, der wusste, dass er jetzt zu verschwinden hatte, sowohl aus den Augen als auch aus dem Sinn, trat den Rückweg zu seinem Wagen an und überlegte dabei, wie er am besten eine volle Kehrtwendung machen konnte.

»Und nun wollen wir uns zum Lunch begeben, Mickey«, sagte er dann in reinstem Englisch zu seinem Bild im Rückspiegel.

Sein Wagen war nicht mit Funk ausgestattet, und im Blue Haze gab es kein Telefon.

Die Luft in der Leichenhalle war zum Schneiden.

Dann wurde deutlich, dass durch die Debatte die Arbeit zum Stillstand gekommen war, woraufhin sich Kloppers beleidigt in sein Büro zurückzog. Er ließ einen bedrückten Marais zurück, der über die Beine der toten Schlangentänzerin hinweg Auge in Auge einem aufgebrachten Kramer gegenüberstand, während Strydom die Knochensäge am anderen Ende niederlegte und dabei etwas vor sich hin murmelte.

»Also, Doktor, alles, was ich will, ist Klarheit«, sagte Kramer. »Ich habe einfach viel zu viel zu tun, um meine Zeit an einen Trottel zu verschwenden. Aber wenn Sie sicher sind, holen wir ihn und bringens hinter uns.«

»Aber Lieutenant, Sir –«

»Ich habe Sie angehört, Marais; jetzt will ich die Expertenmeinung.«

»Ich möchte dazu Professor K. Simpson zitieren, Pathologe am Hof der Königin von England: ›Unglücklicherweise lässt sich die Totenstarre zeitlich nicht sicher einordnen.‹ Richtig?«

»Es lässt sich also nur sagen, dass sie im Durchschnitt nach sechs Stunden einsetzt und dann etwa sechsunddreißig Stunden anhält? Die Dame ist angeblich nach vierunddreißig aufgefunden worden, wie Sie sich erinnern werden, nicht nach zweiundvierzig.«

»Sie kann auch sofort eintreten. Dafür waren alle Voraussetzungen erfüllt – Gewaltanwendung vor dem Tod, ein warmes Zimmer. Ich denke, so muss es gewesen sein, denn sie löst sich wieder in der gleichen Reihenfolge, wie sie eingesetzt hat – Kopf, Arme, Rumpf und zum Schluss die Beine. Ihre Beine waren noch steif.«

»Sie können also als sicher ansehen, dass Stevenson die Starre nicht einfach dadurch gelöst hat, dass er die Frau hochzuheben versucht hat?«

»Ich weiß, was Sie meinen – die Dehnung eines Muskels wirkt seiner Versteifung entgegen, Tromp –, aber ich habe natürlich dem Kopf besondere Aufmerksamkeit geschenkt, und ich weiß, dass die Starre dort schon vergangen war. Und ich weiß, dass sie sich auch im Rumpf bereits gelöst hatte. Die Arme müssen zur gleichen Zeit wieder locker geworden sein; sie können nicht steif gewesen sein, wie er behauptet hat.«

»Musste mich nur vergewissern«, sagte Kramer, schon auf dem Weg zur Tür. »Danke, Doktor. Kommen Sie mit, Marais?«

»Tut mir wirklich leid, Lieutenant. Aber ich bin von der Einbruchsabteilung hierher versetzt worden. Das von der Starre und ihrer Lösung wusste ich gar nicht. Ich habe immer gedacht, steif und tot sei steif und tot.«

»Das denken die meisten Leute«, sagte Kramer, dessen Laune sich wieder gebessert hatte. »Aber passen Sie bloß auf, sonst haben Sie es eines Tages mit einem cleveren Anwalt zu tun und lassen sich reinlegen.«

Damit gingen sie auf die Suche nach Monty.

Als Zondi es endlich geschafft hatte, das Wohnzimmer so einzurichten, wie die Witwe Fourie es wünschte, trat sie mit ihm auf die Veranda hinaus.

»*Hau,* es ist wunderschön«, sagte er. »Madams Kinder werden hier sehr glücklich sein. Vielleicht können Sie sogar einen Esel für sie anschaffen.«

»Das ist eine Idee!«

Er nahm seine Jacke.

»Ja, ich frage Trompie – oder verstehst du etwas von Eseln?«, fragte sie.

»Nein, Madam, nichts.« Er log arglos. Als Hirtenjunge hatte er alles von Eseln gesehen, was er wollte, noch ehe er sieben war.

»Ich dachte, alle …« Sie ließ den Satz unvollendet, denn ihr Blick wurde von einem weißen Schmetterling gefangen genommen, der vorbeigaukelte. »Ich bin so glücklich«, sagte sie. »Sieht man das?«

Zondi fühlte sich nicht ganz wohl in seiner Haut, und er sah sich nach seinem Hut um. Er war in die Teekiste mit den Lampenschirmen geraten.

»Gehst du schon?«, fragte sie.

»Gibt es noch etwas …?«

»O nein, Mickey, du bist mir eine große Hilfe gewesen. Ich fühle mich nur auf einmal etwas allein. Es ist ziemlich einsam hier, nicht wahr? Wann ist denn der Lieutenant zurück?«

»Das weiß ich nicht, Madam. Tut mir leid.«

»Klar – wer weiß das schon jemals!«

Sie ging an den Rand der Veranda, beschattete die Augen und schaute in die Bäume. Grashüpfer machten ihre Tanzsprünge in den schrägen Sonnenstrahlen zwischen den Stämmen.

»Darf ich – darf ich dich vielleicht noch um einen weiteren Gefallen bitten? Dass du die Kinder jetzt für mich vom Park abholst, statt dass die Kinderfrau sie um vier in ein Taxi setzt? Es ist im Grunde eure Schuld, dass ich hier so weit draußen bin!«

»Vom Victoria Park? Wo die Schaukeln sind? Mache ich sofort.«

»Und weißt du was? Du musst deine Kinder im Juli zum Spielen hierherbringen, wenn wir zum Strand fahren. Ob sie das schön finden würden?«

O ja, so viel war sicher. Aber hinterher würden ihm die Erklärungen ausgehen.

»Vielleicht, ja.« Er lachte. »Ich gehe jetzt. Bis gleich.«

»Halt, wo sind die Geschenke für Miriam?«

»Im Kofferraum, Madam – vielen Dank, Madam. *Sala gahle.*«

Er fuhr ab, dankbar, einer Frau zu entkommen, die so viele Fragen stellte, bei denen er meist stumm bleiben musste. Aber er stand in der Schuld der Witwe Fourie wegen all der ungewollten Haushaltsgegenstände, darunter ein Bügeleisen ohne Schnur, und der Kinderkleidung, die sie ebenfalls für ihn aussortiert hatte. Sie verstand so zu geben, dass es nicht peinlich war, es anzunehmen. Sie tat es offenbar gedankenlos. Wie sie auch, ohne nachzudenken, den sehr brauchbaren alten Radiator, der nur ein wenig rostig war, auf ihren neuen Schrotthaufen geworfen hatte. Er hatte kein Unrecht darin gesehen, diesen ebenfalls im Kofferraum zu verstauen.

Ein Tag, der so anfing, konnte nur besser werden.

5

Stevenson musste zu Hause sein. Ein Kombi stand in der Einfahrt, und die Vorhänge des Erkerfensters an der Seite waren zugezogen. Trotzdem wirkte Kramer unzufrieden.

»Nicht so fein, wie ich gedacht hatte«, sagte er und hatte keine Eile mit dem Aussteigen.

Der Chevy stand unter einem Flammenbaum auf der gegenüberliegenden Straßenseite.

»Na ja, wie ich schon sagte, er hat einen schweren Stand gegen den anderen Club«, erklärte Marais. »Der hat Stil und Klasse.«

Kramer, der einmal hineingegangen war in der Hoffnung, dort nach Mitternacht Zigaretten kaufen zu können, schnitt ein Gesicht. Wenn eine schwarze Decke, schwarze Wände und eine schwarze Bühne als stilvoll gelten können, dann ja. Und sollte Trekkersburgs feine Gesellschaft Klasse haben, wollte er das nicht bezweifeln. Aber auf ihn hatte beides sofort absolut deprimierend gewirkt, so schlagartig, dass er eine Meile weitergefahren war, um seine Lucky Strike bei einem zuvorkommenden Portugiesen in der Nähe des Bahnhofs zu erstehen. Diese Kerle arbeiteten rund um die Uhr unter sehr hellen Lampen.

»Sollen wir mal?«, wagte Marais zu fragen.

»Hm. Also los, zerren wir ihn her«, sagte Kramer und stellte den Motor ab. »Dies ist nur einer von drei Orten, an denen ich sein sollte.«

Während sie den Plattenweg zur Eingangstür hinaufgingen, durch das Tor an einem Reitfest-Plakat vorbei, fragte er sich, wie sich die Dinge wohl in Peacevale entwickeln mochten. Sein dienstältester Sergeant war dort verantwortlich, aber er wünschte, Ludwig wäre nicht in den Urlaub verschwunden, denn das war sein Revier. Wie Arabien für Lawrence, nur ohne die Kamele.

Er war immer noch in Gedanken ganz woanders, als sich die Tür auf Marais' Klopfen hin öffnete und ein schwarzes Hausmädchen hinausspähte. Es hätte irgendwie nähergelegen, die Witwe Fourie zu sehen.

»*Yer-ba-baw!*«, rief das Mädchen angstvoll, da es sofort richtig erkannte, was sie darstellten, vielleicht am Haarschnitt.

»Ist dein Herr da?«, fragte Marais. »Hol ihn her, *che-che*.«

»Gladys? Was machst du denn? Ach ja – die Mormonen, die sind uns ja schon ein andermal auf die Nerven gegangen!«

»Noch nie«, sagte Kramer, zog Marais in den Korridor und schloss die Tür.

»Polizei, CID«, warf der junge Bursche jetzt eilends ein.

»Aber worum geht es denn?«

Kramer starrte die Dame mit einem Blick an, der deutlich zeigte, wie wenig er für Rhetorik übrighatte.

Sie war Manns genug, um genauso zurückzustarren. Ihre Haare hatten eine höchst seltsame Farbe – vielleicht war sie damit im Pudelsalon gewesen.

Dann verzog sich der knallrote Lippenstift – der mehr Lippe vortäuschte, als sie hatte – andeutungsweise zu einem gemeinen Lächeln.

»Sie müssen der Rüpel sein«, sagte sie. »Tut mir leid,

aber mein Mann schläft. Er regelt seine Geschäfte nachts, wie Sie wissen.«

»Hm?«

»Und er hat heute zwei Tabletten geschluckt, denn eine reicht neuerdings nicht mehr.«

»Seit wann? Sonntag?«

Jetzt krauste sie die Nase. Sie trat einen Schritt zurück und verschränkte die Arme.

»Darf ich endlich erfahren, worum es hier geht?«

»Da fragen Sie besser Ihren Göttergatten«, sagte Kramer. »Er ist der Mann, der alle Antworten weiß.«

Die Kinder hatten Vormittagsschichtunterricht in der Kwela-Village-Schule und kamen deshalb schon nach Hause, als Miriam noch immer versuchte, Platz für alles zu schaffen und von der Beerdigung zu erzählen. Sie mussten ihre neuen Kleider anprobieren und im Nebenzimmer bleiben. Es regnete.

»Ja, sehr traurig«, stimmte Zondi ihr zu, »aber dadurch haben wir auch etwas mehr Geld.«

Wie die meisten, die eine Arbeit hatten, tat auch er sein Bestes, um anderen in der Familie zu helfen, die keine Pässe bekamen, um das Homeland zu verlassen und sich eine Anstellung zu suchen.

»Da, siehst du? Du hörst mir nicht richtig zu. Jetzt, wo wieder Platz für jemanden im Kral ist, zieht die Cousine des Großonkels meiner Schwägerin dort ein. Ihre Söhne sind alle bei dem Grubenunglück ums Leben gekommen.«

»Mischlinge?«

»Ihr Mann hat Tb. Sie haben ihn mit den Aussätzigen in Transkei zusammengesperrt.«

»Hatte ich vergessen. He, weißt du was? Lucky ist tot – erschossen.«

»Nein!«

»Der Lieutenant ist sehr wütend auf die Typen. Es waren dieselben wie vorher.«

»*Hau!* Sehr dumm von ihnen, Lucky zu erschießen!«

»Deshalb muss ich jetzt weg«, sagte Zondi und legte sein Schulterhalfter an. »Ich muss einen Mann aufsuchen. Ist dir das recht?«

Miriam nickte; sie hielt gerade ein Korsett mit Wespentaille gegen das Licht und überlegte, was man daraus machen konnte.

»Geh nur, geh nur – seit wann fragt der Mann? Und ich kann dich hier ohnehin nicht gebrauchen. Dieses Haus ist so dreckig, dass ich Großreinemachen muss.«

Zondi machte sich genau in der richtigen Gemütsverfassung auf den Weg, um Yankee Boy Msomi jäh aus seiner Lethargie zu reißen.

Nachdem sie mit Mrs Stevenson zusammen Kaffee getrunken hatten, wusste Kramer, dass sie eine Verbündete gewonnen hatten. Sie mochte Monty kaum mehr, als sie ihn schätzten. Sie ließ sogar durchblicken, dass die Existenz ihres gemeinsamen Kindes Grund genug sei, um Anklage wegen sexuellen Missbrauchs gegen ihn zu erheben.

Wie solche Partnerschaften zustande kamen, war Kramer ein Rätsel, aber diese schien jedenfalls ihrem Ende nahe zu sein.

»Ich habe während des Krieges in England einen amerikanischen Flieger kennengelernt«, sagte sie, »und der sprach immer von ›Schleimern‹. Genau das ist er – ein Schleimscheißer.«

»Was dagegen, wenn ich noch etwas Zucker nehme?«, fragte Marais, der seine Tasse kaum noch halten konnte.

»Bedienen Sie sich, Herzchen. Ich verschwinde mal

kurz und sehe, ob ich ihn zum Aufstehen bewegen kann.«

Marais wurde rot, als Kramer hinter ihrem Rücken eine schockierte Grimasse schnitt.

»Himmel, haben Sie doch Erbarmen, Sir!«, sagte er, ebenfalls mit einer Grimasse. »Haben Sies bemerkt?«, sagte Kramer. »Sie wittert etwas – und es gefällt ihr. Aber die Geschichte vom Montagvormittag und allem hat sie uns so erzählt, wie sie in der Zeitung gestanden hat. Ich glaube nicht einmal, dass sie so viel weiß wie wir. Wenn sie ihn nicht mitbringt, werden wir überprüfen, was sie beide am Sonntag gemacht haben – okay?«

Marais hob seinen Daumen.

Mrs Stevenson kam wieder herein und nahm das halbe Sofa ein.

»Nicht mal ein Grunzen«, sagte sie. »Apropos Schleimscheißer. Dieser Schleimer da drin muss das Gleiche gemacht haben wie Sonntag.«

»Ach ja?«

»Hat vier von seinen verdammten Tabletten genommen und beschlossen, überhaupt nicht aufzustehen.«

»Wie bitte?«

»Das ist die reine Wahrheit. Am Sonntag ist er erschienen, nachdem er unseren Süßigkeitenautomaten am Busdepot überprüft hatte – wir haben eine Konzession dafür, und wenn man sie nicht immerfort leert, kommen die Vandalen und versuchen ihr Glück –, und dann hat er, ohne einen Ton zu sagen, die Augen zugeklappt wie ein Licht, das ausgeht. Es muss gegen eins gewesen sein. Zwölf Stunden später hatte sich daran nichts geändert. Und dabei hatte ich ein richtiges Sonntagsessen gekocht und so. Vergebliche Liebesmüh, ihn zu wecken. Um sechs liegt er immer noch in der Falle, und er ist – ob mans glaubt oder nicht – gar nicht mehr aufgestanden bis Montag; erst dann hat Seine Lordschaft es endlich wieder zur gewohnten Zeit geschafft.«

Ihre Entrüstung war ziemlich echt.

Marais setzte seine Tasse ab und griff nach einer Liste.

»Zwanzig Minuten vor der Stadt bis hierher im Verkehr«, sagte Kramer ungeduldig.

»Oh, da draußen ist Bess«, Mrs Stevenson winkte jemandem durch das Fenster zu. »Ich möchte gern mit ihr darüber reden, ob sie Jeremy Reitunterricht gibt. Würden Sie wohl …?«

»Ich wäre Ihnen sehr verbunden, wenn wir inzwischen kurz Ihr Telefon benutzen dürften«, sagte Kramer und erhob sich höflich gleichzeitig mit ihr. »Und dann gehen wir am besten gleich.«

»Es ist im Korridor, Mr Kramer. Und tschüss, falls wir uns nicht mehr sehen!«

Sie eilte durch die Terrassentür hinaus und begrüßte den neuen Gast geräuschvoll.

»Sir, das bedeutet, er konnte nur in der Zeit zwischen ihrem Bühnenabgang und dem Moment, als die Schlange sie erwischte, oder wenige Minuten danach fühlen – oder auch nur erfahren haben –, dass die Verstorbene starr war. Sie kann auch nicht kalt gewesen sein – obwohl er auch das unter Eid ausgesagt hat.«

»Sehe ich wie Ihre Großmutter aus?«, fragte Kramer. »Sie rühren sich nicht vom Fleck, während ich die ›Schokoladenfee‹ anrufe.«

Die Pythonschlange schwand dahin. Da sie nicht die Masse eines menschlichen Körpers hatte, genügten womöglich schon ein paar Minuten außerhalb des Kühlschranks, um den Verwesungsprozess zu beschleunigen. Schlangen waren sowieso sonderbare Wesen und hatten jedenfalls einen ganz eigenen Stoffwechsel.

Das beunruhigte Strydom unter den gegebenen Umständen: Das größte Glasgefäß, das er hatte finden können, war nicht groß genug, um sie aufzunehmen.

Nxumalo, der bereitstand, um das zur Konservierung nötige Formalin zuzugießen, schnalzte mitfühlend mit der Zunge.

»Warum häutet der Doktor-Boss sie nicht einfach?«, schlug er vor.

»Weil der Doktor sie lieber als permanentes Anschauungsstück bewahren will«, erklärte Strydom. »Weißt du, ich will bei unserer Jahreskonferenz in Kapstadt einen Vortrag über diesen Fall halten, und der wäre erheblich wirkungsvoller, wenn ich ein dreidimensionales Beweisstück dabeihätte. Verstanden?«

Nxumalo nickte. Der Boss wollte sie nicht häuten.

»Na ja, vielleicht leiht mir das Museum einen passenden Glasbehälter«, sagte Strydom. »Daran hatte ich noch gar nicht gedacht.«

»Sehr klug, mein Boss.«

»Zumindest werden sie mir sagen, woher sie ihre beziehen. Außerdem will ich ihre Meinung zu der Kraft der Schlange hören.«

»Ja, Boss.«

»Dann steck sie jetzt wieder weg, aber äußerst vorsichtig, wie vorher«, befahl ihm Strydom und ging ins Büro.

Kloppers war zum Essen weg.

Der für Reptilien zuständige Mann im Museum war ein sehr schweigsamer Mensch, zeigte aber ein sachliches Interesse an dem Problem. Er sagte, es gäbe keine Glasgefäße mehr, da diese Konservierungsmethode bereits vor Jahren aufgegeben worden sei, und besondere Exemplare würden deshalb tiefgefroren aufbewahrt. Wenn der Kreisarzt jedoch am Nachmittag hereinschauen und seine Schlange mitbringen würde, ließe sich sicher was machen. Eine Abwechslung in der Routine sei höchst willkommen.

Kramer legte den Hörer ganz leise auf und spähte den Flur entlang. Dort wartete vor der dritten Tür ein Paar blanke schwarze Schuhe.

»So, Mann, gehen wir«, rief er Marais zu und flüsterte, als der Sergeant bei ihm war: »Tun wir lieber doch nicht, oder?«

Dann öffnete er die Eingangstür, zählte bis drei, trat rückwärts wieder hinein und schloss die Tür.

Sie warteten. Kein Ton.

»Probieren wirs mit Plan B«, sagte Kramer Marais ins Ohr, der es, wie er wusste, gerne so verpackt hatte.

Er nahm eine Teppichkehrmaschine, die das Mädchen griffbereit liegen lassen hatte, um die Krümel wegzufegen, und schob sie den Gang hinunter. Sie gab schöne Quietschgeräusche von sich, als sie vor- und zurückratschte. Er begann, sie mit der Gummikante kräftig gegen die Wand zu stoßen, und brummte dabei eines der Zulu-Liebeslieder, die Zondi oft hinter dem Steuer vor sich hinzusummen pflegte. Die Teppichkehrmaschine stieß mit den Schuhen zusammen, und Kramer blieb stehen, während er aus voller Kehle einen möglichst hohen Ton beibehielt.

»Hör auf! Gladys!«, brüllte eine hellwache Stimme hinter der Tür. »Du verfluchtes Miststück denkst wohl, du wärst daheim in deinem Kral und –«

»Hallo noch mal«, sagte Kramer, als die Tür aufgerissen wurde.

»Sie!«

»Und Sie. Kommen Sie einen Augenblick mit nach vorn – Sie brauchen sich nicht umzuziehen.«

Jahrelange Erfahrung mit Hausbesuchen frühmorgens hatten Kramer gelehrt, dass ein Mann, außer wenn er zum Boxen oder Ringen ging, in seinem Morgenrock am verwundbarsten war. Und das sparte sicherlich allen Zeit.

Und schon saß Monty Stevenson in einem schwarzen Seidenkimono mit japanischen Eierflecken vor ihnen und erzählte ihnen alles, was er wusste. Es war die alte Geschichte, an die zum Schluss noch der Süßigkeitenautomat als Alibi angehängt wurde.

»Ich muss mehrere Eisen im Feuer haben in meiner Branche«, erklärte er. »Da ist einmal der Club, dann meine Hausdisco für Privatpartys, ferner mein Kurs für Inder über Speisen und Getränkeservice, und außerdem bin ich Promoter für –«

»Hm. Aber nach Angabe eines Busschaffners, den ich kenne, ist Ihr Schokoautomat am Busbahnhof leer.«

»Wunderbar – ich wusste, dass er sich gut machen würde.«

»Er ist nämlich kaputt.«

»Was?«

»Ist am Samstag von Vandalen zertrümmert worden.«

»Diese Hunde!«

»Alles Bluff«, gestand Kramer und fügte, an Marais gewandt, hinzu: »Denken Sie mit daran, dass dieser Businspektor noch einen Tritt in den Arsch bekommt – er hat gesagt, er hätte Besseres zu tun, als blödsinnige Nachforschungen für den CID anzustellen.«

»Dann ist er nicht kap–«

Und das wars. Das schnelle Hin und Her widersprüchlicher Fakten schlug über Monty Stevenson zusammen und begrub ihn unter sich. Jetzt erzählte er ihnen, was wirklich an jenem Wochenende im Wigwam geschehen war.

Er hatte einen alten Freund getroffen, und sie hatten eine Flasche vom Besten mit ins Büro genommen, um sie unter vier Augen zu leeren, und dann hatte er plötzlich gesehen, wie spät es war, und musste schnell nach Hause, und sie musste er anlügen, weil sie diesen alten Freund nicht gerade schätzte. Der leider die Stadt verlassen habe, um ein Arbeitsangebot in Australien wahrzunehmen.

»Das wollte ich nur hören«, sagte Kramer.

»Gott sei Dank.«

»Dann ziehen Sie sich mal an. Sie sind verhaftet.«

Es gab einen Ort, an dem man suchen musste. Denn Yankee Boy Msomi war bei all seinem gesunden Zynismus ein Hypochonder. Und die Privatpraxis von Dr. Arthur Pentecost Thlengwa, die täglich mehrere Hundert Rand einnahm, begrüßte auch diesen Tropfen auf den heißen Stein. Hauptsächlich die Nieren machten Msomi Sorgen.

Aber er war nicht in der langen Schlange der Leute, die lieber für ihr Leiden bezahlten.

Darum versuchte es Zondi halbherzig im Pandämonium der überfüllten Ambulanz des Peacevale-Hospitals, wieder eine Niete.

Beim dritten Mal hatte er Glück: unten am anderen Ende von Trekkersburg, wo die Kräuterkundigen und Schamanen ihre Läden hatten in einem modernen Wohnblock voller wohlhabender indischer Familien, die über ihnen lebten. Msomi studierte gerade gedörrte Paviane und andere Artikel für Spezialisten in der Auslage vor dem Eingang zu Ntagati & Sohn. Er hatte bereits Verschiedenes eingekauft, das aus der Tasche seines Mantels herausstak.

Zondi parkte auf der anderen Straßenseite und tauchte schnell zwischen den Müßiggängern unter, die vor lauter Muße nicht einmal merkten, wer er war, und sich sogar gegen sein Auto lehnten.

Das Problem bestand darin, am helllichten Tag unauffällig Kontakt zu Msomi aufzunehmen. Aber jetzt, da er wusste, wo Msomi war, konnte er ihm auch so lange folgen, bis der richtige Augenblick gekommen war. Eins war sicher: Zondi würde ihn nicht entwischen lassen.

Er begann das Warten damit, dass er sich eine Zigarette anzündete.

Msomi musste davon etwas im Spiegel des Schaufensters mitbekommen haben, denn er drehte sich um und nickte Zondi zu dessen großer Überraschung zu.

Lautlos formte er mit dem Mund das Wort »Bahnhof« und verschwand wieder in dem Laden.

Sie trafen sich auf Gleis zwei hinter einem Haufen von Postsäcken, abgeschirmt durch einfache Menschen vom Lande, die sich Decken umgehängt hatten und auf Holzkoffern saßen.

»Wohin fährst du?«, fragte Zondi.

»Zu den Stammeshomelands, kapiert? Weit, weit weg. Hier wird es langsam heiß, und es wird Zeit, dass ich mir mal anschaue, wo meine Wurzeln sind.«

Dann erzählte er Zondi hastig, was in Beebops Laden passiert war, und von dem abgeschlachteten Schlachter, der ihnen beiden fremd war. Zum guten Schluss äußerte er sich noch zustimmend, dass die Raubüberfälle etwas Spezielles seien.

»Bruder, es ist so. Ein Typ hier, ein Typ da, und sie wissen, wie ich nebenbei noch ein bisschen dazuverdiene, nicht? Einmal angenommen, ich würde etwas aufschnappen, was dich total umhaut – was dann? Was wäre, wenn ich das nicht täte, sich aber trotzdem so ein Gerücht verbreitete? Und alle glauben, ich wärs gewesen? Sagen wir mal, dass die Sache wirklich superheiß ist und –«

»Sie würden dich umbringen, um dich zum Schweigen zu bringen?«

»Da hast dus, mein Vögelchen. Allerdings, Mann. Aber wenn ich aus der Stadt bin, wenn es so weit ist – na super, Baby.«

»Du hast sechs schwere Jungs an den Strick gebracht«, erinnerte ihn Zondi. »Was jagt dir diesmal so viel Angst ein?«

»Was ich heute gesehen habe mit meinen eigenen Augen! Die Typen kommen und gehen, und dazwischen nichts.«

»Hoho!«

Zondi dachte nach. Msomi hatte eine Fahrkarte und eine Tasche, die bei Ntagati gestanden haben musste. Er wollte offensichtlich den Zug nach Norden nehmen. Darum hatte er die Zusammenkunft hierher verlegt, denn er wusste, dass Zondi ihm folgen würde, und seine Abfahrtspläne sollten nicht durch irgendeine Misshelligkeit durchkreuzt werden. Das ergab alles einen Sinn. Nur seine übergroße Besorgnis nicht.

»*Aikona,* nein, diese zwei Augen haben mehr gesehen«, sagte Zondi. »Hast du die nötigen Reisepapiere?«

»Immer mit der Ruhe, Mickey. Seit wann hat Yankee ...«

»Sergeant! Für dich immer noch Sergeant, und es wird

ein Sergeant sein, der dich verhaftet, gleich hier auf der Stelle, wenn du nicht auch den Rest erzählst!«

Lautes Zischen von Dampf ertönte, dann fuhr die riesige Lokomotive, den Wassertender vor sich herschiebend, auf Gleis zwei ein, und die Bauern sprangen auf die Füße. Es war auch Msomis Zug. Zondi hielt ihn am Haar fest, das über den Mantelkragen hing. »Schon gut, schon gut«, sagte Msomi verzweifelt.

»Und?«

»Chainpuller! Kann ich jetzt abzischen?«

Zondi ließ ihn los. Er sah zu, wie Msomi rannte, um noch einen Platz auf den Bänken zu erwischen, und spürte, wie sich eine geballte Faust in seine Magenwände grub.

Chainpuller.

Die Wände waren blass zitronengelb und abgestoßen. Ein Stadtplan von Trekkersburg bedeckte eine von ihnen fast vollständig. Ein grauer Aktenschrank stand da, an dem einmal ein Kalender geklebt hatte. Ein kleiner Tisch mit einem Hocker und ein großer Schreibtisch mit Schubfächern und einem Stuhl. Zwei Drahtpapierkörbe und zwei Telefone. Zwei Aschenbecher: einer ein umgedrehter Kolbendeckel, der andere eine leere Büroklammerdose. Ein Holzstück mit einer Lederschlaufe an einem Ende. »CID« mit weißer Farbe auf alles geschmiert, was sich zu stehlen lohnte. Mit anderen Worten: Das Büro sah zwar nach nichts aus, aber es hatte Atmosphäre.

Monty Stevenson fand das offenbar auch. Er stand auf dem verschrammten Linoleum, als erwarte er, dass jeden Moment Gewalt gegen ihn angewendet würde. Er fröstelte.

Und die Wände flüsterten weiterhin.

»Immer noch hier?«, fragte Kramer, eben zurück von der alten Geschichte in Peacevale, mit Berechnung ganz plötzlich hinter seinem Rücken.

Stevenson erstarrte, was durchaus etwas Komisches hatte. Kramer ergriff den Stock, schob die Schlaufe über sein Handgelenk und ließ ihn daran hin- und herschwingen.

»Muffig hier drin«, bemerkte er und benutzte den Stock, um beide Oberlichter aufzumachen. Dann hängte er ihn an der Schlaufe auf.

Marais kam herein, klopfte sich den Zucker seines Doughnuts zum Tee vom Kinn und rülpste selbstzufrieden. Er nahm sein Notizbuch zur Hand.

»Wie weit sind Sie inzwischen?«, fragte Kramer. »Wie viele Geschichten erzählt er noch?«

»Schwört, jetzt sei es die Wahrheit, Sir.«

»Hm.«

»Wirklich! Ich bin bereit –«

»Sie halten den Mund.«

»Bitte, darf ich mich nicht wenigstens hinsetzen?«

»Zondi gesehen?«, fragte Kramer und ließ sich an seinem Schreibtisch nieder. Marais saß bereits auf dem Hocker.

»Äh – nein, Sir. Also, jetzt lautet die Story folgendermaßen. Nachdem er den letzten Gast seines Clubs um 0.20 Uhr in der fraglichen Nacht hinausbegleitet hat, ist er –«

»Sein Name?«

»Es handelte sich um eins meiner Clubmitglieder, deshalb habe ich –«

»Weiter, Marais; es war 0.20 Uhr.«

»Er ging zu seinem Büro, um abzuschließen, und da

fiel ihm ein, dass er noch etwas Geschäftliches mit Miss Bergstroom, der Tänzerin, zu besprechen hatte. Es war ihr letzter Auftritt gewesen, und er würde sie nicht mehr sehen. Deshalb ging er zur Garderobe und fand sie dort, ich zitiere, als Opfer eines tragischen Unglücksfalls, Zitat Ende. Die Schlange bewegte sich noch immer leicht, aber er konnte erkennen, dass auch sie schon tot war. Seine erste Reaktion war die, den Rettungswagen zu rufen – und uns –, doch dann fiel ihm ein, wie er zugibt, dass er sich die Situation, wie Sie richtig meinten, zunutze machen könnte. Er wusste, dass die Sonntagszeitungen um diese Zeit bereits im Druck waren und dass bei den Tageszeitungen in der Nacht von Samstag auf Sonntag im Allgemeinen nur irgendein junger Schnösel Anrufe entgegennimmt. Der Häftling hat übrigens selbst einmal in der Anzeigenabteilung einer Zeitung gearbeitet, deshalb weiß er so gut Bescheid.«

»Geburts- oder Todesanzeigen?«, fragte Kramer.

»Der springende Punkt ist also der, Sir, dass ihm klar war, nicht die gewünschte Aufmerksamkeit zu erregen, wenn er Alarm schlug, aber er leugnet, alles so eingefädelt zu haben, dass die Presse vor uns da sein konnte. In allen anderen Punkten entspricht es ziemlich genau dem, was wir schon selbst überlegt hatten. Er will noch einmal eine neue Aussage machen, obwohl ich ihn über seine Rechte aufgeklärt habe.«

»Ja, Lieutenant. Ich dachte, wenn ich alles so ließe, wie es war, und den Putzmann am Montag hineingehen ließe, wäre das kein großes Unrecht. Was konnte schon Schlimmes dabei herauskommen?«

»Jetzt wissen Sies«, sagte Kramer.

Marais, der Schelm, schrieb das nieder.

»Hatte Miss Bergstroom eigentlich einen Manager?«, fügte Kramer nach einer Pause hinzu.

»Natürlich! Wir buchen doch keine alte Nummer für –«

»Wieso mussten Sie dann etwas Geschäftliches mit ihr bereden?«

»Verzeihung! Was, bitte?«

Kramer lachte und reckte sich, als ob er imaginäre Hanteln stemmte, und dann machte er einen Buckel.

»Ich sehe das so, Stevenson«, sagte er. »Ich kenne das Zeitungswesen nämlich auch ein bisschen, wissen Sie! Einer Morgenzeitung wie der *Gazette* oder dem *Durban Herald* fällt es verflucht schwer, ihre Titelseite montags mit den dürftigen Ereignissen vom Wochenende zu füllen. Mann, es gab Zeiten, da haben mich die Reporter, wenn ich sonntagsmorgens Kripodienst hatte, regelrecht angefleht, meine Kanone zu nehmen und für irgendwelche Neuigkeiten zu sorgen. Ich stimme Ihnen zu, was die frühen Morgenstunden angeht, aber nicht, was die Zeit gegen elf betrifft – dann kann man nämlich gar nicht besser bedient werden. Alle haben die Autounfälle, Segelregatten und all den Mist bis oben hin satt und sehnen sich nach guten, saftigen Kripostorys. Sie hätten doch Sonntag schon damit aufwarten können! Warum haben Sies nicht getan?«

Stevenson begann ordentlich zu zittern.

»Ja, ich dachte es mir«, sagte Kramer. »Wenn Sie gesagt hätten, Sie hätten nur mal bei Miss Bergstroom vorbeigeschaut, um zu sehen, wie es ihr geht, hätte Ihre Frau Verdacht geschöpft, was? Und mit Recht? Aber Sie hätten selbst dann noch eine Entschuldigung erfinden können, wenn Sie sich nicht so sehr in Ihr dunkles Geheimnis verstrickt hätten.«

»Was?«, sagte Marais.

»Der wahre Grund, aus dem Mr Stevenson Miss Sexy Snake aufsuchen wollte – und die wahre Natur des Geschäftlichen. Habe ich recht?«

Der Gefangene setzte sich da, wo er stand, auf den Fußboden. Marais sah aus, als täte er ihm ein wenig leid.

Kramer war jedoch gerade etwas anderes in den Sinn gekommen, er nahm sich das Blatt mit der Aussage des Putzmannes.

»Wie der Boy Joseph angab, haben Sie ihn nach Hause geschickt, bevor Sie ein zweites Mal in die Garderobe gegangen sind. Waren Sie wirklich noch einmal drin?«

Stevenson holte so tief Luft, wie er eben konnte, und sagte: »Nur für einen Augenblick. Ich konnte den Gestank nicht ertragen – und den Anblick ebenso wenig. Es hat mich den ganzen Sonntag in meinen Träumen verfolgt, Albträumen, ganz anders als – ich meine, ich habe einfach zu lange daran denken müssen. Und das ist auch der wahre Grund dafür, warum ich am Telefon so verdreht war und –«

»Wenn Sies genau wissen wollen: Das war Ihr großer Fehler.«

»Zu behaupten, sie sei starr«, fügte Marais hinzu.

»Aber sie war ja tot, sind denn nicht alle …?«

»Ach, diese Laien«, seufzte Marais und brachte ihn wieder auf die Beine.

»Sie haben sie also beim ersten Mal gar nicht berührt«, sagte Kramer und fand diese Bemerkung wesentlich interessanter.

»Ich – ich habe genug gesehen. Ihre Brüste hoben und senkten sich nicht – und sie sah kalt und starr aus! Die Arme waren wie Stöcke.«

»Und woher wissen Sie, dass ihr Herz nicht mehr

schlug? Aber Sie hätten ja vielleicht Lippenstift abbekommen, wenn Sie Mund-zu-Mund-Beatmung gemacht hätten!«

»Was? Großer Gott, ist es das? Sie meinen, sie könnte noch am Leben gewesen sein? Wie jemand, der ertrunken ist? Dass ich sie –«

Kramer, der bloß einer Eingebung gefolgt war, zuckte die Achseln.

»Der Obduktionsbericht wird in ein paar Minuten hier sein, wenn Sie bitte warten wollen«, sagte er nüchtern.

Emmerentia, Strydoms reizende und begabte Enkelin, pflegte das naturhistorische Museum von Trekkersburg den »toten Zoo« zu nennen.

Daran dachte er mit einem vergnügten Lächeln, als er die Stufen zur Eingangshalle hochstieg und vor den neuen Reptilienboxen stehen blieb.

Und doch war in dieser Abteilung, wie Strydom feststellte, nicht alles so tot, wie es den Anschein hatte. Indem er geduldig wartete und nach einem Züngeln Ausschau hielt, konnte er zwischen unbelebten Ausstellungsstücken und solchen, die sozusagen nur erstarrt waren, unterscheiden.

Die konservierten Exemplare waren so ausgezeichnet, dass er sicher war, an die richtige Adresse gekommen zu sein. Er hätte sich sogar noch einen zweiten Blick gegönnt, wenn nicht plötzlich der Zuluwächter – mit ungeheuer großen Holzpflöcken in den Ohrläppchen – herbeigestürzt wäre, um seine Atemspuren vom Glas zu polieren.

Strydom ging einen kurzen Gang entlang und in den großen Saal der Säugetiere. Er war riesig und hochgewölbt, mit einer Galerie für Insekten und Anthropologisches, und hallte so laut wider, dass Strydom auf Zehenspitzen um einen angreifenden Elefanten herumging. Ein paar kichernde Kinder, die ihn daran erinnerten, dass Michaelis und damit ein Feiertag war, verglichen gerade die Hinterteile des schwarzen und des weißen Nashorns miteinander.

Es waren noch mehr Kinder da, diesmal allerdings Bantu, die alle in ihrem besten Sonntagsstaat feierlich aufgereiht vor der Tür standen, durch die er laut Anweisung gehen sollte. Dort versuchte ein geplagter Museumsbediensteter, dem verantwortlichen schwarzen Lehrer etwas zu erklären. Strydom hoffte nur, dass er nicht den ganzen Tag dazu brauchte.

»Wenn Sie nur vom Bus aus das Plakat über die Tierfilmshow für die Kinder gesehen haben, können Sie kaum uns die Schuld an dieser Enttäuschung geben«, sagte der Angestellte gerade. »Aber es gibt eine Menge anderes anzuschauen.«

»›Nur für Weiße‹ war sehr klein gedruckt«, entgegnete der Lehrer ohne Ärger, aber mit einer gewissen Hartnäckigkeit. »Um die Wahrheit zu sagen, habe ich auch jetzt, als ich mit meinen Schülern hereinkam, die einschränkende Bestimmung bezüglich der Show nicht bemerkt.«

»Nun, da bin ich aber froh, dass Sie bei der Wahrheit bleiben wollen!«, sagte der Angestellte und versuchte, mit einem Lachen über die Sache hinwegzugehen.

»Ich dachte nur, Sir, dass uns, da der Kinosaal nicht einmal zu einem Viertel besetzt ist, unter diesen Umständen gestattet werden könnte, hinten zu stehen.«

»Nicht meine Entscheidungsbefugnis. Tut mir leid. Stelle keine Regeln auf. Und da wartet ein Boss auf mich, also Schluss jetzt.«

Der Lehrer wandte sich ab und sagte den Kindern, es sei Zeit zu gehen und etwas Kaltes zum Trinken zu kaufen. Er lade dazu ein.

»Smith«, sagte der Angestellte und schüttelte Strydom die freie Hand. »Ich bin hergeschickt worden, um Sie zu holen, und – ach, egal. Hier entlang. Ganz schön groß. Da wären wir, Bose wie Rose.«

Smith hielt Strydom, nachdem sie drei Treppen hinaufgestiegen waren, eine Tür auf und verabschiedete sich.

Der Raum hatte eine sehr hohe Decke und riesengroße Fenster, die ihn mit dem kalten Licht der Regenwolken füllten. Die Möbel waren schrecklich viktorianisch, und Strydom kam sich vor, als wäre er in seine Studienzeit zurückversetzt worden. Auch die Gerüche waren ihm zum Teil vertraut.

»Guten Tag. Mein Name ist Strydom, ich bin der Arzt«, sagte er zu dem hochgewachsenen Mann mit weißem Haar, der an einem Tisch beschäftigt war. »Sie sind Mr Bose?«

Der Experte drehte sich um und blickte unbestimmt in die Gegend, als könne er erst sprechen, wenn er klar sah. Dann änderte sich sein Benehmen.

»Die Pythonschlange?«, fragte er leise.

»Richtig. Hier – nehmen Sie sie, und sagen Sie mir, was Sie für mich tun können und wie die Chancen stehen.«

Strydom schob sich zu dem Tisch hinüber und sah, dass Bose damit beschäftigt war, den perfekten Gipsabdruck einer Puffotter anzumalen, Schuppe für Schuppe. So wurde das also gemacht.

»Nicht das, was ich erwartet hatte«, sagte Bose.

Strydom sah sich um. Die Pythonschlange lag ausgestreckt entlang der Kante auf einer Bank, und Bose betastete vorsichtig ihre Mitte.

»Ich habe Ihnen ja die Umstände beschrieben.«

»Das ist genau der Punkt. Oder haben Sie ihr das Rückgrat gebrochen?«

6

Als der vollständige Obduktionsbericht von Sonja Bergstroom durch einen Boten aus der Praxis des Kreisarztes eingetroffen war, nahm Kramer Marais beiseite und reichte ihm ein Blatt.

»Worauf läuft das alles hinaus?«, fragte er.

Marais las sorgfältig und sagte dann: »Sofortig?«

»Hm, schon recht nah dran. Aber es ist nicht nötig, es herauszubrüllen.«

»Warum? Glauben Sie, er sagt immer noch nicht die volle Wahrheit, Sir?«

»Mann, ich bin nicht ganz sicher. Es klingt so weit gut – aber ich meine, Sie sollten ihm erst noch ein bisschen Angst machen. Man kann ja nie wissen. Hier – sehen Sie sich das an.«

Und er reichte Marais noch eine Seite.

»Teufel auch, ein Spermafleck!«

»Äußerlich. Kein Anzeichen für sexuelle Belästigung oder unlängst erfolgten Geschlechtsverkehr, gibt der Arzt an. Er hat es einfach für die Akten vermerkt, für alle Fälle. Könnte älter sein als Samstagnacht, und wir wissen ja nichts von den Badegewohnheiten der jungen Dame. So ist das Showgeschäft nun einmal in dieser Branche, Marais.«

»Aber damit haben wir doch eine Blutgruppe, oder?«

»Hm.«

»Und wenn es sich um die gleiche handelt wie …«

»Hat vor Gericht nicht viel Bedeutung, aber der bloße Gedanke wird dem Mistkerl trotzdem schwer zusetzen. Sie hat zwischen den Auftritten eine Pause gemacht – nun, dämmerts Ihnen?«

Es dämmerte. Marais errötete, denn für sein Alter war er noch sehr jung.

»Aber wie wollen wir …?«

»Ich werde mir etwas ausdenken«, sagte Kramer und bummelte zum Büro zurück. »Sie hatte einen Diwan da drin, stimmts? Und einen Aschenbecher? Einen Papierkorb? Was raucht er denn?«

»Kleine Stumpen. Aber bei allem schuldigen Respekt, Sir, also ich meine – ist das wirklich notwen–?«

»Fragen Sie die Verwandten der Lady, wenn Sie sie wiedersehen, mein Sohn. Für die arbeite ich nämlich.«

Sie hatte gar keine, aber Marais schien umso besser zu begreifen, worum es ging.

Zondi probierte es mit drei Informanten, von denen er jedoch nur noch eine Staubwolke sah, wenn er Chainpuller Mabatso erwähnte. Es war, wie der Lieutenant bei solchen Gelegenheiten zu sagen pflegte, als wollte man Jungfrauen für einen Vergewaltigungskurs anwerben. Was immer das genau heißen mochte.

Aber was Chainpuller selbst anging, bestand nach Zondis Ansicht kaum ein Zweifel.

Das Wie und Warum war eine ganz andere Sache.

Chainpuller löste bei den meisten Menschen Schaudern aus. Nicht, weil er riesenhaft gewesen wäre – er war nur 1,55 Meter groß – oder weil er so ungeheuer stark war – er brauchte beide Hände, um eine Erdnuss zu knacken. Er war einfach durch und durch böse.

Während Zondi es mit einem Mann aufnehmen würde, der um die Hälfte größer war als er, wohl wissend, dass er bereit sein müsste, zu stechen und zu beißen, aber auch genauso viel einzustecken, hielt er in diesem Fall allein schon den Gedanken, Chainpuller leicht mit einem Finger anzutippen, für mehr als unzumutbar. Es war, als würde von einem erwartet, etwas gegen einen dieser platten Skorpione der mattgrauen Sorte zu unternehmen, die in Zimmerecken herumrennen, wo Penner tot aufgefunden werden und die irgendwie sehr weise und sich der Angst bewusst sind, die man vor ihnen hat.

An Mabatso war noch mehr als das. In zehn Jahren Sträflingskolonie, zu denen sein Bruder dem kerngesunden Jugendlichen verholfen hatte, erwarb Chainpuller sich den Ruf, unnahbar zu sein. Selbst der Bruder war aus der gemeinsamen Hütte fortgezogen – niemand wusste je genau, wohin.

Chainpuller lebte weiter allein; hoch oben am Hang mit Blick auf Peacevale saß er aufrecht mit dem Rücken zur Veranda und beobachtete alles. Angeblich war er Medizinmann geworden und trug luftgefüllte Schweinsblasen in seinen abstehenden geflochtenen Haaren, aber da ihn offenbar niemand besuchte, zumindest nicht während des Tages, verbreitete sich das Gerücht, er sei in Wirklichkeit ein Hexenmeister.

Es hieß auch – Zondi hatte es öfter gehört, als er sich erinnern konnte –, dass immer, wenn sich ein mysteriöser Todesfall in der Township ereignete, Chainpuller dahinterstand. Der Hexenmeister unternahm nichts gegen diese Gerüchte, und wenn ihn ein Verwandter, den der Kummer leichtsinnig gemacht hatte, zur Rede stellte, ritzte er einfach nur ein frisches Zeichen in die Lehmwand neben sich.

Aber polizeiliche Ermittlungen hatten ihn nie auf

andere Weise in Verbindung zu den Geschehnissen bringen können.

Einmal hatte ein schwarzer Sergeant nachzuweisen versucht, dass die Geldgeschenke, die neben der Hütte liegen gelassen wurden, keine milde Gabe, sondern Blutgeld waren – Zahlungen dafür, dass der Spender von einer lästigen Frau oder Schwiegermutter befreit worden war. Der betreffende Sergeant war im Schlaf gestorben, ehe er irgendeine Anklage erheben konnte.

Über solche Geschichten pflegte der Lieutenant immer zu lachen und Zondi einen abergläubischen Kaffer zu nennen, doch selbst er wurde störrisch, wenn ein Besuch in der Hütte von ihm verlangt wurde. Ebenso wie das Eintreffen bestimmter Leute einen plötzlich in Partystimmung versetzen kann, wirkte Chainpullers Anwesenheit so, als gerinne einem das Blut in den Adern.

Ein gemeinsamer Nenner zwischen Chainpuller und den Raubüberfällen war demnach das Unheimliche. All das beruhte jedoch auf reinem Klatsch und Tratsch, und Yankee Boy Msomi war eigentlich darüber erhaben.

Wodurch der Gedanke zwar kaum noch akzeptabel war, es hingegen doppelt so interessant wurde, ihm nachzugehen.

Zondis Warten wurde schließlich doch noch belohnt. Er schnappte sich den Vorübergehenden und schloss ihn mit Handschellen an ein Regenrohr an.

»Ich lasse dich für Chainpuller hier«, zischte er, »es sei denn, wir beide unterhalten uns gut miteinander.«

Dieser würde nicht davonkommen.

Kramer planschte durch die Pfützen zur Tür des Wigwam, wo er Joseph Ngcobo vorfand, der dort hockte und unter dem laufenden Wasserhahn einen halben Laib altbackenes Brot aufweichte.

»Zum Putzen angetreten, ja?«

Ngcobo sprang auf, er strahlte, schluckte schnell den letzten Bissen hinunter und stellte die ganze übertriebene Beflissenheit des armen Tagelöhners unter Beweis. Dann wurde sein Gesicht lang.

»Boss kommt heute nicht«, erklärte ihm Kramer und warf ihm eine Münze für seine Mühe zu, froh, dass Zondi nicht da war und ihm das Gefühl gab, ein Narr zu sein.

»*Hau,* danke!«, sagte Ngcobo und machte sich schleunigst davon.

Es stimmte gar nicht. Der Boss kam doch. Marais hatte bloß keinen Parkplatz finden können, und der inzwischen überschwänglich kooperative Stevenson hatte ihm seine eigene Parkbucht in einem Parkhaus einen kurzen Block entfernt angeboten.

Kramer probierte den Patentschlüssel, trat ein und ließ die Tür angelehnt. Dann sah er ein neues Plakat auf einer Kinderstaffelei, das mit Glitzerpulver überzogen worden war. Auf dem Plakat stand: IHR HABT SIE GEKANNT – IHR HABT SIE GELIEBT – SCHAUT EUCH DAS ZIMMER AN, IN DEM ES PASSIERT IST – NUR FÜR MITGLIEDER – ALLES IST UNVERÄNDERT!

Er war auf einmal stolz, ein Bulle zu sein.

Ein Zettel steckte im Adlerschnabel des falschen Totempfahls, der in Wirklichkeit als Garderobenständer diente. Darauf hatte jemand, der mit »Mohammed« unterzeichnet hatte, geschrieben, dass er seine Arbeit um 16 Uhr beendet hätte und hochachtungsvoll um baldige Bezahlung der vereinbarten Summe bäte.

Das veranlasste Kramer, die Stufen hinunterzupoltern und die Bühne zu überqueren. Das Verbotsschild war verschwunden, der Gang mit blauem Teppichboden ausgelegt, und die Risse waren mit Streifentapete überklebt worden. Sogar die Stufen waren überdeckt.

Er nahm sie mit einem Satz, prüfte den Schlüsselbund, wählte einen dicken altmodischen Schlüssel und eilte den Gang entlang.

Es gab kein Schlüsselloch in der Tür mit dem Stern. Nur von innen ein Riegel.

Seine Faust krachte in die Täfelung.

»Marais!«, brüllte er.

»Komme, Sir! Stevenson hatte schon Sorge, die Anstreicher hätten die Eingangstür nicht ordentlich hinter sich zugemacht, und –«

»Marais! Sehen Sie sich das an, Mann! Und dann sagen Sie mir, was für eine Sorte Mensch mit nacktem Arsch im Zimmer herumspaziert, ohne zuerst die Tür abzuschließen, und das, obwohl sie gerade einen Haufen von Lustmolchen fast in den Wahnsinn getrieben hat? He?«

»Nein, Eve hätte das nicht getan«, gab Stevenson unterwürfig zu. »Sie hasste aufdringliche Fremde – außerdem kroch die Schlange frei herum, und sie war furchtbar teuer. Wenn sie in den Club entkommen wäre und einen meiner Gäste –«

»Halten Sie die Klappe! Marais?«

»Ich weiß es nicht, Sir.«

»Und Sie, Stevenson?«

»Tja – äh – daran habe ich gar nicht gedacht. Hatte zu viel anderes im Kopf.«

»Das scheint das Problem mit ziemlich vielen Leuten hier zu sein.«

Marais ging in die Garderobe und kam wieder heraus.

»Sir, es ist doch möglich, dass sie während des Kampfes versucht hat, da rauszukommen und Hilfe zu holen, und den Riegel zurückgeschoben hat, bevor –«

»Und mit welcher Hand?«

»Ja, da hat die Schlange sicher die Oberhand gewonnen!«, sagte Stevenson. »Als sie mit der Hand den –«

»Mit welcher Hand?«, wiederholte Kramer. »Den Schwanz hat sie laut Strydom nie losgelassen, und sie hat keine Bisswunden. Die Tür war zu, sagten Sie?«

»Fest. Ich habe mich sogar einen Augenblick gefragt, ob eigentlich Licht bei ihr war, und ich erinnere mich, dass ich zur Türkante hinuntergesehen habe, ob –«

»Licht? War Licht an, Marais?«

»Ja, es war an. Es ist mir aufgefallen, weil kein Fenster da ist –«

»Es war allerdings kurz aus«, beichtete Stevenson. »Jeder Pfennig zählt, und –«

»Klappe halten!«

»Sie lassen mich nie ausre–«

»Bringen Sie ihn um Himmels willen in sein Büro«, befahl Kramer.

Während Marais weg war, durchsuchte er gründlich das Zimmer. In einer Ecke fand er zwei Gunstone-Kippen, unter dem Waschbecken einen Frackhemdenknopf mit elegantem Muster, aber nichts, aus dem sich ableiten ließ, dass der Diwan je einem anderen Zweck als dem gedient hatte, den Schlangenkorb zu tragen.

»Wer raucht Gunstone-Filter?«, fragte er Marais nach dessen Rückkehr. »Sie?«

»Ja, Sir, aber ich habe sie beide verschwinden lassen. Wo ist denn der Knopf her?«

»Das ist Ihr Problem«, sagte Kramer und gab ihm den Knopf. »Und hier das Zweite: Warum in diesem verfluchten Saustall – überall Puder, Lippenstifte ohne Kappen, falsche Wimpern an den Spiegel geklebt, Kaffeeflecken auf der Heizplatte … wissen Sie, was ich meine?«

»Sir?«

»Ich möchte wissen, warum sie, wie ich gerade bemerkt habe, einen Becher und ein Glas schön sauber wäscht und sie dann auf eine marmeladenverschmierte Kiste stellt.«

»Mannomann«, murmelte Marais. »Wo habe ich bloß meinen Kopf?«

»Drittens wünsche ich, dass Stevensons Alibi für das, was er in der betreffenden Nacht hier gemacht hat, genauestens untersucht wird. Schaffen Sie das Clubmitglied herbei, das er hinausbegleitet hat.«

Kramer war erstaunt, als er merkte, dass sein Ärger verflogen war, und begründete es damit, dass auch er sich den Vorwurf machen musste, diese Fehler begangen zu haben.

»Was für Ermittlungen sind es denn jetzt?«, fragte Marais. »Hat sich – äh – etwas geändert?«

»Nicht allzu viel, soweit ich sehen kann, aber wenn er dort drin war, als es passiert ist, haben wir erneut eine Falschaussage.«

»Aber Stevenson scheint –«

»Marais! An die Arbeit, los! Lassen Sie auch Gardiner herkommen. Ich nehme den Mistkerl zu Fuß mit und lasse ihn über Nacht einlochen. Wenn Sie was von mir wollen, rufen Sie mich über Funk. Alles klar?«

»Wieder Peacevale, Sir?«

»Man weiß ja nie«, erwiderte Kramer und ging über den Gang in das Büro.

Stevenson wirkte verändert.

»Sie haben telefoniert, stimmts?«, sagte Kramer locker. »Haben Sie Ihren Anwalt angerufen? Wer ist es denn?«

»Ben Gold–«

»Ben? Teufel auch, schön, von dem alten Kumpel mal wieder zu hören. Aber jetzt gehen wir erst mal und sehen, ob wir eine hübsche Zelle für Sie finden.«

Stevenson brauchte ein Weilchen, um auf die Füße zu kommen. Währenddessen fiel Kramers Blick auf die Flasche, die oben auf dem Safe stand, mit nur einem benutzten Glas daneben. In jeder Lüge steckte doch auch ein Körnchen Wahrheit, sinnierte er auf dem Weg nach draußen.

»Mehr kann ich rein äußerlich nicht feststellen«, sagte Bose und blickte von der Viper auf, die er anmalte. »Haben Sie schon einen Entschluss gefasst?«

Strydom schwankte noch, dann schloss er hinter sich die Tür. »Es war also nicht unbedingt mein Boy? Sie hätte es auch selbst machen können? Sind Sie sicher?«

»Die Möglichkeit müssen wir einräumen. Allerdings müsste es dann mit ihrem eigenen Ableben zusammengefallen sein.«

»Jaja, sonst hätte sie sich noch befreien können.«

»Dürfte ich mich dazu äußern?«, fragte Bose respektvoll, wie es Experten untereinander tun, ehe sie sich auf das Fachgebiet des anderen wagen.

»Bitte.«

»Das Reptil könnte natürlich dazu benutzt worden sein, um – mit Verlaub zu sagen – die Folgen oder vielmehr die Male einer anderen tödlichen Handlung zu verdecken. Nicht wahr?«

»Anwendung von Gewalt, meinen Sie? So weit war

ich auch schon – ich bin eben im Leichenschauhaus gewesen, um das zu überprüfen.«

»Aha; dann steht es außer Frage. Sie müssen entschuldigen, dass meine Fantasie so mit mir durchgeht. Es liegt wohl an den Büchern, die meine Frau liest.«

»Agatha Christie?«, fragte Strydom interessiert. »Oder Dick Francis?«

»Ed McBain. Ein Amerikaner, fürchte ich. Also, wie lautet Ihr Entschluss?«

Strydom schwankte noch immer, etwas gequält. Von Rechts wegen durfte er ein Beweisstück vor der gerichtlichen Untersuchung nicht zweckentfremden, es sollte eigentlich sicher hinter Schloss und Riegel liegen. Andererseits war der Vortrag, den er zu halten gedachte, eine einmalige Chance, seine Kollegen von der Gerichtsmedizin einmal richtig zu beeindrucken – Kollegen, die zwar selbst nicht vollkommen waren, aber ihre helle Freude an ein, zwei kleinen Fehlern gehabt hatten, die er in der Vergangenheit gemacht hatte. Ein Modell der Pythonschlange als echtes, lebensgroßes Anschauungsstück wäre sicherlich das Gesprächsthema der Woche.

»Soso, es läuft also auf ein zufälliges Zusammentreffen hinaus, ja?«

»Kein böses Verbrechen«, sagte Bose mit seinem gewohnten verhaltenen Lächeln.

»Aber haben Sie –«

»Ein akademisches, ein rein akademisches Interesse. Wir müssten nur, wenn Sie es schnell durchgeführt haben wollen, bevor irgendjemand etwas merkt, sofort damit anfangen. Die Gussform sollte mindestens eine Nacht trocknen dürfen. Ich werde natürlich ein kleines bisschen Salz beifügen, um es zu beschleunigen.«

»Na gut, lassen wir es also darauf ankommen«, sagte

Strydom, schon auf dem Weg zur Tür, und fügte dann hinzu: »Ich bin Ihnen sehr dankbar. Und wenn ich Ihnen je einen besonderen Gefallen tun kann, wissen Sie, wo Sie mich finden.«

Im Flüsterton wurde gemunkelt, Chainpuller Mabatso erpresse auf die harte Tour Schutzgelder.

Aber Zondi hatte dieses Gemunkel satt. Er wollte jetzt von einem der Opfer laut und deutlich Genaueres hören. Deshalb zog er seine Waffe, entsicherte sie und drohte, ein zweites Loch in etwa zweihundert Popsongs zu feuern.

Beebop Williams, der mit zusammengebundenen Schnürriemen hinter seiner Plattentheke saß, fand schließlich die Sprache wieder.

»Es muss ungefähr zwei Stunden, nachdem ich wieder geöffnet hatte, gewesen sein«, sagte er schließlich ernsthaft, »als ich einen Kerl bemerkte, der die neuen Sachen durchsah; er hat aber keinen Wunsch geäußert. Eine Menge Leute ist nach der Schießerei hierhergekommen, nur um sich alles anzusehen – alles die feinen Pinkel aus besserer Wohnlage.«

Er meinte die schwarzen Händler, die reich genug waren, um ihre Geschäfte von Managern führen zu lassen.

»Ich habe mich also um sie gekümmert, und mein Junge, Jerry, hat ausgeholfen, denn wenn sie etwas spannend finden, geben sie auch leicht Geld aus, und so lief es dann eine ganze Weile. Dann kommt dieser Typ zu mir herüber und sagt, er müsste über einen kleinen Handel mit mir sprechen, und daraufhin sind wir nach hier hinten gegangen.«

»Hierher?«

»Mann, ich sehe doch, dass er sauber ist – hat nicht mal ein Messer«, sagte Williams, jetzt ganz auf Englisch, was weniger Verwirrung stiftete als das Sprachmischmasch. »Aber ich bleibe in der Tür stehen. Bin nur mit halbem Ohr dabei. Und dann sagt ers mir. Der Metzger hätte nicht richtig gezahlt. Er hätte nicht getan, was er hätte tun müssen, um sich an die Abmachungen zu halten.«

»Hat er von Chainpuller gesprochen?«, unterbrach ihn Zondi.

Beebop Williams schrak zusammen. »Das Wort hast du in den Mund genommen, Bruder, und es trifft – aber ich habe es dir nicht eingegeben. Sind wir da einig?«

Zondi nickte.

»Dann sagt er, jetzt hätte sein Boss einen zu wenig unter Vertrag, und da sei er auf den Gedanken gekommen, dass Beebop genau der richtige Mann dafür wäre.«

»Wie viel?«

»Zehn Rand die Woche.«

»Hat er irgendetwas über Lucky und die anderen gesagt?«

»Er machte irgend so eine Handbewegung, da wusste ich Bescheid.«

»Der Typ, der hergekommen ist – holt er auch das Geld ab?«

Beebop klopfte sich auf die Taschen, um zu zeigen, wie flach sie waren.

»Eine Zahlung schon? Und was ist mit dem Rest?«

»Den soll ich wie die anderen in eine Blechbüchse tun, damit zu seiner – zur Hütte hochgehen und es dort hinwerfen.«

»Wann?«

»Sonntagabend, wenn keine Leute da sind. Aber hör mal, ich will keine Bullen –«

»Wie sah der Kerl aus? Weißt du seinen Namen?«

Er wäre ihm fast im Eifer des Gefechts herausgerutscht.

»Welcher Kerl?«, sagte Beebop Williams höchst erstaunt.

Doch es reichte schon. Auch die weich machende Wirkung intellektuellen Hochmuts hatte ihre Grenzen; es wurde Zeit, den Lieutenant zu informieren.

Eins wusste Marais sicher: dass der Knopf an keinem von Monty Stevensons Arbeitshemden fehlte.

Mrs Stevenson hatte den Kleiderschrank für ihn geleert, und sie hatten jedes Kleidungsstück in einer Liste abgehakt, die sie aufgestellt hatte, um der notorischen Unehrlichkeit der Wäscherin einen Riegel vorzuschieben. Dann hatte es Tränen gegeben im Eingangskorridor – Marais erfuhr dabei, dass es sie nicht etwa besonders bekümmerte, was mit Monty geschah, sondern dass ihr gerade klar geworden war, wie sehr sie und der kleine Jeremy womöglich zu leiden hätten – eine dürftige Ausbeute.

Jetzt war er unterwegs zu dem Clubmitglied, das den Club in jener Nacht laut Aussage als letztes verlassen hatte, nachdem er sich entschlossen hatte, sich denjenigen, der die frischen Gläser hingestellt hatte, als Ersten am anderen Morgen vorzuknöpfen. Er war etwas benommen von dem wenigen Schlaf in letzter Zeit.

Es war sechs Uhr, als er an der Tankstelle mit Autohandel vorfuhr. Da der Verkauf von Benzin abends und am Wochenende gesetzlich verboten war, wirkte sie völlig verlassen, bis er sah, dass in dem rückwärtig hinter dem Ausstellungsraum gelegenen kleinen Büro Licht brannte.

Gilbert Littlemore erwies sich als einer jener Ex-Kenianer, die Schwarze nur mit »Bimbo«, »Negerlein« und anderen kindischen Ausdrücken betitelten. Die Sorte Mensch, angesichts derer Marais seine Mitgliedschaft zur Nationalpartei lächerlich vorkam, da sie unter Apartheid fälschlicherweise eine höfliche Dienerschaft verstanden und nicht eine getrennte Entwicklung aller Rassen – was jedem, der das Land liebte, viel wichtiger war. Klar, dass abservierte Engländer immer dachten, ein höflicher Umgang miteinander sei etwas, das eine entsprechende Politik erzwingen müsse.

»Sie lassen sich doch ihre verdammten Frechheiten nicht gefallen, nehme ich an?«, sagte Littlemore und schob die Ratenkaufverträge beiseite, die er gerade ausgefüllt hatte. »Tut mir leid, dass ich immer noch so töne, aber ich hatte ein bisschen mehr Disziplin hier unten erwartet. Großer Gott, bei dem Tempo, das wir vorlegen, werde ich eines Tages noch Seite an Seite mit Tom malochen. Als Verkäufer, meine ich!«

»Tom?«, fasste Marais nach, um ihn zu reizen. Das war auch etwas, das er nicht ausstehen konnte – wie sie immer versuchten, etwas zu sein, was sie für besonders südafrikanisch hielten.

»Oh, sorry! Onkel Tom, so ist es richtig, nicht wahr? Und wie sagten Sie doch gerade …?«

»Ich führe gewisse Ermittlungen bezüglich des Wigwam durch, wie ich Ihnen am Telefon bereits gesagt hatte, und da hätte ich gern von Ihnen eine Aussage.«

»Für öffentlichen oder privaten Gebrauch? Ha, ha!«

»Ha, ha, ha«, sagte Marais müde und nahm seinen Kugelschreiber zur Hand.

»Um genau zu sein, war ich dort eigentlich mit mehreren, aber sie sind alle schon vor Eves zweitem Auftritt abgehauen, weil eine der Damen sagte, ihr würde ganz komisch dabei.«

»Oder lag es vielleicht an Ihnen?«, fragte Marais auf Afrikaans.

»Was? Ach so, tut mir leid, davon verstehe ich kein Wort; ein Trauerspiel, ich weiß.«

Genau, wie Marais vermutet hatte. Himmel, selbst Mickey konnte es fließend sprechen, und Englisch auch noch, und er war nur ein Neger. Aber er war dienstlich hier, musste also mit diesen Spielchen aufhören und sich zusammennehmen.

»Ach, sorry, wie Sie sagen. Aber können wir jetzt zur Sache kommen, bitte? Wann sind Sie mit Stevenson zusammengetroffen?«

»Ah. Als er sah, dass ich plötzlich allein am Tisch saß, kam der Geschäftsführer – Monty, richtig – herüber und setzte sich zu mir. Wir haben uns die Show angesehen und dann still den restlichen Wein gekillt. Dann fing er an, Tamtam zu machen von wegen der Polizeistunde, und hat mich ziemlich unnötigerweise, wie ich fand, zur Tür begleitet. Wir hatten ja schließlich schon aufgehört mit dem Trinken, und ich hatte nicht vor, ihm seinen Teppich zu ruinieren! Erinnere mich noch, dass ich zu ihm sagte: ›Halt, alter Knabe, es ist erst zwanzig nach – du kannst mich doch nicht den Unbilden der Straße aussetzen!‹ Den Spruch hab ich aus Daressalam mitgebracht.«

Marais für seinen Teil hätte ihn dort gelassen.

»Na und, Sergeant, hilft Ihnen das weiter?«

Aber Marais war inzwischen so erschöpft, dass dieser Hinweis auf Stevensons Unschuld ihm nichts mehr brachte. Außer noch mehr Probleme.

Kramer bremste knappe drei Sekunden scharf, um dann wieder Vollgas zu geben, sodass Zondi die Mühe erspart blieb, die Beifahrertür zuzuschlagen.

Dann lachten sie beide, wie oft bei ihrem ersten Wiedersehen.

Zondi begann damit, ihm zu versichern, dass alles in Ordnung sei in Blue Haze und dass es den Kindern dort sehr gut gefiele; dann erzählte er, was er vom Zeitpunkt seines Treffens mit Yankee Boy Msomi am Bahnhof in Erfahrung gebracht hatte. Danach hatten sie eine Menge Gesprächsstoff.

»Na schön, mein Vorurteil steht«, sagte Kramer schließlich, »aber das alles erklärt doch nur, warum sie nicht aufs große Geld aus waren. Sie waren nicht am Kasseninhalt interessiert – das war nur Tarnung.«

»Es erklärt auch, warum die Leute behaupten, sie hätten nichts gesehen. Wenn sie hören, dass Chainpuller zuhört, haben wir keine Chance mehr.«

»Und genau da stimmt etwas nicht, Zondi. All die Jahre habe ich mit anhören müssen, dass Chainpuller nur etwas in die Wand ritzt, und schon fallen einem vierzig Meter entfernten Kerl die Eier ab – und jetzt braucht er plötzlich Gangster, Kanonen und Autos. Warum?«

»Mir fällt etwas ganz anderes ein: Vielleicht benutzt diese Gang Chainpuller nur, Boss.«

»He, warte mal. Was auch nicht zusammenpasst, ist, dass du mir in Luckys Laden erzählt hast, der Geistliche sei ein guter Mensch. Würde er diesen ganzen Mist von Hexenmeistern glauben?«

Zondi zuckte die Achseln, als wären Religion und Aberglauben nach seiner Ansicht nie zweierlei gewesen.

»Aber du hast doch gesagt …«

»Ja, Boss, es ist die Art und Weise, wie das Geld bezahlt wird. Einer dieser *skabengas* könnte sich dort im Gras verbergen und sich die Blechdosen holen, die dort hingeworfen werden. Das meine ich damit, dass Chainpuller vielleicht benutzt wird.«

Kramer lächelte und sagte: »Dann ziehe ich aber meinen Hut vor ihnen – anscheinend haben sie keinen solchen Schiss vor ihm!«

Wieder ein Punkt, den Zondi offenbar übersehen hatte, und so kamen sie wieder auf ihre erste Theorie zurück.

Bis Kramer den Chevy zum Stehen brachte, auf der Kwela Village Road wendete und in der entgegengesetzten Richtung wieder zurückfuhr.

»Wir suchen also den Typen, der in den Laden gekommen ist«, sagte Zondi befriedigt. »Beebop wird mit Ihnen reden, Boss, Sie kennen ja seinesgleichen.«

»Ich halt mich nicht gerne mit den Vorarbeiten auf«, erwiderte Kramer. »Es haben verflucht lange alle nach der Pfeife von diesem Scheißkerl Chainpuller getanzt.«

Und nicht ohne Grund ließ er das Schweigen eine Weile wirken.

Der Regen setzte sanft wieder ein. Er sprühte die Windschutzscheibe zu, sodass Marais die Scheibenwischer einschalten musste.

Er beugte sich vor, um besser sehen zu können, verfluchte das Brennen in seinen Augen und bedauerte, dass er den von Littlemore angebotenen Drink angenommen hatte. Von Scotch bekam er Sodbrennen.

Auf der öligen Straße spiegelten sich die Farben der Schaufenster und Leuchtreklamen auf beiden Seiten. Autos fuhren langsam auf der Suche nach Parkplätzen und kamen ihm frech in die Quere. Die Strecke, die er gewählt hatte, war die kürzeste zwischen der Tankstelle und dem CID-Gebäude, aber vielleicht wäre es schneller gegangen, wenn er eine längere Route eingeschlagen hätte.

Eine Reklame war aus, wie er bemerkte. Niemand wurde in die kleine Straße hineingelockt, um den »Schlangentanz im Wigwam« zu erleben.

»Ach ja«, sagte Marais zu sich selbst. Er hatte doch gewusst, dass seine Verrücktheit Methode hatte: Er hatte Gardiner versprochen, auf dem Rückweg bei ihm vorbeizuschauen, hauptsächlich deshalb, um mit ihm zusammen etwas zu trinken.

Er fuhr noch langsamer, und als er in das Sträßchen einbog, sah er eine Schar von Leuten dort herumstehen. Das war merkwürdig. Mr Stevenson hatte fest vorgehabt, alle Voranmeldungen abzusagen, und er selbst hatte das Schild »GESCHLOSSEN« an die Tür geheftet.

Gaffer! Der Boss hatte genaue Anweisungen gegeben, wie sie zu behandeln waren.

Marais ließ seinen Wagen mit eingeschalteter Warnblinkanlage in der zweiten Reihe stehen und sprintete hinüber.

»Okay, was geht hier vor?«, fragte er.

Lauter Inder, alle fein angezogen mit Fliege und Regenmantel, drehten sich beim Klang dieses bekannten Satzes erschreckt um, sodass er seinen Augen nicht trauen wollte, bis er sie als Kellner identifizierte. Dann kam von hinten ein kleiner weißer Mann mit rötlich braunem Bart in Schaflederjacke auf ihn zu.

»Das möchten wir auch gerne wissen!«

»Wer sind Sie?«

»Könnte Sie das Gleiche fragen!«

»Polizei, also Vorsicht! Was ist denn los?«

»Wir kommen her zur Arbeit, und da hängt ein Schild, dass ›geschlossen‹ ist. Niemand hat uns etwas gesagt. Warum, und für wie lange? Wir haben –«

»Der Eigentümer ist in Haft«, sagte Marais.

Der Mann grinste und sagte: »Habt ihr das gehört, Jungs? Habe ichs euch nicht gesagt?«

Die Inder lächelten.

»Was haben Sie ihnen gesagt?«

»Monty hat garantiert dran rumgefingert«, erwiderte der Mann und grinste blöd über seinen eigenen Witz.

»Sie wollen sagen –«

»Mann, was sind Sie denn? Geheimdienst? Ich plaudere gar keine Geheimnisse aus – jeder weiß, was für ein falscher Fuffziger er ist!«

Alle anderen beschlossen, die beiden allein zu lassen.

»Viele Grüße an Minnehaha!«, rief der Mann hinter ihnen her und erntete diesmal ein Lachen. Aus sicherer Entfernung.

»Montys Squaw«, erklärte der Mann. »Ihn nennen wir Großer Häuptling Hosenschiss oder Sexy Winnetou. Je nachdem.«

»Sie sind der Komiker in der Show?«

»Ich? Ich bin Ankündiger. Am Klavier, wissen Sie. Drums und Saxofon waren auch mal hier, aber sie sind auf und davon, um sich vollaufen zu lassen.«

»Wie heißen Sie?«

»Bix Johnson. Und Sie?«

»Marais. CID.«

»Ich habe einen BA.«

»Was?«

Die Straße war offenbar nicht der Ort, um sich geistreich zu unterhalten.

»Sind Sie bereit, mir einige Fragen zu beantworten? Wenn nicht, würde ich gern wissen, warum, und –«

»Wie viel zahlen Sie denn?«

»Wem?«

»Wissen Sie was? Sie sind irre! Total wirklichkeitsfremd! Oi, oi, oi. Für Sie tue ichs ganz umsonst.«

»Was?«

»Sie fragen, ich antworte. Etwa so: Wo ist Ihr Auto? Was sagen Sie dazu – legen wir los, Captain?«

Sie legten los. Und wurden überraschend gute Freunde. Bix Johnson hatte etwas an sich, das Marais ganz frischen Auftrieb gab. Außerdem lieferte er ihm ein paar Informationen, sodass Marais nichts Eiligeres zu tun hatte, als einen dringenden Funkruf an Lieutenant Kramer durchzugeben.

Aber es kam keine Antwort.

7

Sie machten mitten in der Nacht einen grauenvollen Lärm. In Sekundenschnelle war der Hausmeister mit einem Revolver, der ihm in der Hand zitterte, im Hausflur.

Als er dann die leeren, umherrollenden Milchflaschen sah und den, der sie umgeworfen hatte, senkte er schnell seine Waffe, ehe es ein Unglück gab.

»Um Himmels willen, Freundchen, haben Sie mich aber erschreckt!«, sagte er.

Kramer bewunderte die Courage und Wachsamkeit des alten Burschen, aber er fragte sich doch, ob er nicht getrunken hatte – dann sah er, dass er keine Zähne im Mund hatte.

»Ach, tut mir leid, Mr McKay. Ich bin nach hinten getreten und habe gar nicht gesehen, dass Sie neben der Tür standen.«

»Ihr Boy hätte Sie warnen sollen«, sagte McKay, um zu zeigen, dass er es nicht übel nahm. »Also immer noch dran? Dachte, ihr wärt bis Mittag fertig.«

Und er nickte zu der Last hinüber, die Kramer und Zondi gemeinsam trugen, wobei er seine kurzsichtigen Augen anstrengte, um erkennen zu können, was in die Wagenplane gewickelt sein mochte.

»Ein paar Stücke Teppichboden von oben, die nicht ins neue Haus passen; sie meinte, die neuen Mieter würden wenigstens einen Blick darauf werfen wollen, ob sie

sie gebrauchen können. Sie können das Zeug ja wieder rausschmeißen.«

»Sie ziehen doch frühestens übermorgen –«

»Ist mir klar«, sagte Kramer, »aber Sie wissen ja, wie das Weibervolk bei so was ist – sie ruhen nicht, bis alles fertig ist.«

McKay zeigte seinen zahnlosen Gaumen und Mitgefühl. »Weiß ich wohl! Habe einen kalten Horror vor neuen Mietern – Mr McKay dies, Mr McKay das. Am schlimmsten sind die, die mich für einen Schotten halten und mich für die Pornos verantwortlich machen, die ihre Kinder unter der Badewanne finden.«

Zondi warf Kramer einen flehenden Blick zu.

»Wir müssen gehen, Mr McKay. Wollen Sie auch nicht aufhalten.«

»Einen Moment noch – die Schlüssel?«

»Morgen?«

»Aye, aye, Sir, es eilt nicht, eilt überhaupt nicht. Dann wünsche ich Ihnen eine gute Nacht.«

Er humpelte wieder in seine Wohnung, und Zondi drängte daraufhin so schnell zum Aufzug, dass Kramer vor Tür Nummer 1B beinahe das Gleiche noch einmal passiert wäre.

Das war bisher das Riskanteste gewesen. Die Ergreifung von Chainpuller Mabatso hingegen war wie am Schnürchen gelaufen, wobei sie sich auf den Buchstaben genau an eine strikte Vorgabe von Zondi gehalten hatten.

Sie hatten sich einfach über den Kamm hinweg zur Hütte geschlichen, sich mit der Wagenplane neben der Tür auf die Lauer gelegt, eine Kakaodose mit ein paar Münzen hingeworfen und gewartet. Chainpuller hatte sich rausgeschlichen und dabei noch seinen Hosenschlitz zugeknöpft, und als er sich bückte, um seine »Spende« einzusammeln, hatten sie ihn eingewickelt.

Das Beste aber war der Augenblick gewesen, als Chainpullers letzte Anschaffung mit glatter Perücke und weißem Lippenstift den Kopf herausgestreckt hatte, um mit ansehen zu müssen, wie der Hexenmeister von Peacevale von zwei Dämonen ohne Gesicht weggeschleppt wurde – sie hatten mit Leichtigkeit aus einem langen Stück dünnem Mull, das ihnen Bokkie Howells vorsorglich für die Säuberung der Autofenster mitgegeben hatte, zwei Masken schneiden können und brauchten nicht einmal Löcher für die Augen. Mit dem, was sie jetzt überall erzählen würde, hatten sie schon halb gewonnen.

Kramer ächzte und packte wieder das schwere Ende, als sich die Fahrstuhltür im fünften Stock öffnete. Sowenig Gewicht Chainpuller in Wirklichkeit auch auf die Waage bringen mochte, ihn die ganze Strecke bis oben auf den Kamm zu schleppen und auf der anderen Seite wieder hinunter bis dahin, wo das Auto versteckt war, hatte Nerven und Zeit gekostet.

»Gleich haben wirs geschafft«, sagte er zu Zondi, »und tritt um Himmels willen nicht auf die Katze!«

Strydom saß keuchend kerzengerade im Bett. Seine Frau hatte einen molligen Arm um ihn gelegt und versuchte, ihn mit freundlichem Zureden wieder in die Waagerechte zu ziehen. Aber er blieb sitzen, vollkommen starr und schweißüberströmt.

»Was ist denn bloß los?«, fragte sie schließlich und stützte sich auf einem Ellbogen hoch.

»Ich weiß nicht.«

»Du hast doch nicht etwa geträumt, oder? Wann hättest du je geträumt? Ich habe noch nie gehört, dass du träumst. Nie.«

»Hm?«

»Bei deiner Arbeit kannst du dir das einfach nicht leisten – das hast du jedenfalls immer gesagt. Erinnerst du dich noch? An das eine Mal auf unserer Hochzeitsreise, als ich dachte, du würdest träumen? Dabei hatte ich geträumt, du würdest träumen, und du hast die ganze Zeit –«

»Es war grauenhaft!«

»Was?«

»Nein, nicht das … es muss doch ein Traum gewesen sein. So lebensecht und wirklich. Direkt vor meinen Augen. Und gerochen hat es auch.«

»Man riecht manchmal etwas im Traum«, sagte sie begütigend und tätschelte ihm die zur Faust geballte Hand. »Und Farben? Hast du auch Farben gesehen?«

»Ja, habe ich. Sind Träume nicht normalerweise schwarzweiß wie Dokumentarfilme?«

»Nicht immer. Obwohl mein letzter auch in Schwarz-Weiß war: Ich probierte neue Kleider an, und es hat mich fast wahnsinnig gemacht. Vielleicht lag es an dem Buch, das du gelesen hast.«

»Nein.«

»Dann erzähl mal deiner kleinen Anneline alles, und schon gehts wieder. Komm, Chrissy, leg dich neben mich.«

Er legte sich wieder hin, hörte, wie die Matratze mit ihm zusammen seufzte, und rutschte mit dem Kopf hinüber, bis er ihre weißen Locken auf seiner Wange spürte.

»Mann, es war grauenhaft«, flüsterte er leise. »Ich war wieder im Zentralgefängnis von Pretoria, und an diesem Morgen sollten ein paar Leute an den Galgen. Father Williams war da, auch Koos und der Kommandant – der ganze Haufen, wie immer.«

»Weiter, mein Schätzchen.«

»Es war auch sonst alles ganz normal, und ich hatte das Gefühl, fort gewesen zu sein und mich jetzt zu freuen, alle wiederzusehen. Nur den Henker konnte ich nicht entdecken, und ich wollte ihn doch fragen, wie sich seine Brieftauben gemacht hatten. Ich hielt also weiter nach ihm Ausschau, obgleich unten bereits Berge von Arbeit auf mich warteten –«

»Haben sie mit den Bantu angefangen?«

»Ja, obwohl das damals kein Spaß war. Sechs Bantu und ein Mischling, zwei Vergewaltigungen, der Rest Mord – nein, noch ein schwerer Einbruch. Egal, ich wusste jedenfalls, dass ich jede Menge Bescheinigungen abzeichnen musste. Ich dachte, vielleicht ist er in der Todeszelle auf B2, der kleinen für Europäer. Also bin ich dahin gegangen, und ich konnte nach dem Geruch sagen, dass sich der Typ dort Steak und Eier bestellt hatte. Weißt du noch? Fast immer sind es Steak und Eier und zum Nachtisch Pfirsichcreme – verflucht, ich war es ja, der hinterher sah, dass all das Essen verschwendet war. Aber da steh ich nun vor der Zelle, und ich schiebe das Ding zurück und schaue hinein. Und weißt du, was ich da sehe? Einen großen Spiegel an der Wand und meine Augen, die mich anblicken. Das ist das Erste, was ich sehe.«

»Und das hat dir solche Angst gemacht?«

»Ach nein, warts ab. Als ich meinen Kopf wieder herausziehe, bin ich nicht mehr in der Zelle. Ich bin wieder in dem Gemäuer. Na klar, denke ich, hier wird er sein. Aber ich bin ganz allein dort. Dann bringen sie den weißen Gefangenen, und siehe da, es ist Tromp!«

»Wer?«

»Tromp Kramer – und ich weiß es, obwohl er bereits

die schwarze Kapuze aufhat. Alles geht so schnell, dass ich nicht nach den Tauben fragen kann, sie stellen ihn auf die Falltür, Father Williams sagt Amen, und schon baumelt er – verflucht noch mal, hat der Kerl fest getreten! Und ich sehe … kennst du das, wie die Kette über den Balken läuft, mit der die Seillänge verschieden eingestellt werden kann? Du kennst doch die Tabelle, die ich dir mal gezeigt habe, die Größen und Gewichte und dazwischen der Strickzuschlag? Ich schaue prüfend hinauf, ob es auch hält, weil ich nicht will, dass er leiden muss – es ist wirklich Mist, wenn die Kette losgeht.«

»Ja –«

»Und auf einmal sehe ich, dass es eine Mamba ist und kein Strick und dass sie –«

Anneline Strydom lachte liebevoll, legte wieder den Arm um ihren Gatten und zog ihn an sich.

»Du Dummerchen«, sagte sie. »Das sieht doch jeder, wo dieser Traum herkommt. Da braucht man keinen Joseph, der einem sagen müsste, dass dieser Strick nur abreißen kann, oder? Trompie ist gesprungen, ihm gings gut, und du weißt ja, wie gern der Mann große Teller voll Steak und Eier isst. Weißt du das nicht mehr? Als ich für vier gekocht hatte?«

Er lachte und drückte sie zärtlich.

Gardiner malte Männchen. Er zeichnete Comicgesichter in Daumenabdrücke, die er auf die Rückseite eines alten Kalenders gedrückt hatte, und verpasste ihnen Beine. Dann bekamen sie noch Arme und mussten allerlei halten, und darunter schrieb er lustige Sprüche wie: »Ich habe sie auch nur berührt«, oder: »Mein Alibi – ich bin getrampt!« Für Kunst hatte er immer schon etwas übriggehabt, selbst für die Wasserfarben in der Highschool, die immer ineinanderliefen, und bei seinem beträchtlichen zeichnerischen Talent war die Entscheidung für dieses Spezialgebiet der Polizeiarbeit ein kurzer, lohnender Entschluss gewesen.

Außerdem wartete Gardiner. Marais hatte ihn ganz aufgeregt angerufen, um anzufragen, ob in der Garderobe irgendetwas Aufsehenerregendes gefunden worden wäre, und als er das verneint hatte, hatte der Schelm versprochen, auf einen Sprung vorbeizukommen. Er wollte ihm offenbar irgendeine große Neuigkeit mitteilen, aber erst, wenn er sie ordentlich für den Lieutenant aufgeschrieben hatte.

Das Warten war jedoch kein Spaß mehr. Sowohl sein Essen als auch seine hübsche Frau würden kalt wie Stein sein, wenn er nach Hause kam, und dabei hatte er das Thema anschneiden wollen, ob sie nicht statt des Besuchs im Wildreservat lieber einen Angeltrip zur Nordküste machen sollten.

Am Ende schloss er einfach ab und ging hinüber ins CID-Gebäude, wobei er bei einem Blick auf die Rathausuhr feststellte, dass seine Uhr eine Stunde nachging. Jetzt wäre er fast ins Auto gestiegen und abgefahren, aber seine Neugier gewann wie immer die Oberhand. Nicht umsonst hatte er diese Position erreicht.

Marais war, den Kopf auf die verschränkten Arme gelegt, auf seiner Schreibmaschine eingeschlafen. Das Schnarchen hätte einem Ochsenfrosch alle Ehre gemacht.

Gardiner sah, dass das Blatt Papier in der Schreibmaschine gerade erst eingezogen war, und so nahm er sich das vor, was wie ein Entwurf aussah, und merkte, dass es sich in Wirklichkeit um eine amtliche Aussage handelte, die in ziemlich unleserlicher Handschrift von einem gewissen Benjamin »Bix« Harold Johnson abgegeben worden war. Marais würde es nie lernen.

Doch sobald einem klar war, dass die Rs in Wahrheit Ms waren und mit einem Punkt der Artikel gemeint war, ging es einigermaßen fließend. Gardiner legte ein Bein auf die Schreibtischecke, überschlug den Vorspann mit Adresse, Rassenzugehörigkeit und Alter und begann zu lesen.

Der Gig war um Punkt 0 Uhr zu Ende, und der Clubmanager, Monty Stevenson, war da und achtete darauf, dass die Gäste nicht herumtrödelten. Ich sah Stevenson an einem Tisch mit einer Person zusammen, die mir als Gilbert bekannt ist, ein Autohändler. Wir Jungs in der Band hatten von einem dankbaren Gast etwas spendiert bekommen, und da wir vorher keine Zeit zum Trinken hatten, war es unser gutes Recht, es jetzt zu tun. Theo Hill, der Tenorsaxofon spielt, und Mac Taylor, Schlagzeug, teilen Wohnung und einen Volkswagen miteinander.

Diese beiden Kollegen sagten mir etwa gegen 0.10 Uhr Gute Nacht und gingen gleich vorne raus, wegen der Nachtschwestern, die um eins zum Essen gehen. Ich hatte ein paar Clubangestellten versprochen, sie mit dem Auto durch die Stadt mitzunehmen, und wartete, bis sie in der Küche fertig waren. Einer von ihnen kam zu mir und fragte mich, ob er den Kassettenrekorder mal sehen könnte, den ich, wie er gehört hätte, verkaufen wollte. Dieser Mann war ein Inder namens Ramchunder, den ich immer Ram nenne, weil sein Vorname so schwer auszusprechen ist. Der Boss war so beschäftigt, dass er nicht merkte, wie Ramchunder und ich uns in den Gang zu den Garderoben schlichen. Als nicht Weißer durfte Ramchunder diesen Bereich nicht betreten, aber ich wollte mir den doppelten Weg ersparen, und außerdem sollten die anderen nicht denken, ich sei schon weg.

Wir gingen also leise zur Garderobe zwei, wo das Trio seine Sachen wie Noten und neue Instrumente aufbewahrt. Ich sah, dass die Tür von Garderobe eins, die zu diesem Zeitpunkt von der verstorbenen Sonja Bergstroom benutzt wurde, geschlossen und verriegelt war. Das musste sie sein, denn es war unsere alte Garderobe, und wenn die Tür nicht verriegelt wurde, blieb sie einen Spalt offen, selbst wenn man sie fest zudrückte. Das fand ich überhaupt nicht merkwürdig, denn ich wusste ja, dass sich die Verstorbene jetzt sicher umzog und packte. Sie war nicht gerade freundlich, und so habe ich auch nicht bei ihr angeklopft, als wir vorbeigingen. Weil Ramchunder dabei war, sind wir sogar fast auf Zehenspitzen vorbeigeschlichen, damit es keinen Ärger gab.

In der Garderobe zwei war kein Licht, denn der Schalter war seit Wochen kaputt, sodass Ramchunder sich den Kassettenrekorder in dem Licht, das vom Gang hereinfiel, anschauen musste. Da dem Gerät noch das Päckchen Silikagel beilag, sagte er, er würde es sofort nehmen, wenn er es auf Ratenzahlung haben könnte. In diesem Augenblick hörten wir laute Stimmen in der Garderobe nebenan, und die eine erkannte ich als die der Verstorbenen. Die andere war eine Männerstimme, die ich nicht erkannte, obwohl es mich interessierte und ich versuchte, sie zu erkennen. Ramchunder schlug mir vor, den Handel lieber im Auto perfekt zu machen, da die Gefahr bestand, dass er von diesem Typ, wer immer es war, auf verbotenem Terrain erwischt wurde.

Wir gingen also und nahmen den Kassettenrekorder mit, und als wir an der Tür von Garderobe eins vorbeikamen, hörten wir ein Gelächter, das zu rau war, um von der Verstorbenen zu stammen, die auch immer betont hatte, was für eine Dame sie sei und wie anständig. Als wir wieder im Tanz- und Varietébereich waren, bemerkte ich, dass Stevenson Gilbert immer noch nicht losgeworden war. Die anderen warteten inzwischen schon, und wir gingen alle zur Vordertür hinaus. Der Hinterausgang wird nie benutzt, da er durch eine Tiefkühltruhe versperrt ist, was, wie ich den Manager informiert habe, nicht den Brandschutzbestimmungen entspricht. Als wir auf die Straße kamen, habe ich wieder Gelächter gehört. Ich drehte mich um, weil ich sehen wollte, wer da lacht, und sah hinten am Eingang zum Club Stevenson mit einer männlichen Person im Mantel, die ich nicht kannte. Ich bin nicht ganz sicher, ob das Lachen so war wie in der Garderobe eins, dachte aber, die männliche Person könnte dieselbe sein. Ich glaube, es war so gegen 0.20 Uhr, denn die Leute, die bei mir waren, wollten um 0.30 Uhr an ihrem Ziel sein, und das haben wir locker geschafft. Es dauert normalerweise zehn Minuten, das Auto zu holen und dorthin zu fahren. Das ist alles, was ich noch weiß.

Gardiner legte die Aussage weg und nahm sich die nächste von Gilbert Edward Littlemore vor. Ein Penny nach dem anderen fiel und machte ein interessantes Geräusch.

Die Stille war fast noch lähmender als die schlechte Luft.

Chainpuller Mabatso hatte nach seiner Schätzung mehr als die halbe Nacht gelauscht. Ein- oder zweimal hatte er gemeint, ein Baby schreien zu hören, und dann hatte es noch seltsame Geräusche gegeben, als würde mit einem Knüppel auf ein Metallrohr geschlagen. Das verstand er nicht.

Er verstand auch nicht, wie die Fläche so glatt sein konnte, auf der er lag. Auf etwas so Hartem und Glattem hatte er seit der Schlafstelle aus Beton in der Strafkolonie nicht mehr gelegen. Vor allem diese Empfindung war es, die ihn bewegungslos verharren ließ. Seit er mit Kopfschmerzen und Magenkrämpfen erwacht war. Ihm war, als hätte er sich selbst ein Knie in den Bauch gerammt, denn auch sein Knie tat ihm weh.

Er versuchte, sich zu erinnern. Er war mit der neuen Frau in der Hütte gewesen. Der, die ihren Mund auf seinen drücken wollte wie eine Europäerin. Als er ihr gerade seinen Abscheu davor klarmachte, hatte es draußen »klonk« gemacht, weil eine Dose eintraf. Er war hinausgegangen, hatte sich gebückt und …

Er war mit Sicherheit nicht tot.

Mabatso versuchte, sich zu bewegen, und merkte, dass die Schnur, mit der er gefesselt worden war, nur lose zusammengeknotet war. Er machte sich die Hände frei und versuchte, damit bis zum Mund zu kommen, um den Lappen herauszunehmen, von dem er zuerst gedacht hatte, die Bestattungsfrau hätte ihn hineingesteckt. Aber die leichentuchartige Umhüllung war zu eng. Er versuchte, sich auf die Seite zu rollen, dann andersherum, und das ging. Er setzte sich auf und sah sich um.

Die Hütte hatte unendlich glatte Wände, schmale Holzbretter, die ziemlich oben angenagelt waren, wo sogar das Dach glatt war, und ein Fenster aus einem großen Stück Glas. Und eine Tür.

So etwas hatte er noch nie gesehen.

Ja, doch: in der Polizeiwache, zu der er als Jugendlicher gebracht worden war. Nur hatte die Hütte vollgestanden mit Tischen und Stühlen und anderen Dingen, die den Zweck erkennen ließen. Dieser Platz machte keinen Sinn.

Ein Schwindelgefühl brachte ihn für einen Augenblick ins Wanken, dann ließ es nach.

Mabatso löste die Schleife in der Schnur um seine Gelenke und stellte sich dann steif und vorsichtig auf die Füße. Er schwankte und breitete die Arme aus, und dann schob er sich gebückt vorwärts.

In der Ferne hörte er ein Auto. Und sah Mondlicht.

Wie ein Flusskrebs bewegte er sich zum Fenster, wobei er achtgab, kein Geräusch zu machen, und ließ die Fingerspitzen an der Wand hoch zum Fenstersims gleiten. Er musste in Erfahrung bringen, wie es draußen aussah.

Sehr, sehr vorsichtig zog er sich vom Boden hoch, bis seine Augen gerade über die Fensterbank schauen konnten.

Dann fing Chainpuller Mabatso an zu schluchzen, er kauerte sich wie ein Igel zusammen, rollte zur Seite und verbarg das Gesicht in den Händen, um sein Schluchzen zu dämpfen.

Draußen war nichts. Die Hütte hing im Himmel.

Kramer wäre die Einfahrt nicht weiter hochgefahren, wenn nicht im Wohnzimmer Licht angegangen wäre. Die Vorhänge passten nicht, und so konnte er ziemlich gut sehen, dass sich die Witwe Fourie mit einem Buch in die Ecke gesetzt hatte.

Er machte absichtlich einigen Lärm, um sich anzukündigen, und winkte ihr zu, als sie ans Fenster geeilt kam.

»Ach Trompie, Trompie«, sagte sie und umarmte ihn, als er auf die Veranda trat – was gar nicht ihre Art war.

»Was gibts denn, he? Ist was mit Piet?«

»Mann, ich habe mir solche Sorgen gemacht. Er war heute so glücklich, du hättest ihn mal sehen sollen, wie er alles ausgekundschaftet und die anderen zum Mitspielen angeregt hat, und dann fängt er an …«

Kramer führte sie ins Wohnzimmer zurück, wo sie sich wieder in ihren Sessel setzen musste. Dann goss er zwei Brandys aus einer Flasche ein, die sie immer für ihn bereithielt, und stieß mit ihr an.

»Auf Blue Haze«, sagte er.

»Trompie …«

»Gehts Piet nicht gut heute Abend?«

»Ich dachte zuerst, es läge daran, dass er auf einmal ein Zimmer ganz für sich allein hat. Und am Umzug – das bringt manche Kinder durcheinander, nicht wahr? Die anderen waren natürlich friedlich wie die Lämmer, ich musste nur zu ihnen und sie immer und immer wieder küssen. Ach ja, die beiden Kleinsten sind zusammengeblieben. Aber Piet! Er ist plötzlich aufgewacht und hat angefangen zu schreien, wollte mir aber nicht sagen, warum. Ich bin gerade dabei, es nachzuschlagen.«

Kramer nahm ihr das Buch ab und las den Titel: *Adams Rippe: Eine Studie über die kindliche Entwicklung und ihre Probleme.* Es war dasselbe, aus dem er schon oft zitiert hatte, und doch war sie so närrisch gewesen, sich ein eigenes Exemplar zu kaufen.

»Ach was, das ist doch Quatsch mit Soße!«, sagte er in der Hoffnung, sie damit zum Lachen zu bringen.

»Was ist daran so falsch?«

»Herrje, ich kann nicht mal was mit dem blöden Titel anfangen, was für Chancen hätte ich da mit dem Rest?«

»Du weißt schon, worums geht – Adams Rippe,

Frauen, die Käfige, die Mütter für ihre Kinder bauen, sodass sie in ihrem eigenen Dingsbums gefangen sind.«

»Ja, genau!«, erwiderte Kramer scharf. »Dingsbums. Soundso. All diese großen neuen Worte. Wie wärs denn mit dem guten alten ›unausgegoren‹?«

»Es ist absolut nichts auszusetzen am Ödipuskomplex«, sagte die Witwe Fourie ärgerlich. »Es bedeutet nur, dass ein Junge eifersüchtig ist auf seinen Vater und dass es ihm Angst macht, so etwas zu empfinden. Piet ist nicht der erste Junge, der seiner Mom gesteht, sie wäre das einzige Mädchen, das er liebt. Und wenn er es sagt, dann bestimmt nicht so, wie du es vielleicht tätest.«

»Habe ich denn schon mal?«, fragte er.

»Allerdings!«, sagte sie und konnte sich eines belustigten Zwinkerns nicht erwehren. »Aber die Ärzte haben sowieso nicht gesagt, dass Piet das hat.«

»Das will ich auch nicht hoffen! Weißt du, was in diesem Buch steht? Es steht darin, dass so Psychopathen entstehen.«

Die Witwe Fourie setzte ihren Brandy ab. Sie hatte auch einen langen Tag hinter sich.

»Hör mal, bevor du alles besser weißt, solltest du dir vielleicht die Mühe machen und es richtig lesen! Der Ödipuskomplex ist nur ein Teil der Psychopathologie, und er hat etwas mit dem Gewissen der Menschen zu tun. Diese Leute haben keine Schuldgefühle, ebenso wenig, wie andere ihnen leidtun – und warum? Weil sie nicht die Fürsorge und Zuwendung einer Mutter erfahren haben, als sie klein – sagen wir, ungefähr so groß – waren. Ich habe die Stelle hier – es steht gleich am Anfang. Hör zu: ›Wenn die frühe Kindheit von Ungewissheit und Inst-stabilität geprägt ist, kann sich das Einfühlungsvermögen nicht –‹ – he!«

Kramer, mit einem Bein bereits auf dem Flur und einer Menge Nachtarbeit vor sich, sagte: »Warte mal 'ne Sekunde, ich muss bloß eben ein Hühnchen rupfen mit jemandem!«

Das Buch verfehlte ihn knapp.

Mabatso hatte fast eine volle Gallone Maisbier getrunken, bevor er verwunschen wurde. Er litt jetzt höchste Not, und er wusste, dass er in dieser Hinsicht etwas unternehmen musste.

Er setzte sich folglich ein zweites Mal in Bewegung, diesmal weniger angstvoll, weil ihm inzwischen so manche Idee gekommen war und er allmählich zwei und zwei zusammenzählen konnte. Aber er kroch die ganze Strecke bis zum Fenster und öffnete die Augen erst, als er davorstand.

Dann sah er die Häuser tief unten und die Straßenlaternen und die Lampe des Milchwagens, und er kam ins Wanken. Es war das erste Mal, dass er weiter vom Erdboden entfernt war als das Dach seiner Hütte, das er ab und zu flicken musste, und daran musste er sich erst gewöhnen. Nach einiger Zeit hörte er auf zu schwanken.

Und machte sich daran, den Raum zu erkunden, in der Hoffnung, ein Örtchen zu finden, wo er sich erleichtern konnte. Von der Strafkolonie her wusste er, was mit einem Mann passierte, der auf diese Weise den Fußboden eines Weißen verunreinigte.

Aber das Einzige, was in diesem Raum einem Abfluss glich, war ein Ding mit drei kleinen Löchern in der Mitte, und es war so tief unten an die Wand geschraubt, dass er nicht daran kam.

Am Ende sah er sich doch gezwungen, den Türknauf zu packen und schaudernd mit angehaltenem Atem zu drehen. Nichts geschah, als er die Tür einen Spaltbreit öffnete … Er öffnete die Augen wieder und atmete aus. Dahinter lag ein weiterer leerer Raum, nur gingen vier Türen davon ab, von denen zwei angelehnt waren.

Mabatso hastete hinüber zur nächstgelegenen Tür und sah, dass dort Kochstellen und Wasserhähne waren. Er erreichte das Becken gerade noch rechtzeitig.

Jetzt endlich konnte er wieder klar denken.

Er spähte durch die andere Türöffnung, erkannte die Dusche wieder – in der Kolonie hatte es mehrere gegeben – und fühlte sich stark genug, auch die anderen Türen zu probieren. Eine ließ sich nicht öffnen, und eine führte in ein drittes Zimmer, genauso groß wie das erste, auf der gegenüberliegenden Seite mit Glas bis zum Boden herunter.

»Woh-Wohnung«, sagte er zu sich selbst, als er sich daran erinnerte, dass ein Mitgefangener, der einmal in einer gearbeitet hatte, dieses Wort benutzt hatte. Jetzt ergab alles einen Sinn. Was war er doch für ein Narr gewesen. Einen kristallklaren Sinn.

Bis zu einem gewissen Punkt.

Und als Mabatsos Gedanken diesen Punkt erreicht hatten, ergriff ihn ein doppelt so starker Schwindel wie vorher, sodass er jäh auf die Knie fiel. Und dort liegen blieb, zusammengerollt wie eine Kugelassel, den eigenen Geruch unter vielen fremden Gerüchen in der Nase und von größerer Angst erfüllt als je zuvor.

Denn als damals die Tore der Strafkolonie aufschwangen, hatte er nicht nur gewusst, was für ein Ort das war, sondern auch, wie er dorthin gekommen war, warum er dort war und was ihn hinter den Mauern erwartete.

Wohingegen er jetzt nur Antwort auf die ersten dieser Fragen wusste, während ihm die übrigen das Hirn zermarterten.

Chainpuller Mabatso konnte nicht einmal laut aufschreien. So einsam sein Leben auf dem Hügel auch gewesen war, ihm war voll bewusst, dass ein Schwarzer immer einen sehr guten Grund haben musste, wenn er sich nachts in der Wohnung von Weißen aufhielt.

Was entsetzlicherweise auf dasselbe hinauslief.

Ramchunder wurde rüde geweckt. Erst wurde ihm die Bettdecke weggerissen und dann mit einer Taschenlampe in die Augen geleuchtet.

»CID. Auf die Beine«, sagte Marais.

Der Kellner rappelte sich hoch.

»Sind Sie wach, Mann?«

»Ich – ja, bin ich, Sir.«

»Befindet sich in Ihrem Besitz seit Kurzem ein Kassettenrekorder?«

»Barmherzigkeit, Sir! Der Herr, von dem ich ihn gekauft habe, hat gesagt, er habe ihn ehrlich erstanden!«

»Wollen Sie damit irgendjemanden verdächtigen?«

»Sir, Sie verstehen mich ganz falsch!«

»Ach, schon gut, Sammy – solange Sie nur der rechte Ramchunder sind«, sagte Marais, der vorher schon ein gutes Dutzend Mistkerle aufgescheucht hatte, alles Kellner.

Dann nahm er eine kurze Aussage auf, die in allen Einzelheiten genau der von Bix Johnson entsprach, dem verrückten Klavierspieler. Probleme gab es nur, als Ramchunder nicht zugeben wollte, hinter die Bühne gegangen zu sein.

»Werde ich wegen dieser unerlaubten Handlung belangt?«, fragte Ramchunder gedrückt, als der Kugelschreiber weggesteckt wurde.

»Diesmal nicht«, sagte Marais und fügte als humorvoller Mensch hinzu: »Das Gesetz hat Ihr Boss erlassen, nicht ich!«

Kramer sprach von Mann zu Mann mit Piet, bis der kleine Kerl zur Seite purzelte und fest einschlief. Dann legte er der Witwe Fourie eine Decke über, schloss das Spezialschloss der Diebstahlsicherung an der Eingangstür und fuhr nach Trekkersburg zurück.

Eben begann die Morgendämmerung, mit rosigem Schnäuzchen die Böschung entlangzuschnuppern, als er an Mr McKays Wohnung vorbeischlich und die Treppen hinaufstieg. Der Fahrstuhl hätte zu dieser Stunde geklungen wie Saturn V.

Bis er auf dem Treppenabsatz im fünften Stock angekommen war, hatte er sich überlegt, dass es einfachere Methoden geben musste, einen Hexenmeister zum Reden zu bringen. Aber als er den schnellen Wortwechsel auf Zulu hinter der Wohnzimmertür von Nummer 5C hörte, hatte er das Empfinden, der ganze Umstand hätte sich doch gelohnt. Und setzte sich dahin, wo vorher der Garderobenständer gewesen war.

Er versuchte, ein wenig zu schlafen. Aber irgendetwas an Zondis Tonfall verhinderte, dass sich der Schleier des Vergessens auf ihn niedersenkte – etwas, das ihn bewog, sich kerzengerade hinzusetzen und sich zu bemühen, Worte zu verstehen.

Kurz danach öffnete sich die innere Tür, und vor Kramer stand Zondi in Hemdsärmeln.

»Hoffe, du hast gut geschlafen, du Schlingel«, sagte Kramer und erhob sich mit einem Schwung, der ihn mittendrin verließ.

»Drei, vier Stunden, dann hat der hier mich wach geklopft.«

»Ach ja? Und?«

»Die Wahrheit, glaube ich.«

Kramer schaute über Zondis Schulter hinweg. Was er

sah, machte ihm klar, dass er daran nicht zu zweifeln brauchte – obgleich er auch sehen konnte, dass Mabatso keinerlei Spuren von Gewaltanwendung zeigte und auch kein Grund dazu bestand.

»Na gut, aber was hat er denn gesagt?«

»Der Mann, der von Beebop die zehn Rand verlangt hat, war ein gewisser Robert Zulu, den unser Gefangener im Gefängnis kennengelernt und für den er den Laufburschen gespielt hat, ihm Bier gekauft hat und dergleichen mehr. Ende der Story.«

»Was? Nun hör aber mal!«

Zondi lächelte auf eine unschöne Weise und sagte: »Chainpuller weiß auch nicht mehr über die Raubüberfälle als wir. Er ist einfach nur auf die Idee gekommen, so zu tun, als stecke er dahinter – er hat sich an die Gangster geheftet wie eine Zecke.«

»Er? Bei dieser Sache? Wie ist er denn auf die Idee gekommen? Und so schnell?«

»Chainpuller macht es schon immer so – seit Jahren, Boss. Kennen Sie den Bruder? Er ist jetzt ein wichtiger Mann unten in Transkei und will nichts mehr mit all dem Quatsch zu tun haben. Aber Sie wissen ja, wie das ist, wenn die Leute meinen, man hätte etwas auf dem Kerbholz, und dafür sorgen, dass es einem auch zu Ohren kommt. Dieser Mabatso hat vieles über sich zu hören bekommen, nachdem der Bruder weg war, und deshalb hat er –«

»Meinst du etwa, er hat nie jemandem etwas angetan? Hat einfach nur auf seinem Arsch gesessen und sich von den Leuten Geld hinwerfen lassen?«

»Das ist die Wahrheit. Es waren die eigenen Ängste der Leute vor der Finsternis, die ihn so groß gemacht haben – die Finsternis in ihren eigenen Köpfen.«

»Was bist du nur, Mickey Zondi?«

»Ich bin ein abergläubischer Kaffer«, sagte Zondi mit einem breiten Grinsen. »Und Sie, Boss, sind weiser als der Elefant.«

»Ach, das würde ich nicht unbedingt behaupten, was? Aber eins kann ich dir sagen: Ich leide nicht so unter den Schwachpunkten meiner Rasse. Bei meiner Arbeit jedenfalls nicht.«

Das war auch scherzhaft gemeint, als schnodderige Bemerkung, um sie ein wenig über die Enttäuschung hinwegzubringen, die jetzt schwer auf ihnen beiden lastete. Aber es ging irgendwie daneben.

Zondi sagte: »Was werfen wir diesem Gefangenen vor, Lieutenant? Erpressung? Bedrohung?«

»Ja, was du willst.«

Es war ein Jammer, dass der neue Tag so anbrechen musste, fast schon ein Omen.

8

Das Museum öffnete für die Allgemeinheit um zehn. Strydom kam schon um neun und ging durch den Seiteneingang hinein. Er musste sich nicht nur die über Nacht Eingetroffenen in der Leichenhalle ansehen, sondern auch noch Polizeipatienten und körperlich Gezüchtigte überwachen. Mit anderen Worten: Dies war seine einzige freie Stunde bis zum Abend.

»Oh, da sind Sie ja schon«, sagte Bose. »Hatte mir eigentlich vorgenommen, alles vor Ihrer Ankunft fertig zu haben.«

»Tut mir leid, Mann, aber ich habe die Sache mit dem Richter abgeklärt, und das hat nicht so lange gedauert, wie ich dachte. Er sagt, wir sollten weitermachen und tun, was wir für richtig halten. Wie ist sie denn?«

»Sie ist eine Schönheit«, erklärte Bose ohne Stolz, während er weiterhin die Gussform Stück für Stück ablöste. Der Gips hatte jede einzelne Schuppe aufgenommen, und Strydom faltete vor Entzücken die Hände. Bose hatte das Tier höchst realistisch aufgerollt, und selbst ein Laie konnte erkennen, wie gut die Nachbildung sein würde.

»Könnte es schaffen, sie ein bisschen anzupinseln«, murmelte Bose. »Wir haben in den nächsten Monaten keinen Neuzugang.«

Strydom hatte bereits Gefallen an den uhrenlosen hinteren Räumen des Museums gefunden und hätte beinahe gefragt, ob sie nicht gelegentlich erfahrene Pensionäre zum Vogelausstopfen und dergleichen anstellen würden. Staunend sammelten sich dann seine Gedanken wieder in der Gegenwart.

»Wie schön sie ist, und wie sie glänzt«, sagte er.

»Vaseline; verhindert, dass sie an der Form anklebt. Die Tatsache, dass die Farben so schnell verbleichen, ist einer der Gründe, warum wir auf Gipsabdrücke übergegangen sind. So, *Python regius,* nachdem wir nun die Einwilligung haben, ist es Zeit für eine kleine Operation.«

Strydom, der sich hätte ohrfeigen können, weil er nicht gleich den Amtsweg genommen hatte, mit dem er sich viel Unruhe erspart hätte, sagte unnützerweise: »Ein Königspython, nicht wahr?«

»Königlich. Muss aus dem Norden importiert worden sein und hat bestimmt ein hübsches Sümmchen gekostet. Aber sie sind auch bei richtiger Pflege mit ihrer Lebensspanne eine gute Investition. Sehr gutmütig, ein ausgezeichnetes Haustier.«

»Nein danke!«

»Jedes Tier neigt zu stark defensiven Verhaltensweisen, wenn es sich bedroht glaubt«, erinnerte ihn Bose nachdrücklich mit verschmitztem Lächeln. »Normalerweise rollt sich unser Freund, der Königliche, zu einer fast makellosen Kugel zusammen, mit dem Kopf tief in deren Innerem – man kann ihn regelrecht mit dem Fuß herumkugeln. Ein schönes Kunststück.«

»Ob das wohl auch zu ihrem Auftritt gehörte?«

»Das glaube ich nicht; wenn sie erst einmal zahm sind, hören sie damit auf. Entschuldigen Sie mich bitte einen Augenblick.«

Das tote Reptil lag jetzt ausgestreckt auf dem zinkverkleideten Tisch. Strydom stellte seine Tasche ab und ging auf die andere Seite, um sich die zwei Aftersporne aus Horn anzusehen.

»Verkümmerte hintere Gliedmaßen«, erklärte Bose und rollte einen Leinenwickel auseinander, in dem lauter Sezierinstrumente steckten. »Die Familie *Boidae* hat einen ziemlich gut erkennbaren Beckengürtel, den ich Ihnen zeigen werde. Die Männchen benutzen die Klauen dazu, um beim Werben die Weibchen damit zu streicheln – die ihrerseits anscheinend überhaupt keine Verwendung dafür haben.«

»Du lieber Himmel, als Liebende habe ich sie mir noch nie vorgestellt«, kicherte Strydom. Er war im Grunde sogar, wie ihm jetzt klar wurde, sein Leben lang von Schlangen umgeben gewesen, ohne ihnen je Beachtung zu schenken – außer wenn er sie mal mit seinem Golfschläger ins Jenseits beförderte.

»Ich auch nicht«, sagte Bose und wählte ein großes Skalpell aus. Aber inzwischen war Strydoms Neugier geweckt. »Wie kommt es denn, dass die Beine verkümmert sind? Ich dachte immer, Beine wären ein Schritt höher auf der Leiter, wenn Sie verstehen, was ich meine!«

»Na ja, aber nicht viel wert zum Verkriechen. Es wird angenommen, dass sich Schlangen vor etwa eineinviertel Millionen Jahren aus Echsen entwickelt haben, die sich angewöhnt hatten, in Erdlöchern zu verschwinden, sodass sie keine Verwendung mehr für Beine hatten und folglich gliederlos zur Erdoberfläche zurückkehrten. Es gibt noch etliche andere Anhaltspunkte dafür.«

Bose fühlte sich offensichtlich geschmeichelt, einen so interessierten Schüler zu haben, und Strydom beschloss, den günstigen Augenblick zu nutzen und eine Frage zu stellen, die vorher vielleicht als ungehörig aufgefasst worden wäre.

»Ich frage mich, Mann, warum Sie dem Mädchen die Schuld zuschieben – können wir denn sicher sein, dass die Pythonschlange nicht als Erste angegriffen hat?«

»Aha, der Tarzan-Trugschluss! Kommen Sie hier rüber, und schauen Sie sich mal die Zähne an. Sehen Sie, wie groß sie sind und wie sie sich nach hinten krümmen – und jetzt vergleichen Sie sie mit den beiden Giftzähnen dieser Viper.«

Das tat Strydom.

»Sie sind alle nicht, wie Sie bemerkt haben werden, zum Kauen gedacht. Schlangen zerkauen ihre Nahrung nicht, sie schlingen sie im Ganzen hinunter. Was Kauwerkzeugen noch am nächsten kommt, finden wir bei der Afrikanischen Eierschlange, auch *Dasypeltis scabra* genannt, in deren Speiseröhre verlängerte scharfkantige Wirbelfortsätze ragen, mit denen sie die Schale des verschlungenen Eis aufsägt; die Eierschalen werden wieder ausgewürgt. Aber nun überlegen Sie mal – wozu hat die Königliche sie Ihrer Meinung nach?«

Die Sache hatte bestimmt einen Haken, und so gab Strydom nur widerwillig Antwort. »Zum Beißen?«

»Gut.«

»Daran hatte ich auch schon gedacht. Das Mädchen muss eben schneller gewesen sein.«

»Schneller als dieser Bursche hier? Im Gegensatz zu Lord Greystokes abwegiger Auffassung stoßen Riesenschlangen ebenso wie alle Schlangen zuerst zu, statt den Gegner gleich zu umklammern. Die Zähne dienen dazu, sich einzuhaken, der Beute zu Leibe zu rücken. Haben sie sich erst festgebissen, wickeln sie sich darum und versuchen, wenn es geht, den Schwanz an einem festen Gegenstand zu verankern, um –«

»Ich weiß«, sagte Strydom, »aber wie fest ist eigentlich die Umschlingung?«

»Sie reicht, um den Tod durch Ersticken herbeizuführen, weil der Atemtrakt lahmgelegt wird. Unter Umständen kann es auch zur Erdrosselung kommen, aber auf keinen Fall wird etwas zu einem blutigen Brei zerquetscht. Alles Märchen!«

Diesen Nachsatz hörte Strydom nur noch mit halbem Ohr, vergaß auch zu lächeln, denn er war in Gedanken bereits bei Fragen seiner Zuhörer im Konferenzsaal.

»Der Grad des ausgeübten Drucks ist immer von Interesse für uns«, sagte er. »Es hat unter Menschen schon öfter den Fall gegeben, dass ein Mann beim Orgasmus mit seinen Händen unabsichtlich den Tod der Frau herbeigeführt hat. Können Sie mir in dieser Hinsicht Genaueres sagen?«

»Gewiss. Wenn sich eine kleine Boa wie eine Acht um die Handgelenke geschlungen hat, dürfte es unmöglich sein, sich davon zu befreien, und die Hände würden rasch anschwellen. Und das bei einem durchschnittlich kräftigen Mann. Lebendige Handschellen.«

»Oder eine lebende Aderklemme«, bemerkte Strydom ernst, während Bose den Python vom Kinn bis zum Schwanz aufschlitzte und die äußeren Muskelschichten freilegte.

»Gar nicht so verwest, wie wir dachten«, sagte der Wissenschaftler.

Strydom sah noch einmal genauer hin. Geprägt durch all die Jahre, in denen er annähernd das Gleiche mit *Homo sapiens* gemacht hatte, hatte er damit gerechnet, auch hier die verschiedenen, paarweise auftretenden glänzenden Organe in ihrer gottgewollten Ordnung vor sich liegen zu haben.

»Ich merke schon, Sie kennen nur Frösche von innen«, sagte Bose, als er sah, dass sich die dicken, buschigen Augenbrauen hoben. »Diese Form ist für die Verdauung ideal, denn sie ist eigentlich nur ein langer Darmkanal, aber ansonsten ist sie ein bisschen eng.«

»Nur jeweils einer?«

»Richtig, manchmal nur der eine. Manchmal liegen sie auch hintereinander, manchmal ist der rechte erheblich größer und besser entwickelt als der linke, und natürlich ist auch die große Dehnungsfähigkeit zu berücksichtigen. Schauen Sie, diese Lunge erstreckt sich über mehr als die Hälfte des Körpers. Aber nun wollen wir erst mal ein wenig herumstochern und feststellen, ob es Ihr Boy oder die zum Äußersten entschlossene junge Dame war, die den Schaden verursacht hat.«

»Allerherzlichsten Dank«, sagte Strydom, dem mittlerweile auch die Zeit egal war.

Pedro, dem Riesenschildkrötenmännchen im Trekkersburger Vogelschutzgebiet, wurde nachgesagt, schon Napoleons Exil auf der Insel St. Helena geteilt zu haben. Er sah aus, als hätte er ein wild bewegtes Leben gehabt. Sein schwarzer Panzer war fingerdick mit Silberreiherkot bedeckt, und seine Mundwinkel waren permanent herabgezogen.

Kramer wusste, wie er sich fühlte. Er konnte es ihm nachfühlen.

Er beschloss trotzdem, Zondi zu wecken. Und so stieg er aus dem Chevy, in dem er unruhig vor sich hingedöst hatte, und ging zu der Bank hinüber. Erstaunlich, dass der kleine Stinker das konnte – so schlafen, draußen im Kalten, den dandyhaften Strohhut auf dem Gesicht, und das, obwohl das neue Straßennetz dem Platz seinen Wert als ruhige Oase während der Tagesstunden genommen hatte.

Kramer hob den Hut ab, sodass sich die plötzliche blendende Helligkeit in Zondis Augenlider einbrannte.

»Die Bank war recht bequem, Boss«, sagte Zondi, wieder ganz er selbst.

»Hm. Und das neue Auto hat so gerochen, wie du gesagt hast.«

»Dann gehts Ihnen nicht so gut?«

»Schlechter, als du denkst.«

Zondi öffnete die Augen und setzte sich auf. »Wieso?«, fragte er.

»Ich habe den Funk angestellt, um zu hören, ob sich in Peacevale irgendetwas tut.«

»*Aikona,* nein!«

»Reg dich ab, es ist alles ruhig. Aber erinnerst du dich an den Fall, in dem Sergeant Marais ermittelt? Mit der Schlange? Der Häftling hat sich das Leben genommen.«

Das Rückgrat war freigelegt.

»Schön, was?«, begeisterte sich Strydom.

»Komplexe Kugelgelenke, Verbindung an nicht weniger als fünf Punkten.«

»Kein Wunder, dass sie sich so verdrehen können.«

»Ja, aber es hat seine Grenzen«, sagte Bose und sezierte vorsichtig weiter. »Jedes Gelenk kann sich von einer Seite zur anderen, grob geschätzt, um fünfundzwanzig Grad biegen, in der Senkrechten jedoch nur um ein paar Grad. Deshalb gibt es so viele davon, als würde man einen Kreis aus lauter kurzen, geraden Linien zeichnen. Entlang der Senkrechten kann sie sich nur bis zu einem gewissen Grad krümmen, bevor sie bricht. Das Rückenmark wird gequetscht, es folgt ein Krampf … Hm.«

Strydom reckte den Hals, um besser sehen zu können.

»Vorsicht, Doktor. Nicht, dass wir uns selbst verletzen.«

Bose schnitt ein Stück der Wirbelsäule heraus und legte es unter die Speziallampe, die er beim Malen benutzte – sie hatte die gleiche Farbtemperatur, was immer das hieß, wie die Neonröhren in den Schaukästen.

»Hier, nehmen Sie die Lupe«, sagte er zu Strydom und reichte sie ihm. »Dann sehen Sie, dass das Rückenmark in Wirklichkeit auseinandergerissen wurde; nicht gequetscht, sondern –«

»Jaja, ich sehs – wie eine gepulte Krabbe.«

»So, damit wäre Ihr Boy aus dem Schneider. Als Sie sagten, Sie hätten viel zu wenig Platz, habe ich nämlich gedacht, er hätte des Guten zu viel getan und dabei einen Bruch verursacht. Aber ich bezweifle doch stark, dass er Tauziehen mit ihr gemacht hat.«

»O nein. Der nicht. Er arbeitet gut, macht nie Unfug.«

»Womit wir wieder bei der armen jungen Frau wären. Sie muss außergewöhnlich starke Hände gehabt haben.«

»Wie?«

»Um so ziehen – oder vielmehr gegenhalten – zu können. Muss ein ziemlich langwieriger Kampf gewesen sein, aber ich glaube, ich kann Ihnen eine brauchbare Erklärung liefern für Ihre Gerichtsmedizinerkollegen.«

»Ach ja?«

»Machen Sie ihnen klar, dass Schlangen keineswegs die legendäre Fähigkeit besitzen, pfeilschnell die Verfolgung eines Wildhüters quer durchs Land aufzunehmen«, sagte Bose. »In Wahrheit ermüden sie rasch aufgrund des langsamen Sauerstoffaustauschs in ihrem Blut. Sie sind schrecklich träge, wenn ich das sagen darf. Was ihre Spitzengeschwindigkeiten angeht, würde ich die beste

Leistung einer Mamba bei etwa vier Meilen pro Stunde ansiedeln, am Rande bemerkt.«

»Verstehe! Die Bergstroom zieht in die eine Richtung, um sie loszubekommen, aber die Schlange zieht voller Panik in die andere Richtung, und dann macht sie eine Sekunde lang schlapp, fffft!«

Bose nickte nach einiger Überlegung, und dann sagte er: »Hätten Sie gern eine genauere Darlegung, um sie, sagen wir, als Anmerkung zu verwenden?«

»Mann, ob ich das gern hätte? Natürlich! Bitte! Aber wie lange hätte das wohl gedauert? Eine Minute?«

Sein Mentor unterdrückte höflich ein Lächeln, aber die großen grauen Augen verrieten ihn.

»Der Stoffwechsel eines *Python regius* ist nicht ganz so …« Bose brach ab und formulierte dann neu: »Der Erstickungstod durch Erdrücken tritt immer ziemlich schnell ein, und ja, drei bis vier Minuten könnten ausreichen. Aber angenommen, es gab einen Kampf, dann möchte ich meinen, dass es mindestens fünfmal so lange dauern würde, bis die Schlange erschöpft ist.«

Strydom rechnete kurz nach, und dann stand ihm der Garderobenraum lebhaft vor Augen: Er hatte zwar dreckig und unordentlich ausgesehen, und nichts war am richtigen Platz gewesen, aber mit Sicherheit hatte es kein Anzeichen für einen längeren Kampf gegeben. Nein, bestimmt nicht, denn der Hocker hatte direkt neben der Leiche gestanden, nicht etwa gelegen. Und der Spiegel hatte zwar schief dagehangen, aber unverändert, wie es schien.

Irgendwie kam ihm jetzt ein unvorstellbarer Gedanke.

Der Colonel hatte sein Plastiklineal zerbrochen. Er legte die beiden Stücke rechts und links neben den Löscher und nahm den Zettel zur Hand.

»Wo hatte er denn Stift und Papier her?«, fragte er Kramer.

»Von Ben, seinem Verteidiger.«

»Das war spät gestern Abend?«

»Hm, in der Zelle.«

»Welcher Art war ihr Gespräch?«

»Stevenson hoffte, dass Ben ihn heraushauen würde. Der sagt, er hätte darum gebeten, die Sache außerhalb des Gerichts zu regeln, zivilrechtlich oder so. Ben hat ihm den Unterschied erklärt, ihm gesagt, dass er heute aus der U-Haft vorgeführt werden müsste, was aber nicht lange dauern würde, und er würde sicher gegen Kaution freigelassen. Hat Ben gefragt, ob die Presse wohl da wäre, und Ben hat gesagt, das wüsste man nie – und es sei nicht gut, den Versuch zu machen, sie zu bestechen.«

»Sie hätten keine Einwände gegen eine Kaution gehabt?«

»Zu diesem Zeitpunkt war Marais bereits im Besitz neuer Informationen. Wussten Sie –«

»Später, Tromp; erst mal das hier. Ich muss Ben Goldstein selbst anrufen. Die Witwe sitzt uns schon im Nacken wegen ›ungesetzlicher Nötigung‹ ihres Gatten. Was zum Teufel haben Sie bloß gestern in seinem Haus gemacht? Das Hausmädchen dort sagt wahrhaftig, es hätte mit angehört, wie Sie ihn mit einem Besenstiel bedrohten!«

»Alles Märchen. Und was seine Frau betrifft, sie verabscheut ihn zutiefst.«

»Hat sie nicht mehr nötig, Kramer. Sie kann ihn jetzt in lieber, teurer Erinnerung behalten. Den Ärger kennen Sie doch schon von früher.«

»Hm ...«

»Zufrieden? Dann schauen Sie sich das einmal an – hier!« Colonel Muller ließ den Zettel auf Kramers Schoß fallen, während er zum Fenster stolzierte.

Auf einer Seite stand in ordentlichen, immer fester eingedrückten Buchstaben:

Ich halte es nicht länger aus. Wer bin ich eigentlich? Ich werde mich NICHT vor Gericht zitieren und diese Art von Publicity über mich ergehen lassen. Warum sollte ich auch? Ich werde beweisen, dass ich immer noch ein freier Mann sein kann. Mir tut nur Jeremy leid.

Und auf der anderen Seite stand in dünnen, hastigen Krakeln:

Warum fragen Sie nicht Shirley, Lt. Kramer? Aber vielleicht ist es mir zu spät eingefallen!!! M. S.

Stevenson hatte also erkannt, dass der Stift ein zweischneidiges Schwert sein kann, wie Kramer mit einem Lächeln bemerkte.

»Da gibts nichts zu lachen!«, explodierte der Colonel. »Sie haben ihm so zugesetzt, dass er zuletzt tatsächlich den verfluchten Versuch macht, zu kooperieren! Das kritzelt er auf die Rückseite, und dann? Nimmt er seine stinkenden Socken, knotet sie zusammen und stopft sie sich in den Hals! Man hat mir gesagt, er hätte sie so weit reingestopft, wie sein Finger reichte. Großer Gott!«

»Ja, aber die Wolle war doch wohl erst dicht, als er kotzen musste«, murmelte Kramer und starrte wieder auf die letzte Zeile. »Wo ist der Kreisarzt? Sein Job!«

»Das weiß niemand, Sir. Seine Frau sagt, er hätte schlecht geschlafen.«

»Ha! Mir blutet das Herz. Was auch geschieht, sehen Sie zu, dass er über die Sitzung um elf Bescheid weiß. Ich möchte Sie, den Doktor und Marais pünktlich hier sehen!«

»Gut, ich werde inzwischen Sam für Sie anrufen«, sagte Kramer ohne große Begeisterung. »Meine Angelegenheit, Sie brauchen sich also keine Sorgen zu machen.«

Damit verließ er den Raum, und der Colonel sah ihm argwöhnisch nach und sagte zum zigsten Mal: »Großer Gott.«

Es ging wie immer mit ersten Vermutungen. Mrs Stevenson hieß nicht mit Vornamen Shirley; sie hieß Trudy. Und dann Winifred Amelia.

»Maikäfer, flieg«, sagte Bix Johnson und stellte Marais damit vor ein Rätsel.

Der hatte ihn nämlich gebeten, ihm zu zeigen, wo die Unterlagen im Wigwam zu finden waren.

»Dann müssen wir eben die ganze Liste der Clubmitglieder durchgehen«, sagte Marais. »Er ist der Typ, der die Leute mit Vorliebe beim Vornamen nennt, stimmts?«

»Ja, das tut er, stimmt.«

Marais war stolz auf seine geschickte Verwendung des Präsens; er musste den Groll des Pianisten noch eine Zeit lang wachhalten.

»Und doch sind Sie sicher, dass er keine Freundinnen oder weibliche Bekannte dieses Namens hatte?«

»Sie machen wohl Scherze, Sarge. Hat auch Eve nur an seinen Tisch gekriegt, weil er der Boss war.«

»Ach, sehen Sie – nur die Initialen«, klagte Marais, während er den Mitgliederordner durchblätterte.

»Hoppla – eine Seite zurück. Hier ist es: Shirley.«

»Und da steht Mr, es muss also ein Mann sein.«

»Schlau, schlau!«, sagte der rätselvolle Johnson.

Marais war schlau genug, zwei Telefonnummern und eine Anschrift abzuschreiben, ehe er sich den anderen Ordner am Eingang vornahm. Shirley war Samstagnacht im Club gewesen.

»Gibts irgendeinen guten amtlichen Grund dafür, warum ich nicht noch eine Weile hierbleiben und ein bisschen Blues spielen sollte, Sarge?«

»Ist ja nicht mein Klavier«, sagte Marais, stolz darauf, wie sehr sich sein Englisch in dieser Gesellschaft gebessert hatte, sodass er sogar schlagfertig sein konnte.

Big Ben Goldstein sah aus wie Nero, nachdem die Feuerversicherung gezahlt hatte. Seine Kleidung war vom Teuersten, seine Maniküre belief sich auf fünfzig Cents pro Nagel, und auf seinem Gesicht lag ein Ausdruck unverhohlener Freude.

Was manche Leute fälschlicherweise auf den Gedanken brachte, er sei nicht ganz redlich – und zwar nicht nur diejenigen, die selbst unredlich waren, sondern auch solche mit altmodischen Vorurteilen. Ben war so redlich, dass es manchmal schon wehtat, aber es tat kaum weh, Trudy Stevenson zu sagen, dass er ihr nicht weiterhelfen könnte.

»Also, meine Liebe, lassen wir es dabei – in Ordnung? Und keine Sorge, ich schicke keine Rechnung. Wenn es nur Monty gewesen wäre, hätten Sie allen Grund. Aber ich kann jetzt, wo ich mehr weiß, nicht in Aktion treten. Können Sie mir folgen?«

»Er ist tot, und er war der einzige andere, der es wusste! Was können Sie denn schon beweisen!«

»Ich für mein Teil würde es nicht darauf ankommen lassen.«

»Sie haben mich reingelegt!«

»Okay, okay, ich habe Sie also reingelegt. Immer noch besser, ich lege Sie rein, als wenn es vor dem Richter passiert. Wenn die Polizei jetzt bereit ist, alles fallen zu lassen, schön. Kommen Sie morgen Vormittag vorbei, wenn Sie tatsächlich so bald schon über die Einzelheiten sprechen wollen. Aber ich an Ihrer Stelle würde einen Arzt aufsuchen und mir ein paar Tabletten verschreiben lassen. Elspeth, meine Gütigste, würden Sie die Dame bitte hinausgeleiten?«

Mrs Stevenson machte ihren Ellbogen mit einem Ruck frei.

»Sie Bastard«, zischte sie Ben an.

»Vaterschaftsprozesse übernehme ich nicht, Madam.«

»Oho!«, sagte die köstlich amüsierte Elspeth, die stehen gelassen worden war. »Die ging ja hoch wie ein Korken aus der Flasche!« Die Ausgangstür knallte.

»Nein, das war Mrs Ratte – wehe, wenn sie losgelassen!«, sagte Ben traurig und wählte die Nummer des CID. Er war es dem Hundesohn schuldig, ihm für die Warnung zu danken.

»Nur wenn es uns in dieser Sache weiterhilft«, sagte der Colonel warnend, als Kramer ins Büro zurückkam. »Dann müssen wir eben ohne Strydom anfangen.«

Kramer setzte sich und sagte kategorisch: »Ich hatte recht. Nicht wir haben Stevenson geschafft – es war seine Frau.«

»Was?«, rief Marais vollkommen überrascht. »Was hat Sie denn auf die Idee gebracht, Sir?«

»Sergeant, wenn ich Ihnen zwölf Kugeln in den Hintern jagen würde, könnten Sie mir dann sagen, welche Kugel zuerst getroffen hat?«

Am Boden zerstört, steckte Marais den Kopf wieder hinter die Morgenzeitung.

»Vielleicht sollten wir uns alle ein bisschen beruhigen«, meinte der Colonel nach einer Weile. »Wir geben dem Doktor noch zwei Minuten. Und, Tromp?«

»Sir?«

»Würde Sergeant Marais nicht wenigstens zuerst einen Knall hören?«

»Na ja, ich glaube, es war der Zettel.«

»Ja?«

»Wir haben angenommen, dass der Mann als Letztes seine Initialen unter die Abschiedsnachricht gesetzt hat. Aber der Strich war dort sehr fein, der Bleistift muss also noch spitz gewesen sein. Daraufhin habe ich es noch einmal so gelesen, als sei es das Erste gewesen, was er geschrieben hat – ›Warum fragen Sie nicht Shirley …?‹ –, und es kam mir vor wie eine Botschaft an mich. ›Zu spät‹ kann sich auf die nächtliche Stunde bezogen haben – Sie haben selbst das Wort ›spät‹ benutzt, Colonel. Er hatte es eilig mit etwas, das ihm im Sinn lag, und dadurch, dass er es aufgeschrieben hat, wurde ihm seine Lage klar. Richtig?«

»Wollen Sie damit sagen, um den Selbstmord ging es nur auf der anderen Seite?«, fragte der Colonel.

»Hm. Sehen Sie mal, wie sauber und fest die Schrift ist – von einem Mann, der sich vollkommen in der Gewalt hat, weil er endlich weiß, was er tun will. Teufel auch, man braucht schon eine solche Geistesverfassung, wenn man das vorhat, was er getan hat. Mit den Socken.«

»Aber warum ist es nicht unten abgezeichnet?«

»Nicht nötig. Sie haben von mir erwartet, dies auf mich zu beziehen, Colonel, und warum? Weil es ganz danach klingt, da stimme ich zu. Aber haben Marais oder ich ihm etwa irgendetwas befohlen? Himmel, nein. Dass er dem Richter vorgeführt werden sollte, war eine verfluchte Tatsache – und Ben sollte ihm das beibringen. Und was kümmert es uns Barbaren schon, dass ihm nur Jeremy leidtut? So gesehen, konnte uns das alles ziemlich egal sein. Sie hingegen brauchte keine Unterschrift. Ganz einfach.«

»Und die Kugeln?«, fragte Marais und schwankte, ob er eine Liste anfangen sollte.

»Mein Gott, das Geschäft läuft so schlecht, dass ›jeder Penny zählt‹, und da zieht er eine Show wie diese ab, dabei bekommt sein Sohn Reitstunden. Ihr großer Auftritt, als sie sicher war, nicht in die Ermittlungen hineingezogen zu werden. Die Art und Weise, wie sie dafür sorgte, dass immer sie redete, während wir im Haus waren. Seine Aufregung wegen des Schokoautomaten, weil sie nicht genug Zeit hatten, diese Idee richtig auszuhecken, als sie im Schlafzimmer angeblich nach ihm sah. Sie hat keine Unannehmlichkeiten erwartet – denken Sie nur an den Quatsch mit den Mormonen! Sie hat alles improvisiert – und nicht schlecht. Und er wird rot und blass und schwitzt, und wir denken, er versucht nur, seine eigene Haut zu retten! Ich habe schließlich den Reporter von der *Gazette* angerufen und ihn gebeten, nachzusehen, wann das Reiterfest stattgefunden hat.«

»Das an ihrem Tor?«, fragte Marais.

»Hm. Dieses Fest war letzten Sonntag. Mit anderen Worten: Mama Stevenson hat bestimmt alles verhindert, was dem kleinen Jeremy seinen großen Tag hätte vermiesen können.«

»Das ist aber doch alles reine Vermutung, Mann«, wandte der Colonel ein. »Oder sind Sie sicher? Haben Sie das von Ben oder woher?«

»Von Ben habe ich nur eine Bestätigung erhalten. Sie kennen ihn ja, Sir; versuche mal einer, seine verfluchte Moral zu untergraben! Zuerst habe ich ihn angerufen und erfahren, dass Stevenson ein lächerlicher Pantoffelheld war, dass in Wahrheit sie alles von zu Hause aus geregelt hat, per Telefon, und von ihm nur erwartete, ihr etwaige Probleme sofort zu melden. Hat nichts mit Moral zu tun – alles öffentlich bekannt, wie ich bald merke. Ich warne ihn vor ihr. Er ruft zurück, sagt, ich hätte ihm einen großen Dienst erwiesen, und dann ruft so ein Winkeladvokat an und will mir 'ne Klage anhängen. Anscheinend ist Ma Stevenson bei ihm und schreit nach Gerechtigkeit. Also sag ichs auch ihm, und er –«

»Und das war der letzte Anruf? Aber was genau hat er denn nun erzählt?«

»Sobald Stevenson die Leiche gefunden hat, hat er sie natürlich angerufen. Sie hat gesagt, er sollte alles stehen und liegen lassen und nach Hause kommen, weil sie sich diese Sache genau überlegen müsste. Und das war, wenn mans recht bedenkt, eine sehr weibliche Reaktion auf eine tote Puppe mit solchen Titten. Ein Kerl allein würde Eves Tod als –«

»Jaja, als jammerschade betrachten, ich weiß. Noch eins: Verstehe ich richtig, dass jetzt die rechtlichen Schritte gegen uns noch einmal überdacht werden?«

Kramer nickte, und dann verkündete der Colonel, sie wollten noch bis Viertel nach warten, ob Dr. Strydom vielleicht doch noch aus dem Dschungel herausfinde.

Constable Hein Wessels war so gut in seinem Job, dass er, wenn er es in einer anderen Stadt auf eigene Faust probiert hätte, verhaftet worden wäre.

Er stand an der Ecke von Monument und Claasens Street am oberen Ende von Trekkersburg und sah aus wie ein Wartesaalaschenbecher. Und obwohl der Kontrast unglaublich schien, dachte er dabei noch zufrieden an das schöne Bild von innerer und äußerer Sauberkeit, das er auf dem Exerzierplatz vor sechs Monaten geboten hatte. An dem Morgen zum Beispiel, als er gebeten worden war, auf sein Erscheinen bei der Abschlussparade zu verzichten und sich stattdessen das Haar abscheulich lang wachsen zu lassen.

Jetzt ging sein Doppelleben dem Ende entgegen, aber bis dahin war es nicht schlecht gewesen. Eine Reihe von erfolggekrönten Razzien der Drogenfahnder, die alle seinem Gespür für das richtige Timing zu verdanken gewesen waren, hatten die Situation für ihn schwieriger gestaltet, und mancherorts erregte sein fremdes Gesicht inzwischen Argwohn. Bald würde er wieder Uniform tragen und auf der untersten Stufe anfangen müssen. Na ja, vielleicht nicht ganz unten, denn seine jetzige Tätigkeit hatte ihm Lob von oben eingetragen.

Plus Warnungen von denen, die versetzt worden waren und behaupteten, die Gefahren wie auch das Vergnügen, einer Elite anzugehören – oder es zumindest zu glauben –, sehr wohl zu kennen. Sie pflegten ihn beispielsweise gelegentlich daran zu erinnern, dass er keine Schusswaffe trug, und ihm zu raten, einmal zu überlegen, warum das bei keinem anderen weißen Polizisten der Fall war. Nach Wessels' Empfinden war jedoch auch das mit Sicherheit ein Gütezeichen.

Mit solchen Argumenten beschäftigte er sich in Gedanken, wenn nichts Besonderes passierte. Derzeit hielt er gerade ein Auge auf einen gelben Wagen mit zwei schwarzen Insassen, der knapp vierzig Meter entfernt von ihm auf der Monument Street an einem unbebauten Grundstück gegenüber einer Reihe von heruntergekommenen Läden parkte, die auch noch fast alle geschlossen waren. Die Schwarzen taten nichts, sie saßen einfach nur da, und in dieser Gegend herrschte ohnehin ein wahres Rassendurcheinander, so nahe am Bahnhof.

Wessels war allerdings kein Narr. Er versuchte, das

lehmverkrustete Nummernschild zu lesen, und schlurfte dann hustend und spuckend ein wenig näher. Das konnte gut ein neuer *dagga*-Umschlagplatz sein. Und als Hein Wessels konnte er ja nie wissen, wann das Glück ihm hold war; vielleicht wagte er sogar einen Annäherungsversuch.

Marais legte den Telefonhörer auf und sagte: »Weder in der Leichenhalle noch im Krankenhaus noch im Gefängnis.«

»Und wer war das auf der anderen Leitung?«, fragte Kramer.

»Shirleys Büro. Sie sagten, er sei nicht da, und sie wüssten nicht, wo sie ihn erreichen könnten; sie wollen es ihm ausrichten. Er ist Innenarchitekt, was immer das heißt.«

»Ich glaube nicht, dass Mr Shirley uns groß weiterhelfen wird, meine Herren«, sagte der Colonel, »sonst hätte Stevenson viel eher an ihn gedacht. Sein Abschlusssatz ist hiermit akzeptiert.«

Darin klang etwas an, dem Kramer mit einem dankbaren Kopfnicken zustimmte. Marais nickte nachdrücklich.

»Außerdem, meine Herren, habe ich heute Morgen eigene Ermittlungen veranlasst und vom Nachtwächter des Schuhgeschäfts am Anfang des Sträßchens zum Club die eidesstattliche Erklärung erhalten, dass Stevenson, eine ihm bekannte Persönlichkeit, nach Hause gegangen ist, als die Rathausuhr halb eins schlug. Wie er sagt, hält er sich wach, indem er auf das Schlagen horcht.«

»Eine große Hilfe«, sagte Marais und wurde gleich darauf rot.

»Richtig bemerkt, Sergeant, also beruhigen Sie sich,

Mann. Es hilft uns weiter. Dieser Nachtwächter hat weiter ausgesagt, dass von 0.30 Uhr an niemand mehr die Gasse verlassen hat.«

»Und vorher?«

»Aha, Sie legen gleich den Finger in die Wunde. Er hat sich um Mitternacht auf seinen letzten Rundgang in dem Gebäude begeben und ist erst wieder auf die Straße gekommen, als die Uhr geschlagen hat. Dort ist er dann bis zum Morgen geblieben.«

Kramer zündete sich eine Lucky an und wartete, bis der Colonel eine bestimmte Stelle in Marais' Bericht wiedergefunden hatte. Du lieber Gott, die Besprechungen waren immer gleich.

»Richtig, hier, meine Herren. Miss Bergstroom ist zuletzt um Mitternacht lebend gesehen und um 0.20 Uhr das letzte Mal lebend gehört worden. Zwischen diesem Zeitpunkt und 0.25 Uhr, als sie vom Geschäftsführer aufgefunden wurde, erfolgte ihr Tod.«

»Und in dieser Zeit war ein unbekannter Mann bei ihr«, sagte Kramer, kürzte damit unkollegial die lange Vorrede des Colonels ab und stahl ihm die Pointe.

»Ach ja? Sie haben also auch ein paar Überlegungen angestellt?«

»Entschuldigen Sie, Sir, aber es ändert einiges, wenn alles schriftlich vorliegt und man Zeit zum Lesen hatte.«

Marais legte die Zeitung nieder.

»Dann machen Sie doch weiter«, sagte der Colonel gereizt.

Dann brach er das Schweigen, indem er selbst fortfuhr: »Nach den vorliegenden Zeugenaussagen müsste ein Mann anwesend gewesen sein. Kollege Gardiner gibt an, dass die Trinkgefäße von Fingerabdrücken gesäubert waren, und das Waschbecken – einer der Gründe, warum ich den Doktor hierhaben wollte – ist gründlich geschrubbt worden. Was die Frage aufwirft, warum ein Gast – ach, nein, gehen wir mal anders an die Sache heran.«

Kramer hielt den Blick auf die Spitze seiner Zigarette gerichtet.

»Dieser Mann ist also bei der Bergstroom«, sagte der Colonel, »und sie wird von der Schlange umgebracht. Es handelt sich vielleicht um eine Privatshow. Wer weiß? Jedenfalls ist sie dann tot, und da er zur Oberschicht gehört – das belegt ein eleganter Knopf –, bekommt er Angst um sein gesellschaftliches Ansehen. Er will nicht an die Öffentlichkeit dringen lassen, dass er sich im Zimmer einer solchen Person befunden hat und zu einer solchen Stunde, weil eine gerichtliche Untersuchung mit ihren Folgen peinliche Konsequenzen für ihn haben dürfte.«

»Hm.«

»Deshalb versucht er, seine Anwesenheit dort zu vertuschen. Er spült das Glas und den Becher sauber, übersieht aber in seiner Eile – er hatte nur ein paar Sekunden Zeit –, dass er sie auf verkleckerte Marmelade stellt, was das Mädchen niemals tun würde. Dann reibt er das Waschbecken sauber. Im Zimmer herrscht eine solche Unordnung, dass er den Knopf nicht bemerkt.«

»Oder er ist nicht von ihm«, sagte Kramer wenig hilfreich.

»Wenn Stevenson um diese Zeit kommt, ist niemand mehr in Garderobe zwei, sodass der Mann sich dort verstecken kann«, fuhr der Colonel fort, der es nicht mochte, wenn er unterbrochen wurde. »Oder er entwischt noch vorher nach draußen und zieht einfach die Vordertür hinter sich zu. Alles kein wirkliches Problem.«

»Ich weiß nicht recht, Sir. Kann auch etwas anderes

als Angst um sein gesellschaftliches Ansehen gewesen sein, wie Sie es nennen, Sir. Wer nimmt die Fingerabdrücke nach einem Unfall auf?«

Der Colonel begann, mit den Stücken seines zerbrochenen Lineals herumzuspielen. »Nur weiter, Tromp.«

»Na ja, es besteht die Möglichkeit, da auf den Plakaten draußen stand, wie gefährlich sie ist, und nachdem das, was passiert ist, so –«

»Strydom?«, sagte der Colonel.

»Ein, zwei kleine Fehler früher einmal – obwohl er die Leiche am Tatort sehr gründlich untersucht hat, und ich habe im Obduktionssaal genug gesehen, um zu erkennen, dass die blauen Flecken am Hals nur von –«

»Und Sie glauben …?«

»Er hat von Anfang an der verdammten Schlange zu viel Aufmerksamkeit geschenkt.«

»Ich wünsche aber, dass der Schlange Aufmerksamkeit geschenkt wird, Tromp. Ich wünsche, dass in diesem Fall jede Kleinigkeit beachtet wird. Ich wünsche die Aussagen sämtlicher Clubangestellten. Ich wünsche außerdem eine Spermauntersuchung des heutigen Toten, weil wir gerade beim Thema sind. Es ist genug ans Licht gekommen, um unsere ganze Einstellung zum Fall zu –«

»Wie stehts denn mit anderen Ursachen?«, fragte Kramer. »Der Schlag auf den Hinterkopf – ist erwiesen, dass sie sich den beim Fallen geholt hat?«

»Und Gift?«, warf Marais ein. »Schließlich sind ja die Gläser gesäubert worden, und –«

»Ach was, Marais. Er wäre verflucht blöde gewesen, sie zurückzulassen, und dann müssten wir von vorsätzlichem Mord ausgehen.«

»Ene, mene, muh, Kramer, ene, mene, muh.«

»Sie verwerfen den Gedanken an einen Schlag, Sir?«

»Nicht ganz, aber ich möchte erst alles nacheinander durchgehen. Die Schlangenmale machen mir mehr Sorge.«

»Vielleicht sind sie entstanden, als sich das Tier schon selbst in Todesqualen wand? Um uns an der Nase herumzuführen? Er hat ihr womöglich einen Schlag auf den Kopf versetzt, bevor er sie angefasst hat.«

»Der Mörder, meinen Sie?«

Kramer sah, dass die Linealstücke absichtlich an der Bruchstelle zusammengehalten wurden, und seine Augen begegneten denen des Colonels; er hielt dem Blick stand.

Nur Marais bemerkte, dass Strydom in der Tür stand und voller Schadenfreude zuhörte.

9

Auf dem Schreibtisch des Colonels war Platz geschaffen worden, und bald darauf erschien ein Museumsangestellter und stellte ein großes Emailletablett dort ab, das mit den verschiedensten bunten Teilen bedeckt war.

»Das ist das Abscheulichste, was ich je gehört habe«, sagte der Colonel und wich zurück, als ihm der Ammoniakgestank der Schlange in die Nase stach. »Es ist geradezu unvorstellbar, dass jemand so etwas getan haben könnte!«

»Hat auch seinen Reiz«, murmelte Kramer und trat näher, um die Vorführung besser sehen zu können.

»Im Affekt, Tromp?«

»Könnte durchaus sein, Sir – oder der Mistkerl kannte seine Schlangen.«

»Sie wollten es sehen, also zeige ich es Ihnen«, sagte Strydom. »Und ich kann Ihnen versichern, dass die Tatsachen für sich sprechen«, fügte Bose hinzu.

Es war bisweilen schwierig, herauszufinden, wer wem den Ball zuwarf.

»Es fing damit an, dass Mr Bose sagte, die Tote müsste sehr starke Arme gehabt haben, um dem Tier die Wirbelsäule zu brechen«, sagte Strydom. »Und ich musste ihm erklären, dass sie leicht bis mittelkräftig gebaut war und dass ihre Hände die beiden Enden des Reptils umklammert hielten. Dann entdeckten wir –«

»Rein empirisch«, warf Bose ein.

»Ja, indem wir es selbst mit einem Seil ausprobierten, dass man, wenn man eine Schlange gleich weit von sich weg an beiden Enden hält, kaum Kraft in den Armen hat.«

»Der kritische Punkt ist dann erreicht, wenn die Arme an den Ellbogen einen stumpfen Winkel bilden und die Hebelkraft entsprechend abnimmt«, erklärte Bose vorsorglich. »Daher ist es so schwer, einen Expander auf Brusthöhe zur vollen Länge zu spannen.«

»Danke«, sagte der Colonel, der gut mit Zivilpersonen umzugehen wusste.

»Aber sie hielt die Enden aus Sicherheitsgründen so fest?«, fragte Kramer.

»Ganz recht«, stimmte Bose zu. »Sie musste sowohl das Haupt als auch den Schwanz unter Kontrolle behalten, um –«

»Dann fanden wir zerstörtes Gewebe dort, wo ihre Hände den Python gepackt hatten«, fuhr Strydom fort, »nicht so stark am Schwanzende, wo der Druck in Schuppenrichtung verlief, sondern hinter dem Haupt, nachdem wir das Blut dort weggewischt hatten.«

»Und weitere erhebliche Schäden an zwei Punkten in viel größerer Nähe der Hauptschlinge des Schlangenleibes – hierzu verweisen wir auf diesen Abschnitt des rechten Lungenflügels, der schwere Druckstellen und sogar Rissspuren aufweist.«

»Und hier die Leber, die ebenfalls Quetschungen aufweist«, sagte Strydom.

»Schauen Sie bitte auch, in welch erbärmlichem Zustand der Schlund ist«, sagte Bose.

Marais erbleichte.

»Und es wurde viel Kraft aufgewendet?«, fragte der Colonel.

»Ein beträchtliches Maß an Kraft«, erwiderte Strydom, »was wir an einer anderen Schlange überprüften, nachdem sie aufgetaut war – deswegen haben wir uns etwas verspätet. Mann, wir mussten das Ding tatsächlich mit den Fäusten bearbeiten, um ebensolche Schäden zu verursachen, und so drücken, bis uns der ganze verdammte Arm zitterte. Entweder war der Mörder ein großer Kerl, oder er war halb von Sinnen zu dem betreffenden Zeitpunkt – dann verfügt man ja über ungeahnte Kräfte.«

»Das ist ein Punkt«, sagte Kramer. »Er könnte nicht einfach nur versucht haben, sie von ihr wegzuziehen?«

»Ach, und was ist dann mit den anderen Spuren, Tromp?«

»Dazu kann ich mich nicht äußern«, sagte Strydom, »aber würden Sie einen Schlips vom Hals lösen, indem sie fest an beiden Enden ziehen? Niemals! Und außerdem hat er hierher gezogen, da das Rückgrat, wie gesagt –«

»Bitte richten Sie Ihre Aufmerksamkeit noch auf dieses Stückchen Haut von einer Stelle mit schwerer Quetschung.«

»Ja, Mr Bose?«

»Sie werden feststellen, dass die Fingerspitzen sehr tief eingedrückt sind.«

»Und wenn es die der Toten gewesen wären, hätten sich ihre Fingernägel – die lang und spitz waren – durchgebohrt«, erklärte Strydom mit einem Blick in die Runde triumphierend.

In dem Augenblick schlüpfte Bose aus dem Zimmer, hieß den Bediensteten das Tablett wegnehmen und stahl sich davon.

»Gehen wir«, sagte Kramer.

Neun Häuserblocks weiter östlich fuhr ein gelber Wagen ab und bog in die Claasens Street ein.

Wessels, im engen Eingang eines verlassenen Friseurgeschäfts verborgen, zuckte die Achseln. Er konnte nicht immer gewinnen. Gerade fiel ihm ein, dass in der Zwischenzeit vielleicht hinter der Ecke die Übergabe stattgefunden hatte, als sich eine schwankende Gestalt vor ihn schob.

»Morgen, mein Baas! Genießt der Baas die Sonne?«

Es war der farbige Dealer Rex du Plooi, der bereits zu dieser Stunde torkelte und sich eine leere Flasche ans Ohr hielt, als lausche er dem Meeresrauschen. Viele Weiße glaubten, Mischlinge würden die schlimmsten Charakterzüge all der Rassen in sich vereinen, deren Blut in ihren Adern kreiste; Wessels hatte überwiegend feststellen können, dass das reine Verleumdung war. Aber in Rex' Fall schien es zuzutreffen, denn ein wenig billiger Wein reichte, um ihn in einen Molotowcocktail zu verwandeln, der jeden Augenblick explodieren konnte.

»Ja, du sagst es, Rex – genieße die Sonne.«

»Das ist schön, mein Baas, wundervoll, würde ich sagen.«

Er musste eine lukrative Nacht hinter sich haben, und manchmal lohnten sich ein paar unauffällige Fragen, wie Wessels wusste. Aber wenn Rex in der Verfassung war, durfte man keinen falschen Schritt tun, sonst landete man mit dem nächsten im Grab.

Angst durchprickelte ihn und schärfte seine Wahrnehmung.

»Du bist wohl auch auf'm lekker Trip gewesen, was, Rex?«

»Mein Baas?«

»Ich meinte nur, dass es wohl gut für dich aussieht.«

»Wie siehts denn für Sie aus, mein Baas?«

»Sagte ich doch, Mann.«

»Nur, dass es hier gar keine Sonne gibt, oder? Es macht mir Sorgen, Sie an diesem kalten, dreckigen Ort mit Hundekacke und Lümmeltüten auf dem Boden.«

Wessels sah hinunter. Er hatte die gebrauchten Kondome und den Kot gar nicht bemerkt und stand sogar darauf.

»Den Sonnenschein hat man im Kopf, Rex – du müsstest das doch wissen.«

»Aber Sie haben sehr große Augen, mein Baas.«

»Wieso?«

Doch Wessels wusste die Antwort schon: Er hatte seine Nase ein bisschen zu vorwitzig mitten in einen von Rex' Übergabepunkten gesteckt – und es war nicht bloß Hinhaltetaktik, was der Dealer jetzt abzog. Er zögerte deshalb nicht länger, sondern stieß dem andern seine Daumen in die großen Augen und gab Fersengeld.

Allmächtiger, damit war seine Deckung ein für alle Mal aufgeflogen, aber es bestand immerhin die Möglichkeit, noch eine letzte Auszeichnung einzuheimsen.

Er rannte um die Ecke in die Claasens Street, an den wenigen Fußgängern vorbei, bis er den gelben Wagen zu Gesicht bekam, der auf der gegenüberliegenden Straßenseite in der zweiten Reihe parkte.

Jetzt saß allerdings nur der Fahrer darin.

Ein Fahrer, dessen wachsame Haltung seinen Verdacht zweifelsfrei bestätigte: Der Beifahrer war offenbar genau in diesem Augenblick dabei, etwas abzusetzen. Das Allerwichtigste war nun, festzustellen, aus welcher Gasse oder welchem Gebäude er herauskam, und einen weiteren Blick auf das Nummernschild zu werfen.

Wessels blieb auf seiner Straßenseite, ging aber so nahe heran, wie er es wagen konnte, ohne aufzufallen, und versteckte sich dann hinter einem abgestellten Lastwagen.

Wieder hatte er Glück, denn die Sonnenstrahlen fielen jetzt in einem Winkel ein, dass die reliefartig eingestanzte Autonummer auf dem hinteren Schild trotz des Drecks sichtbar hervortrat. Er hatte eben 4544 gelesen, als ein gellendes Hupen ertönte, und wie er aufschaute, sah er, dass der Fahrer die Hand wieder aufs Steuerrad legte. Der Mistkerl wurde langsam nervös.

Danach ließ sich Wessels nicht einmal durch den lauten Knall einer Fehlzündung davon abhalten, sich die Buchstaben zu merken, die den Zahlen vorangingen. Es schien sich um Trekkersburg zu handeln, aber er musste sicher sein. Sie lauteten NTK.

»Verdammte Scheiße!«, sagte Wessels. In den drei Sekunden, die er dazu gebraucht hatte, war der Beifahrer wieder eingestiegen, und ab gings mit hoher Geschwindigkeit Richtung Peacevale. Seiner Meinung nach hatte er gerade etwas Unglaubliches mit angesehen.

Aber er hatte keine Zeit, darüber nachzusinnen. Denn genau in diesem Moment fing jemand auf der anderen Straßenseite an zu schreien: »Polizei!«, und er lief hinüber, um festzustellen, was diese Aufregung verursachte.

Die Nachricht von einer Razzia im Café Munchausen erreichte Kramer, als er Marais eben letzte Instruktionen gab.

»Einen Augenblick, bitte. Haben Sie das, Sergeant? Eine Liste von jedem, der in jener Nacht im Club war, und überprüfen Sie jedes Alibi. Ich möchte, dass Sie sich besonders die vorknöpfen, die sich von ihrer Gesellschaft getrennt haben oder allein gesessen haben, alles in dieser Art. Okay, Zondi, was liegt an?«

Zondi erzählte ihm, was er in Erfahrung gebracht hatte. Es war ungereimt, aber es reichte.

Dann fuhr ihn Zondi mitten im Berufsverkehr in weniger als zwei Minuten neun Blocks nach Osten. Der Chevy blieb sich selbst überlassen, sobald sie in die Claasens Street eingebogen waren, die jetzt vollkommen verstopft war, und sie schlugen sich zwei Breschen durch die Menschenmenge bis zum Café.

»Heiliger Himmel«, sagte Kramer.

Durch den breiten Eingang konnte er Wessels, die Constables Smit und Hamlyn in Uniform und eine alte Frau sehen, die über einem Körper kniete, während ein hochgewachsener Fremder zusah.

»Das ist nicht bloß eine Schießerei, Boss«, murmelte Zondi mit einem Nicken.

»Augenzeugen«, sagte Kramer.

»Richtig«, sagte Zondi und wandte sich der Menge zu.

Als Kramer das Café betrat, kam Wessels auf ihn zu und erstattete ihm kurz, aber genau Bericht darüber, was er gesehen und gehört hatte, mit der abschließenden Bemerkung, das Opfer liege in den letzten Zügen infolge der Schussverletzung am Kopf.

»Hm. Sagen Sie Smit, er soll nach draußen gehen und für Kloppers und den Doktor Platz schaffen. Und Hamlyn sollte an der Tür stehen.«

»Und ich, Sir?«

»Was ist mit der Autonummer?«

»Ich habe sie an die Zentrale durchgegeben, Sir.«

»Gut. Na ja, dann befragen Sie mal die nicht weißen Angestellten – wie viele sind es?«

»Nur der Koch dort und ein Kellner.«

»Dann los, solange es noch frisch im Gedächtnis ist! Sie wissen ja, wie schnell derartige Erinnerungen verblassen können.«

Kramer setzte sich an einen Tisch am Fenster, nahm einen Strohhalm aus dem Glasbehälter auf dem karierten Tischtuch und schaute sich in dem Raum um. Nichts Besonderes. Ein typisches Café. Ob es nun von Indern, Griechen, Italienern oder Portugiesen geführt wurde. Gelbe Wände, blaue Fußbodenfliesen, Holztische, Stühle aus verchromtem Stahlrohr, große elektrische Ventilatoren, Bilder von Sonnenuntergängen und schneebedeckten Berggipfeln, eine Jukebox, Speisekarten auf Plastikständern, alles ebenso einfach und bescheiden wie das Angebot, aber einladend durch den Duft von heißen Würstchen und Suppe. Mit dem Tod des Mannes würde sich das alles ändern.

Der Gesamteindruck würde verschwinden, stattdessen würde auf einmal alles genau und sorgfältig abgemessen, es gäbe Notizen über auffällige oder exklusive Besonderheiten, eimerweise Fotos und die Notwendigkeit, all das mit dem zur Deckung zu bringen, was hätte geschehen können. Was geschehen war.

Die Szene um den Körper herum änderte sich. Die alte Frau ging in die Hocke auf ihren mageren Fersen, und der Fremde bekreuzigte sich.

Was das Munchausen anders aussehen ließ als viele Cafés sonst, war das Mezzanin, ein balkonartiges Zwischengeschoss über Kramers Kopf, das die Deckenhöhe auf ein viel gemütlicheres Maß absenkte. Zumindest hätte es gemütlicher gewirkt, wenn die tragende Konstruktion nicht so wackelig und wenig vertrauenswürdig gewesen wäre. Er würde nachsehen, was dort oben war. Unten gab es eine kleine Theke mit der Kasse in der hintersten Ecke, und dahinter Zigarettenregale aus Glas. Diesseits der Kasse stand ein Regal voll hübsch arrangierter Zellophantüten mit Kartoffelchips, Biltong, getrockneten Rindfleischstreifen und anderen Leckereien. Das Regal versperrte womöglich den Blick auf den Eingang. Das musste er zuerst prüfen.

Kramer ging an dem Toten und den Trauernden vorbei und stellte sich hinter die offene Kasse. Die Sicht war gut. Dann bemerkte er, dass auch die Küchentür rechts von hier aus gut einzusehen war, und mutmaßte, dass der Geschäftsführer wohl gern ein Auge sowohl auf die Gäste als auch auf seine Angestellten gehalten hatte, ohne sich deswegen viel bewegen zu müssen.

Das Mezzanin war, wie er feststellte, über eine Holztreppe auf der der Straße abgewandten Seite zu erreichen. Oben schien linker Hand ein kleines Büro zu sein, und im übrigen Raum waren noch drei Tische aufgestellt. Allerdings für eine bessere Klasse von Mahlzeiten, wie er an den Servietten sehen konnte, die wie Bischofsmützen gefaltet waren, und an den Dekorationen aus Fischernetzen, großen Glaskugeln und alten Weinflaschen mit Strohummantelung.

Er schaute wieder auf die Straße.

Wessels kam aus der Küche zu ihm herüber.

»Der Koch hat Lunchpakete gemacht, die von den Boys für ihre Bosse abgeholt werden, wobei ihm der Kellner geholfen hat, und Mrs Funchal – das ist die alte Dame – hat eine Spezialität zubereitet. Ich hatte übrigens unrecht, Sir; es gibt noch einen schwarzen Tellerwäscher, der aber in der Klinik ist und sich einen Zahn ziehen lässt.«

»Und was haben sie gesehen?«

»Nichts. Sie haben den Knall gehört, und Mrs Funchal hat dem Koch gesagt, er solle nachsehen, was los sei – keiner von ihnen hat gleich kapiert, dass es ein Schuss war –, und er hat den Kopf hinausgestreckt. Niemand war im Café. Dann hat er den Kopf noch weiter hinausgestreckt und hierhergeschaut, um festzustellen, ob Mr Funchal – das ist der Sohn der alten Frau – wusste, was passiert war. Da sah er, dass die Kasse offen stand, und dann Mr Funchals Hand. Sie haben ihn dorthin über den Fußboden gezogen.«

»Was ist mit dem?«, fragte Kramer und nickte zu dem Mann hinüber, der neben der Leiche stand.

»Das ist Da Gama, ihr Neffe. Er hat ›Polizei‹ geschrien, als ich hingerannt bin. Er war oben auf dem Zwischenstock, hat im Büro gearbeitet. Er hat auch gedacht, es sei eine Fehlzündung, und ist nicht gleich heruntergekommen. Das Geschrei seiner Tante hat ihm Beine gemacht.«

»Dann hat sie zuerst nach ihnen geschrien?«

»Richtig, Sir. Ich war nicht früh genug da, um die beiden davon abzuhalten, ihn dahin zu ziehen, aber vorher war er da.«

Wessels zeigte direkt neben Kramer.

»So, Mann, und wo hat ihn die Kugel getroffen?«

»Genau zwischen die Augen, Sir. Er ist nicht ganz so groß wie Sie, und ich würde sagen, der Mörder hat aus Schulterhöhe geradewegs über die Kasse hinweg geschossen, denn sonst wäre die Kugel durch dieses Zeug gedrungen, und ich kann keine Löcher finden.« Wessels veranschaulichte, was er meinte, indem er so tat, als ziele er mit einer imaginären Schusswaffe im rechten Winkel auf die Theke zwischen Kasse und Regal.

»Sieht ganz so aus, aber wir warten doch lieber ab, was Dr. Strydom Schlaues zu sagen hat.«

»Teufel auch, war der Mistkerl schnell, Sir!«

»Ja, das habe ich schon gehört. Wie viel fehlt?«

Doch gerade in diesem Augenblick kam der hochgewachsene Mann, zutiefst erschüttert, auf sie zu und nahm schüchtern den Hut ab. Es überraschte Kramer, dass er hellblondes Haar hatte, während er sonst von gleicher Art war – nicht so mollig und fröhlich, wie es der Tote anscheinend gewesen war, sondern sein dünnes, armes Gegenstück. Seine Augen hatten die Härte eines Leid gewohnten Mannes.

»Das ist mein Onkel«, sagte er.

»Mr Da Gama?«

»Mario Da Gama. Sind Sie der Polizeichef?«

»Lieutenant Kramer, Raub- und Morddezernat.«

»Raub und Mord, das wars«, sagte Da Gama bitter.

»Wissen Sie, wie viel fehlt?«

Da Gama ging zur Kasse.

»Nichts berühren!«, warnte Kramer.

»Puh! Achtzig – vielleicht hundert? Ich muss erst im Kassenbuch nachschauen. Es war nicht viel.« Und er schüttelte den Kopf.

»Sieht so aus, als wäre jemand gekommen, Sir«, sagte Wessels. »Oh, das müssen Verwandte sein, die schon etwas gehört haben.«

»Ich habe sie angerufen«, sagte Da Gama. »Sie wollen Mama mitnehmen. Möchten Sie, dass ich eben im Buch nachschaue?«

»Gut, ich komme. Wessels, gehen Sie, und sagen Sie Smit, er soll zwei Frauen hereinlassen, aber sie dürfen nur die alte Dame holen und sollen gleich wieder verschwinden, ja?«

»Sir.«

»Sie brauchen sich nicht die Mühe zu machen. Ich kann das Buch eben holen.«

»Ist einfacher, wenn ich mitkomme«, erwiderte Kramer, darauf bedacht, vom Parterre wegzukommen, ehe sich dort rührende Szenen abspielten.

Und er folgte Da Gama die Treppe hinauf aufs Mezzanin, mit einem Gefühl, auf Deck zu kommen, denn ein kräftiger Wind pfiff durch kleine Fenster herein, die zur Straße hin offen standen.

»Der Geruch von billigem Essen«, erklärte Da Gama, der seine hochgezogenen Brauen bemerkte. »Hamburger, wissen Sie? Es zieht alles hier herauf und macht die Arbeit vieler Stunden zunichte. Unser Lokal bietet seinen Gästen Spezialitäten.«

»Ach ja?«

»Die besonderen Gerichte des Hauses, die Mama zubereitet. Ich bediene manchmal selbst. Nur abends, verstehen Sie?«

»Sehr schön.«

»Oh, ich muss die Papierrolle von der Kasse haben. Wie kann ich sie holen, ohne etwas zu berühren? Ich muss nur einen Knopf drücken.«

»Gut, dann tun Sie das«, sagte Kramer, der sich keine Illusionen mehr machte über Kassen als Quelle beweiskräftiger Fingerabdrücke.

Er hielt es aber doch für besser, aufzupassen, dass Da Gama nicht alles betatschte, und trat deshalb an die Balkonbrüstung. Das Ding ragte weiter in den Raum, als er gedacht hatte, denn er konnte, wenn er sich nicht über die Brüstung lehnte, nur die Kasse und ein Stück leeren Fußboden sehen. Er war dankbar für diese Einschränkung seiner Sicht, denn das, was er von der alten Frau hörte, während sie nach draußen geschleift wurde, reichte ihm.

Er konzentrierte sich lieber auf den Scheitel von Da Gamas erstaunlich blondem Haarschopf und darauf, wo der Mann Hand anlegte, aber er schien angemessene Vorsicht walten zu lassen.

»So, wie siehts denn aus?«, fragte er, als die Unterlagen über die Geschäfte dieses Morgens eintrafen.

»Kein guter Tag, Chef. Einundzwanzig Rand – plus Wechselgeld. Kommen Sie herein.«

Sie gingen in das kleine Büro, das vollgestopft war mit alten Rechnungen und anderem Zeug, das schon vor Jahren hätte weggeworfen werden sollen. Unter ihrem Gewicht schien der dünne Fußboden noch eher nachgeben zu wollen.

Da Gama löste kleine Lawinen auf dem vollgehäuften Schreibtisch aus in seinem Bemühen, das Kassenbuch zu finden, und verletzte sich, als er hastig die Hand auf einen Packen Papiere legte, die auf einen Drahtdorn aufgespießt waren und auch vom Tisch zu fallen drohten.

Kramer saß rittlings auf dem größeren der beiden Stühle und wartete, sah sich die Bilder von blutenden Herzen und Opferlämmern ringsum an und fragte sich, wie das Wasser in dem Gefäß, das neben der Tür angeschraubt war, wohl schmecken mochte.

»Siebenundachtzig Rand und ein paar Zerquetschte«, sagte Da Gama und zeichnete einen Kreis um diese großartige Summe auf den Deckel des Telefonbuches.

Kramer gab ungewollt ein kurzes Lachen von sich. Peanuts! Die verrückten Sauhunde hatten wieder zugeschlagen.

Marais war sehr von Shirleys Umgangsformen eingenommen.

Normalerweise kribbelte es ihm bei einem solchen Akzent im rechten Fuß, und, wie er meinte, nicht ohne Grund. Einmal war er als völliger Neuling im Revier auf eine Einbruchsmeldung hin zu der betreffenden großen, schicken Villa hinausgefahren, nur um sich anhören zu müssen, dass die Bewohner kein zweites Mal in ein und derselben Nacht gestört zu werden wünschten und er gefälligst am Vormittag noch einmal kommen solle. Feine Leute!

Aber Shirley war am Telefon das genaue Gegenteil davon gewesen: höflich, freundlich und hocherfreut, bei den Routineermittlungen von Nutzen sein zu können, obgleich er sich nicht vorstellen könne, wie. Der einzige Haken war der gewesen, einen passenden Zeitpunkt für ein Treffen auszumachen, da Shirley am Nachmittag bereits ein paar Verabredungen hatte, die er keinesfalls absagen konnte. Dann hatten sie sich darauf einigen können, sich um 4.30 Uhr zu treffen, wenn Shirley kurz nach Hause fuhr, um sich vor den Cocktails bei Justice Greenhill – ja, genau, der vom Obersten Bundesgericht – schnell umzuziehen.

Nachdem so der Gedanke, sich unter die Trekkersburger High Society mischen zu müssen, schon viel von seinem Schrecken verloren hatte, beschloss Marais, den übrigen Personen auf seiner Liste Überraschungsbesuche zu machen. Die Post war sehr hilfreich gewesen und hatte ihm zu den Telefonnummern, die er gesammelt hatte, die passenden Adressen herausgesucht.

Wenn alle so waren, konnte nichts schiefgehen.

Da Gama, inzwischen den Tränen nahe vor Kummer, wollte Kramer unbedingt seine Lebensgeschichte erzählen – oder so etwas Ähnliches. Kramer hörte nicht richtig zu, sondern beschäftigte sich in Gedanken damit, was Strydom ihm vielleicht sagen konnte, wenn er seine Untersuchung beendet hatte.

So viel aber hatte er begriffen: dass Onkel José nicht nur ein liebenswerter alter Exzentriker war, der neun Cafés besaß und immer noch das Bedürfnis hatte, in dem bescheidensten davon zu arbeiten, praktisch sein

Leben lang in Südafrika gelebt hatte. Im pathetisch ausgemalten Gegensatz zu Da Gama, der Jahre seines Lebens in Mosambik vertan hatte, ehe er hinausgeworfen wurde. Überhaupt, wenn es Onkel José nicht gegeben hätte, der keine Söhne hatte und dessen Töchter alle Nonnen geworden waren, hätte Da Gama nicht gewusst, wohin er sich hätte wenden sollen. Aber der alte Mann hatte ihn ins Herz geschlossen, ihn gekleidet und ihm sogar eine kleine Anstellung besorgt. Der Mann war wirklich ein Heiliger.

»Hm«, sagte Kramer und dachte im Stillen, der alte Kerl war zumindest inzwischen einen Schritt in die richtige Richtung gegangen.

»Was geschieht denn nun, Chef?«

»Sie zeigen einem meiner Männer, wie hier dichtgemacht werden soll, und dann gesellen Sie sich wohl besser zu Ihrer Familie.«

»Das ist bei uns nicht Brauch«, murmelte Da Gama und drehte den Hut zwischen seinen Händen. »Außerdem kommt noch der Priester. Ich muss auf ihn warten.«

»Dann warten Sie bitte in Ihrem Büro, ja? Tut mir leid, aber der Officer hier muss Aufnahmen machen, und da wären Sie im Wege.«

»Schon gut«, sagte Da Gama und ging nach oben.

»Wie stehts?«, fragte Gardiner und blieb kurz bei ihm stehen, um das Objektiv zu wechseln.

»Was glauben Sie denn, Mann?«

»Wie ich hörte, kann Wessels vielleicht einen identifizieren.«

»Ja, aber er sagt, sie wären die ganze Zeit in tiefem Schatten gewesen. Ich habe ihn trotzdem zum CID geschickt, um ein bisschen in den Büchern zu blättern.«

»Und Zondi?«

»Zero.«

»Dann wolln wir mal was tun«, sagte Gardiner und ging hinter den Kassentisch, um ein Weitwinkelfoto zu machen.

Aber Kramer wollte sich nicht von der bleiernen Apathie niederdrücken lassen, die sich allmählich im Raum verbreitete. Vielleicht kam er nach einem ordentlichen Blick auf die Leiche wieder zu neuer Entschlusskraft.

Er schritt energisch hinüber und stellte sich neben Strydom, ohne ihm das Licht wegzunehmen.

José Funchal hatte ein Loch dort, wo seine buschigen Augenbrauen zusammenwuchsen, das aussah, als habe jemand einen rot glühenden Schürhaken hineingestoßen. Erst dann fielen einem die dick verschwollenen Augenlider, das Zigarettenbrandmal auf der vollen Oberlippe und die Stoppeln auf den Bullenbeißerwangen auf.

Er trug einen goldenen Siegelring von der gleichen Machart wie der, den Da Gama anhatte, aber sonst keinen Schmuck. Seine Kleidung war frisch gereinigt, stammte jedoch offensichtlich von einem Wohltätigkeitsbasar. Was bestens zu der Legende passte.

»Kein Vertrauen mehr zu mir?«, fragte Strydom.

»Nie gehabt.«

»Es ist wieder die .22.«

»Hm. Hübsches, sauberes Loch, was? Vollkommen rund.«

»Die Kugel muss fast genau im rechten Winkel aufgetroffen sein, parallel zum Fußboden, was Ihnen vielleicht eine gewisse Vorstellung von der Größe des Angreifers gibt. Beim Schießen muss das Auge anvisiert worden sein.«

»Also wieder der Gleiche, Doktor? Etwa 1,70 groß?«

»Ja, womit sich die Zahl der infrage Kommenden um

ein paar Millionen verringert«, sagte Strydom, schloss sein Notizbuch und wies mit dem Stift auf die Gegend um die Wunde herum.

»Keine Schmauchspuren, keine Rauchspuren. Entfernung: die üblichen 1 bis 1,5 Meter.«

»Sagen wir zwei, denn der Kassentisch braucht schon einen halben.«

»Sagen Sie, was Sie wollen, Tromp, aber so kriegen wir sie nie zu fassen.«

Strydom stand auf und schnitt ein Gesicht, um sich für diese Bemerkung zu entschuldigen.

»Sicher, aber es zeigt nur, wie kaltblütig diese Sauhunde sind. Keine Warnung, kein Kampf – einfach nur Peng. Und was mir auch nicht in den Kopf will: wieso sie so gut mit ihren Kanonen umgehen können. Woher haben sie diese Übung?«

»Jetzt wollen Sie sich aber noch mehr Probleme aufhalsen!«

»Nein, nein, im Ernst.«

Sie gingen zu einem Tisch und setzten sich, um auf Kloppers zu warten. Strydom blätterte in seinem Notizbuch.

»Sie meinen, weil sie nur einen Schuss abgeben, und weg sind sie?«

»Müssen sie, und auf die Schnelle«, sagte Kramer.

»Ja, aber wo wir gerade bei der Präzision sind, nehmen wir doch zum Beispiel mal den Metzger: Die .22 wurde aus nächster Nähe abgefeuert und ist schräg eingedrungen. Lucky haben sie erledigt, als er sich abwandte, und seine .38er-Kugel ist durch den Schädel nach links oben gesaust. Nur einer von den anderen hatte auch nur annähernd ein solches Schwein wie dieser, aber er war bei Weitem nicht so gut.«

»Hm? Was heißt schon Schwein haben? Etwas gut hinzubekommen und es dann zur Ansichtssache werden zu lassen?«

Strydom lachte und warf die Papierserviette hin, mit der er herumgespielt hatte. »Okay, Sie haben nach Worten gewonnen«, sagte er. »Aber wie siehts in der Praxis aus – könnten Sie garantiert das gleiche Ergebnis liefern mit einer .22 in der Hand, selbst aus 1,5 Metern Abstand?«

Kramer schüttelte den Kopf.

»Worauf wollen Sie hinaus, Tromp, Sie führen doch etwas im Schilde mit diesem Unsinn? Nun aber raus damit!«

Kloppers war hereingepoltert mit seinem eisernen Tablett, bevor die richtige Antwort gefunden war – oder nahezu die richtige.

»Doktor, wenn Verbrechen ein Sport wäre, was wären diese Saukerle dann? Champions?«

»Wohl wahr!«

»Und was macht ein Boxchampion vor seinem ersten großen Kampf?«

»Aha! Er arbeitet sich mit kleinen Gewinnen hoch.«

»Ach was. Er sucht sich ein paar verfluchte Sparringspartner und arbeitet an seinen Schwachpunkten. Denken Sie mal darüber nach.«

Strydom hatte sich kaum gerührt, als Kramer von draußen durch das Caféfenster noch einmal einen Blick zurückwarf.

10

Der Colonel fand Kramers Gedanken zu ausgefallen und brachte lieber selbst etwas Vernünftiges auf den Tisch.

»Jetzt hören Sie mal, Tromp, Sie wissen doch, was in ihren Köpfen vorgeht. Für sie ist ein Mann, der weiß ist, automatisch reich. Es spielt keine Rolle, ob Sie und ich wissen, dass er keine zwei Cents zusammenkratzen kann, um seine Miete zu bezahlen; in ihren Augen ist Weiß einfach die Farbe des Geldes.«

»Stimmt«, pflichtete ihm Kramer bei und schnippte sein Streichholz in den Hof des CID hinunter. »Aber das gilt nur für kleine Ganoven.«

»Und was sind das hier? Schön, sie können schießen, sie können fahren, und sie können verflucht schnell rennen, aber was lässt sich denn sonst über sie sagen? Sie sind verdammt blöd, wie alle anderen auch. Ich will Ihnen sagen, was mir heute gutgetan hat: Ich war mittags mit dem Brigadekommandeur essen, und dabei haben wir über diese Sache gesprochen. ›Hans‹, sagt er zu mir, ›was glaubt ihr Burschen eigentlich, was ihr macht? Besinn dich mal einen Augenblick, und sieh das alles in der richtigen Perspektive. Sag mir, wie viele bewaffnete Raubüberfälle auf kleine Geschäftsleute du schon hattest und wie oft du auch nur einen einzigen Augenzeugen gefunden hast, der geholfen hätte, den Täter zu überführen.‹ Ich musste zugeben, dass es während meiner gesamten Dienstzeit nur zweimal vorgekommen ist, und beide Male war es ein Europäer, der Mut bewies. In allen anderen Fällen konnten wir erst in Aktion treten, wenn die Bastarde sich verrieten, weil sie nämlich Geld hatten oder sich in den illegalen Kaschemmen betranken und zu prahlen anfingen. ›So ist das nun einmal mit der Aufklärung von Raubüberfällen‹, sagte der Brigadekommandeur noch, und ich kann Ihnen sagen, da kam ich mir wie ein Narr vor.«

»Und das heißt, Sir?«

»Bei Mord sucht man nach einem Motiv«, sagte der Colonel und überlegte sorgsam seine Worte, »aber bei Raub springt es einem geradezu in die Augen. Sie wollen Geld, also morden und rauben sie dafür – tagtäglich, überall im Lande. Leben? Leben bedeutet ihnen nichts. Und doch kommen Sie mir auf einmal mit einer neuen Lesart, als handle es sich um einen besonderen Fall, wo Sie fragen müssten: Warum wurde dieser Mann getötet?«

Kramer beobachtete einen Vogel, der aus dem einzelnen Rosenstrauch aufflog, um an den Früchten der Palme zu picken. Seine Zigarette verwandelte sich unbemerkt zusehends in Asche.

»Zum Teufel noch mal, gibt es irgendwelche persönlichen Gründe, von denen ich nichts weiß?«, sagte der Colonel mit leisem Lachen und stupste Kramer in die Seite. Aber seine Augen funkelten durchdringend.

»Soll ich alles zurückstellen und lieber den Fall Bergstroom vorziehen, bis endlich jemand zu reden anfängt?«

»O nein! Die Leute sind in Gefahr, solange diese Wahnsinnigen ihr Spiel treiben – verstehen Sie mich nicht falsch. Marais kann sich in der Zwischenzeit der Routine widmen. Ein hartes Wort, aber das war ein Einzelfall, wenn wir schon Prioritäten setzen. Außerdem habe ich mittlerweile meine Zweifel bezüglich der Schlangensache. Der alte Stry–«

»Zwei Einzelfälle, wenn Sie Stevenson mitzählen.«

»Mann, das ist doch Haarspalterei, oder? Sie denken immer noch zu viel. Tun wir endlich was. Sagen Sie Zondi, er soll loslegen und etwas von der anderen Seite in Erfahrung bringen; das ist unsere einzige Chance. Und sehen Sie zu, dass Sie ihm Beine machen.«

»Und wer macht Marais Beine?«

»Ich jedenfalls nicht«, sagte der Colonel und marschierte in sein Büro zurück.

Es war am Ende gar nicht so unvernünftig gewesen.

Wessels wartete auf Kramer mit einem Foto in der Hand, das aus einem der Bücher stammte, in denen er blättern sollte.

»Ich habe einen Kandidaten, Sir«, sagte er voller Eifer.

»Wie nennt er sich, wenn er privat auftritt?«

»Gosh Twala, ein Bantu, dreiundvierzig Jahre alt.«

»Habe noch nie von ihm gehört. Kommen Sie.«

Sie gingen den langen Korridor entlang und traten in Kramers Büro. Zondi hatte die Füße behaglich gegen den Aktenschrank hochgestemmt.

»He, wach auf! Gosh Twala – kennst du den?«

»Bagatelldelikte, Boss.«

»Welcher Art?«

»Autodiebstahl, hat vor Jahren acht Jahre dafür gekriegt – war Sitholes Fall.«

»Und in jüngerer Zeit?«

»Als Letztes habe ich von ihm gehört, dass er in der Ziegelei arbeitet.«

»In dem *skabenga*-Paradies? Dann muss er ziemlich fertig sein, so unter den Gewalttätern und allen Übrigen.«

Zondi nickte und sagte: »Schreckliche Arbeit, das Feuer erwischt viele Männer. Aber das Problem mit Twala ist, dass er Sithole erzählt hat, wer ihm die Autos abkauft, und damit noch drei reingebracht hat. Jetzt will niemand mehr von ihm kaufen; er ist erledigt.«

»Trotzdem bin ich fast sicher, dass er es war, der das Auto gefahren hat«, sagte Wessels. »Konnte ihn länger betrachten als den anderen, und da waren der gleiche flache Hinterkopf und die abstehenden Ohren.«

»Nun, Zondi? Lohnt es sich, ihn hochzunehmen?«

»Er ist ein guter Fahrer, und er hat viele Führerscheine.«

»Brauchst du Hilfe?«

Zondi schüttelte den Kopf, setzte sich schwungvoll den Hut auf und schlenderte hinaus.

»Was soll ich denn jetzt machen, Sir?«, fragte Wessels, als Kramer sich in seinem Sessel nach hinten fallen ließ und die Wand anstarrte.

»Ich glaube, es wird Zeit, dass Sie die Perücke abnehmen und sich was anziehen.«

»Sir?«

»Sie sind das, was einem Augenzeugen am nächsten kommt, deshalb habe ich mit dem Colonel ausgemacht, dass Sie für eine gewisse Zeit zu uns versetzt werden. Okay?«

»Gut, Sir!«

»Dann melden Sie sich in einer Stunde zurück. Und jetzt gehen Sie.«

Wessels stürmte gerade davon, da klingelte das Telefon.

Kramer ignorierte es eine Weile, dann nahm er den Hörer ab. Ein gelber Ford mit der Nummer NTK 4544 war nicht einmal eine Viertelmeile von dem Café entfernt verlassen aufgefunden worden, und die Spurensicherung war bereits tätig.

Die schmalen Straßen im Häuserblock hinter dem Gerichtsgebäude waren einmal das gewesen, was Marais an Trekkersburg am meisten mochte, wenn er überhaupt etwas mochte. Sie glichen den Windschutzschneisen in einer Plantage, denn sie verliefen kreuz und quer und im Zickzack ohne einen ersichtlichen Plan, dessen Vorhandensein sich jedoch nicht ableugnen ließ. Und all die Stuckschnörkel, die Säulen und Aushängeschilder mit eleganter Schrift, die in ihren Halterungen quietschten, brachten einen auf den Gedanken, man sei in einem Film über die drei Musketiere.

Aber er hatte bereits einen Haufen von scheißvornehmen Leuten erlebt, und sie hatten ihm alles verdorben. Sie hatten ihm den Morgen versaut, seinen Käsetoast am Mittag, und jetzt hatten sie ihm auch noch den Nachmittag vermiest.

Die Gassen hatten nichts Romantisches mehr; sie waren nur noch schmuddelige Passagen zwischen Bürogebäuden mit leeren, abschreckenden Foyers und Läden, in denen Vasen mit Sprüngen und dreckige Löffel in Glasvitrinen auslagen; und der gelegentliche Blick auf eine hochnäsige Sekretärin, die sich die Fingernägel anmalte, war ebenso frustrierend wie der unangenehme Geruch von Kopierflüssigkeit.

Er blieb einen Augenblick stehen, um einem alten schwarzen Weib zuzuschauen, wie sie einen Pappkarton platt drückte, den sie sich von einem Abfallhaufen geholt hatte. Sie trampelte darauf herum, kroch darüber und legte ihn dann auf einen Stapel, der schon so hoch war, dass sie ihn nicht mehr von der Stelle würde bewegen können. Der Stapel wackelte, und da sah er, dass sie eine handgebaute Schubkarre darunter hatte. Das Gerücht stimmte also: dass sie allmählich ihren Verstand gebrauchten statt ihres Hinterns.

Marais trödelte, obgleich er das nicht zugeben würde. Er versuchte, seinen Eintritt ins Foyer von Nr. 22 gleich gegenüber hinauszuzögern, indem er sich fragte, ob die Alte sich wohl strafbar machte, und dann über die komplizierte Rechtsfrage nachsann, wie die Besitzverhältnisse bei Abfall zwischen Entsorgung und Wiedereinsammeln sein mochten. Er musste es einfach hinter sich bringen.

»He – wo wollen Sie denn hin?«, brüllte jemand hinter ihm, sodass er fast auf dem Kokosmattenbelag ausrutschte.

Es war Goldstein, der Rechtsanwalt, der von seinem Büro im zweiten Stock auf der anderen Seite zu ihm herunterrief.

»Ich stelle Ermittlungen an«, sagte Marais steif.

»Was, hier? Mein Junge, Sie wissen ja nicht, was Sie für Ärger machen! Von zwei bis vier hat mein Freund dort eine sehr persönliche Konsultation.«

»Das ist nicht meine Sorge.«

»Soll das ein Witz sein? Ihr Herz kann doch nicht so gefühllos sein! Würden Sie wirklich einen Mann mitten aus einer höchst persönlichen –«

»Ach, halt den Mund, Ben!«, brüllte jetzt jemand anders von direkt über ihm.

Ben winkte demjenigen, wer immer es war, mit der Zigarre zu. »Wer ist denn überhaupt der Trottel da unten?«, fragte die Stimme von oben träge.

»Morgen im Gericht werde ich dich Stück für Stück auseinandernehmen«, schrie Ben mit gut gespielter Selbstüberhebung. »Komm bloß nicht zu spät, hörst du?«

Er spitzte den Mund, warf seinem unsichtbaren Rivalen ein Kusshändchen zu und schloss das Fenster.

Marais, der noch andere Eisen im Feuer hatte, marschierte geradewegs hinaus und kehrte nicht mehr zurück.

Zondi stand unter einem von vier hoch aufragenden Schornsteinen und wartete ungeduldig. Der Ziegelstaub war schrecklich; er bedeckte den Boden und erfüllte die Luft.

Dann kam der Aufseher aus seinem Büro, schüttelte sich einen Stein aus seiner Sandale, der sich zwischen seine fetten rosa Zehen geklemmt hatte, und nickte ihm zu.

»Nächstes Mal bringst du ein Schreiben mit, hörst du?«

»Hat der Lieutenant nicht gesagt, es wäre in Ordnung?«

»Nein, hat er nicht! Er war nicht da, aber ein anderer Europäer kennt dich, und drum nehme ich an, dass es in Ordnung ist. Ich habe es nur nicht gern, wenn irgendein verfluchter Neger hierherkommt, glaubt, er könnte machen, was er will, und meinen Jungs Ärger macht. Twala? War das derjenige?«

»Ja, bitte, Sir. Ist er heute bei der Arbeit?«

»Woher zum Teufel soll ich das wissen? Frag seinen *induna,* den Vorarbeiter; er gibt mir die Liste von denen, die fehlen.«

»Wo finde ich ihn denn?«

»Den *induna?*«

»Ja, Sir.«

Dieses lange Hin und Her begann Zondi ernstlich zu beunruhigen. Er spürte schon eine Weile die langen, mürrischen Blicke, die ihm die zerlumpten Männer zuwarfen, während sie Ziegelkarren mit der Hand von den Brennöfen wegschoben. Viele von ihnen kannten ihn, und bald würde auch der hinterste Winkel der Ziegelwerke alarmiert sein.

»Ach was, ich bin doch nicht dein Handlanger. Frag den *keshla* dort drüben«, sagte der Aufseher und gab Zondi nach genauer Prüfung seinen Dienstausweis zurück.

Der Bantuälteste war auch nicht viel kooperativer. Er zog seine zerfetzte Jacke über den Brandmalen auf der Brust zusammen, die wie Teerspritzer aussahen, so dick waren die Krusten, und murmelte etwas von Ofen Nummer neun.

»Habe ich nicht einem einfachen Mann eine einfache Frage gestellt?«, schnauzte Zondi ihn an.

»Wen suchst du denn?«

»Twala.«

»*Hau!* Das ist ein Schlimmer – du musst vorsichtig mit ihm umgehen.«

»Möchtest du das gern sehen?«

Der *keshla* grinste und zeigte dabei, dass er vorn noch drei Zähne besaß, dann lief er Zondi voraus und hüpfte mit seinen krummen Beinen flink über den Ziegelschutt.

Sie gingen unter einer Unterführung her, und Zondi merkte, dass er direkt neben dem Feuerungsgebäude mit den rundgemauerten, niedrigen Brennofentüren stand, die im Abstand von jeweils etwa zwanzig Metern in die gewölbte Wand eingelassen waren. Der *keshla* erklärte ihm, dass hinter denen, die mit Ziegeln ausgefüllt waren, die Steine in der Feuerungshitze gebrannt und dadurch hart wurden. Die Männer, die gerade Nummer acht zumauerten, hielten in der Arbeit inne, als Zondi näher kam, und traten zur Seite, um ihn vorbeizulassen, und der Mörtel tropfte ihnen unbemerkt von der Kelle, während sie ihn mit unverhohlenem Hass musterten. Ein Gesicht, von einem Sack eingerahmt, der die Schultern beim Tragen schützen sollte, wandte sich schnell ab – aber Zondi hatte den einstigen notorischen Schwarzbrenner schon erkannt, den er hinter Gitter und aus dem Geschäft gebracht hatte. Dieser Ort mit all seinem Feuer und aller Gefahr war tatsächlich schon fast die Hölle, stellte er im Stillen sachlich fest. Dann lieber den ganzen Tag Gräben schaufeln in der Sonne.

Ein Stromkabel war in den Brennofen gelegt worden, damit Licht gemacht werden konnte, während die Ziegel aufgestapelt wurden; Zondi ging allein daran entlang weiter, denn der *keshla* hatte plötzlich die Lust verloren, Zeuge der Konfrontation zu werden.

Niemand war da. Der *induna,* den er dösend hinter einem Stapel fertiger Ziegel antraf, schwor, dass Twala am Morgen nicht zur Arbeit erschienen sei, und rief zur Bestätigung sein Arbeitsteam herbei.

Das sei vollkommen wahr, bekräftigten sie alle, und was es doch für ein Jammer sei, dass der Polizist von so weit hergekommen sei, ohne etwas ausrichten zu können. Und wenn sie es recht bedächten, klinge seine Beschreibung des Twala auch ganz und gar nicht nach dem ihnen bekannten Twala. Er sollte es vielleicht einmal in der Aluminiumfabrik oder im Automontagewerk versuchen.

Damit trieben sie es entschieden zu weit.

Zondi fand den Weg nach draußen zurück und sah sich um. Da sah er, dass in der Öffnung von Nummer acht noch die obersten sechs Reihen Ziegel fehlten, und zog seine Pistole.

»Zumauern«, sagte er zu den Männern.

Keiner rührte sich.

Er packte einen von ihnen mit der Linken, wirbelte ihn herum und schleuderte ihn gegen die anderen.

»Zumauern!«, brüllte er.

Die Ofenöffnung war nur sechs Ziegel breit, sodass sie sehr schnell zu war, umso mehr, als niemand auf Feinheiten achtete.

Ein zu Tode erschrockener Twala brach kurze Zeit später durch die frisch gemauerte Öffnung.

Von der Eisenbahn aufwärts waren die Berge sattgrün, und nur wenige Häuser waren von der Straße aus sichtbar, obgleich Marais hier und da Dächer hinter den Hecken und Bambusdickichten sah. Hibiskusbüsche wuchsen auf den ausgedehnten Rasenflächen, und Hortensien, die mit ihren dichten weißen Dolden wie weiße Felssteine wirkten, säumten häufig die Einfahrtstore. Auch die Stadt hatte ihren Teil zu der üppigen Vegetation beigetragen und tiefrotes Blumenrohr auf den Verkehrsinseln und Mittelstreifen gepflanzt.

Sonst setzte sich der Verkehr in der Hauptsache aus Lieferwagen der feinsten Geschäfte, Spirituosenauslieferern auf Motorrädern und kleinen englischen Autos voller Hunde und Kinder bester Abstammung zusammen.

Außer den üblichen Kindermädchen, die mit ihren Schutzbefohlenen draußen auf den Rasenflächen spielten, wo sie sich mit Freundinnen unterhalten konnten, war niemand da.

Marais wünschte, er hätte daran gedacht, einen Stadtplan mitzunehmen. Dann sah er den Kombi des Wartungsdienstes einer Alarmanlagenfirma, hielt den Fahrer an und fragte ihn nach dem Weg.

Es war Haus Nummer 34, und außerdem stand noch

der Name des Hauses »Glenwilliam« in Schmiedeeisen am Tor. Der Einfahrtweg war lang und bog unter gewaltigen Feigenbäumen nach rechts ab, und erst als Marais auf gerader Strecke ein wenig bergauf gefahren war, kam zwischen silbrig schimmernden Birken das zweistöckige Wohnhaus in Sicht.

Drei Fahrzeuge standen in der torlosen Garage, für die ein hoher, mit Wüstenpflanzen bewachsener Erdwall ausgehöhlt worden war. Es waren ein weißer Jaguar, ein pflaumenblaues Datsun-Coupé und ein normaler Landrover mit Anhängerkupplung für das Motorboot daneben; ein Platz war leer, aber Ölflecken ließen vermuten, dass nachts der Platz belegt war. Marais sah auf die Uhr: erst 16.27 Uhr. Mr Shirley konnte noch nicht zu Hause sein, er würde also ein paar Minuten warten müssen. Vor Häusern dieser Größe kam er sich immer ganz klein vor.

Marais hatte es sich eben bequem gemacht, als ein schwarzes Hausmädchen mittleren Alters an seine Scheibe klopfte.

»Die Missus lässt fragen, ob der Master nicht hereinkommen will, bitte«, sagte sie mit weicher, angstfreier Stimme.

»Bist du sicher?«

»Ich habe eigens für Ihren Besuch Tee gekocht. Sie brauchen keine Angst vor dem Hund zu haben. Er beißt nur Personen, die er nicht kennt – niemals Leute, die ich mit ins Haus nehme.«

»Hoho!«, sagte Marais, der es gar nicht mochte, wie das wolfsartige Tier aus tiefster Brust ein dunkles Knurren ausstieß, und stieg aus, wobei ihm einfiel, dass er vergessen hatte, seine Haare im Rückspiegel zu prüfen. Er holte es schnell vor einem der Autofenster nach und folgte dann dem Mädchen.

Auf solchen Anwesen sollten mehr Hausangestellte beschäftigt sein, dann gäbe es weniger Gejammer, dachte er und ergötzte sich an der Speckfalte über ihren hin- und herschwingenden Ellbogen und ihrem watschelnden Gang.

Binsen standen auf der Holztruhe in der Eingangshalle, und eine Matte lag da, die nicht allzu gut auf dem auf Hochglanz polierten Fußboden haftete.

Das Zimmer, in das er geleitet wurde, war ebenfalls eine Enttäuschung: keine Ölgemälde an den Wänden, keine riesigen, weich gepolsterten Lehnstühle, keine verzierten Pistolen. Nur ein paar cremefarbig gestrichene Rohrstühle, ein großer Tisch, auf dem haufenweise Blumen lagen, und einige Vasen dafür. Das Mädchen ging wieder.

Einen Augenblick später kam ihre Herrin herein und hielt ihm mit ausgestrecktem Arm die beringte Hand entgegen. Ihr Alter verwirrte ihn: Der runzlige Hals glich einem alten Baum, während das Gesicht so glatt war, als sei es aus Holz geschnitzt. Es hatte einen Anstrich aus fast reinem Weiß erhalten, aber keinen Unterbodenschutz, sodass an den tiefen Falten zu beiden Seiten des Mundes Grau zum Vorschein kam.

»Oh, Martha hat es ja geschafft, Sie hereinzulocken. Das freut mich.«

Der Handschlag war nur eine flüchtige Berührung.

»Ich bin seine Mutter.«

»Sehr erfreut, Sie kennenzulernen, Mrs Shirley. Wussten Sie von meinem Besuch?«

»Peter hat mich angerufen, der böse Junge, gerade als ich zum Bridge aufbrechen wollte. Ich sollte hierbleiben, um da zu sein, falls er sich ein paar Minuten verspätete.«

»Ach, das tut mir leid.«

»Machen Sie keine Witze. Man muss doch Gästen gegenüber rücksichtsvoll sein. Aber Sie sind gar kein richtiger Gast, oder?«

»Nicht direkt, aber einen Geschäftsbesuch kann man es wohl auch nicht gerade nennen.«

»Ich würde bestimmt keinen seiner Kunden hier empfangen, er hat das schon probiert, Mr –«

»Sergeant Marais.«

»Welche Abteilung? Ich habe einmal bei einem Essen einen Colonel oder etwas Ähnliches kennengelernt – mein Mann ist Richter im Ruhestand, wissen Sie.«

»Morddezernat, Madam.«

»Setzen Sie sich doch, Sergeant, ich schrumpfe ja förmlich bei Ihrem Anblick.«

Schrumpfen war genau das, was Marais seinem Gefühl nach tat; dies war auch nicht annähernd der Empfang, den er sich vorgestellt hatte.

»Und das alles wegen des scheußlichen kleinen Mannes und seiner grässlichen Affären? Was in aller Welt kann er ihr bloß angetan haben, dass wir mit so schauderhaften Geschichten von Puffottern und dergleichen überschüttet werden?«

»Unsere Arbeit besteht darin, das herauszufinden«, sagte Marais und setzte sich auf die Kante eines quietschenden Stuhls.

»Ist es denn tatsächlich notwendig?«, fragte sie und schnitt mit der Rosenschere ein paar Rosenblüten ab.

»Gesetz ist Gesetz, Mrs Shirley.«

»Großer Gott, wollen Sie mir etwa erzählen, was gesetzlich ist und was nicht? Wo ich dreißig Jahre mit dem Gesetz verheiratet bin? Ich meinte, ob es wirklich notwendig ist, also von Ihnen verlangt wird, eine solche Hetzjagd auf Peter zu veranstalten?«

»Wie? Ich tue nur, was mir aufgetragen wurde – in Erfahrung bringen, was alle Mitglieder, die in der betreffenden Nacht im Club anwesend waren, nach eigenen Angaben sonst noch gemacht haben. Ihr Sohn, Mrs Shirley, hat nur das Pech, dass wir bis jetzt niemanden haben finden können, der gesehen hat, wie er weggegangen ist oder der über seinen Verbleib nach Mitternacht Auskunft geben könnte.«

»Ist das alles?«, sagte Mrs Shirley unwirsch.

»Bitte?«

»Ich bin sicher, dass Martha und ich uns genau an seine Heimkehr Samstagnacht erinnern können.«

»Ach ja?«

»Oder sind Sie nur an seiner eigenen Aussage interessiert?« Marais erhob sich rasch und blickte aus dem Fenster. Es war noch immer kein Wagen vorgefahren.

»Wenn es Ihnen keine Umstände macht, würde ich es gern von Ihnen hören«, sagte er und nahm sein Notizbuch zur Hand, um seinen Worten Nachdruck zu verleihen. »Besser ist besser, wie man sagt.«

Ihr kalter Blick drang ihm in die Augen und lief kalt den Rücken herunter.

Irgendwie war das nicht sein Tag.

Die Tür war abgeschlossen, dann öffnete ein hemdsärmeliger Zondi und verzog den Mund zu einem halben Lächeln, als er sah, wer da stand.

»Irgendwas Erfreuliches?«, fragte Kramer, trat in das Vernehmungszimmer ein und warf einen Blick auf das, was an der Wand lehnte.

Gosh Twala hatte sich stark verändert seit seinem letzten Foto, als wäre es damals von einem dieser feinen Halsabschneider auf dem Einkaufsboulevard aufgenommen worden und hätte inzwischen die Retusche verloren.

Seine Wangen waren hohl und seine Augen glanzlos, während seine Haut stumpf wirkte wie eine Schiefertafel, die nicht ordentlich sauber gewischt wurde, ein sicheres Zeichen für ein wirklich armes schwarzes Schwein.

»Er schwört, er habe an den fraglichen Tagen nicht gefehlt, und sagt, der *induna* könnte das ebenfalls beschwören.«

»Ist das wahr, Twala?«

»*Hau,* ja, ja, mein Master! Die reine Wahrheit!«

»Dieser *induna* ist meines Erachtens ein Lügner«, sagte Zondi.

»Er hätte sich also davonstehlen können?«

»Möglich wärs.«

Aber Kramer konnte der Art, wie Zondi das sagte, entnehmen, dass er kaum noch interessiert und noch weniger überzeugt war.

»Warum hast du ihn hergeholt?«

»Es gab Schwierigkeiten, Boss. Der Aufseher hält sich genau an die Vorschriften.«

»Ach ja?«

»Außerdem will ich wissen, warum Twala sich vor mir versteckt hat. Er sagt, weil sein Name laut im Büro gefallen ist und die anderen ihm erzählt haben, dass ich da bin.«

»Ich in Angst!«, sagte Twala und hob die Hände wie ein Bettler.

»Taschen?«

»Nichts.«

»Und er leugnet natürlich auch jede Kenntnis von den Raubüberfällen.«

»So ist es, Boss.«

»Was ist mit Constable Wessels? Hat der ihn schon gesehen?«

Zondi nickte. Wieder war die Apathie auf dem Vormarsch – immer noch nichts Positives. In dem gelben Ford hatte sich nicht ein einziger Fingerabdruck oder sonst etwas gefunden.

»Hast du ihm schon auf die Sprünge geholfen?«

»Nein, Boss«, erwiderte Zondi, dann ließ er Twala springen, damit herausfiel, was er vielleicht im Körper versteckt hatte, ein Gefängnistrick zum Unsichtbarmachen von Tabak, der aber auch gern für *dagga* angewendet wurde.

Die Tür ging auf, und Sithole sagte: »Entschuldigen Sie, Lieutenant, aber es ist ein Wagen gefunden worden.«

»Ach, das weiß ich doch längst, Mann«, sagte Kramer gereizt, »also hauen Sie schon ab.«

Er beobachtete einen größer werdenden, scharlachroten Flecken in dem schmutzigen Pullover, den Twala direkt auf der Haut trug.

»Warst du das, Zondi?«

»*Hau?* Lass mich sehen! Es ist ein Messerstich, Boss.«

»Du bist etwas unaufmerksam, was?«

Jetzt fing Twala an zu lamentieren, er habe sich nur verteidigen wollen, und der blöde Trottel sei schuld gewesen, weil er so viel getrunken hätte, und er hätte ihn ja auch nicht umgebracht, sondern ihm nur einen Denkzettel verpasst. Der Rest war nur noch Zulu.

Als es zu Ende war, streckte Sithole erneut den Kopf zur Tür herein und sagte: »Entschuldigen Sie, Lieutenant, aber es handelt sich um einen Unfallwagen mit Personen.«

Alles änderte sich, als Peter Shirley schließlich in seinem MG-Sportwagen ankam und sich sehr für seine halbstündige Verspätung entschuldigte, aber ein paar geschmacklose Idioten hätten ihn beinahe in den Wahnsinn getrieben, indem sie Löcher in eine Wandverkleidung bohrten, die er goldrichtig fand.

»Ist ja auch kein Beruf«, schnaubte Mrs Shirley verächtlich und streckte ihrem Sohn die Wange zu einem Begrüßungskuss entgegen. Und dann zog sie sich zu Marais' großer Erleichterung zurück.

Shirley entsprach auch nicht ganz seiner Vorstellung. Er und Marais waren beide stämmig und durchschnittlich groß, aber damit hörte die Ähnlichkeit auch schon auf. Sein Haar war eine Spanne länger, sein Körper war bei aller Pflege ein wenig zu weich, und die Augen hatten noch nichts gesehen. Zudem waren die Fingernägel abgekaut. Seine Mam hätte ihm Aloesaft oder Senf darauf schmieren sollen; das hätte dieser Angewohnheit entgegengewirkt, ehe es zu spät war. Doch davon einmal abgesehen, schien er ein netter Kerl zu sein.

»Sieht nicht so aus, als hätten Sie etwas von diesem Tee abbekommen«, sagte Shirley, sobald sie allein waren.

»Na ja – äh – wir haben bloß ein wenig geplaudert. Ihre Mom hat mir über Ihr Tun und Lassen Bericht erstattet.«

»Wunderbar, aber es tut mir leid, dass Sie bei dem alten Drachen festgesessen haben. Warten Sie, ich sage mal eben Martha, sie soll uns noch eine Kanne kochen.«

»Sind Sie denn nicht in Eile?«

»Nicht so sehr – und keine Sorge wegen Martha. Sie ist ein Schatz.«

Marais stand auf und reckte sich, dann inspizierte er das Blumenarrangement, das noch immer nicht fertig war, denn alle langen Blumen steckten auf der Seite statt in der Mitte.

Shirley war höchstens zwei Minuten weg, dann kam er wieder und stopfte sich ein gewaltiges Stück Schokoladenkuchen in den Mund. Er hielt Marais einen Teller hin, damit er sich ebenfalls bedienen konnte.

»Sehr lecker! Danke schön.«

»Auch Marthas Werk. Sie ist ein Genie und kann einfach alles. Ich habe versucht, sie fürs Lesen und Schreiben zu interessieren, aber sie will nicht.«

»Die Besten wissen, wo sie hingehören.«

»In diesem Punkt gehen unsere Meinungen wohl ein wenig auseinander«, sagte Shirley daraufhin mit einem freundlichen Lächeln, »aber Sie lernen natürlich auch eher die Schattenseiten afrikanischen Gemeinschaftslebens kennen als ich. Das muss zwangsläufig den Blick ein wenig verstellen.«

»Ach, meiner Meinung nach ist und bleibt ein Kaffer ein Kaffer – von welcher Seite man ihn auch betrachten mag.«

Shirley lachte, verschluckte sich an einem Kuchenkrümel und klopfte sich selbst fest auf den Rücken.

Martha brachte eine frische Kanne Tee herein, und Marais ließ es sich nicht nehmen, ihr auf Sesotho zu danken, dem einzigen Bantudialekt, den er sprach. Sie kicherte dankbar und watschelte davon.

»Als Kind konnte ich Zulu sprechen«, sagte Shirley, »aber ich fürchte, inzwischen ist nichts mehr davon übrig. Milch?«

»Und drei Stück Zucker, bitte.«

»Schade, dass mein Alter gerade fort ist und den Busch unsicher macht; Sie wären sicher famos miteinander zurechtgekommen; viele Gemeinsamkeiten und so.«

Marais nickte, höchst geschmeichelt, dass hier endlich einmal jemand war, der ihn genauso gut behandelte wie jeden anderen Diener der Gerechtigkeit. Dann schluckte er hastig seinen Tee hinunter und zog sein Notizbuch hervor, um keine weiteren Unannehmlichkeiten zu bereiten.

Shirley beugte sich aufmerksam vor, stützte das Kinn in die Hand und sagte: »Also? Womit genau kann ich Ihnen weiterhelfen?«

»Alles Routine, verstehen Sie mich recht: Es geht um Ihren Verbleib in der vergangenen Samstagnacht.«

»Gott, was für ein Abend! Ich hatte eine kleine Krankenschwester aufgetan, die förmlich danach lechzte, ihre Bettpfannen endlich einmal zu vergessen, und dann erschien sie nicht.«

»Sie hätten uns auf die Suche schicken sollen«, witzelte Marais.

»Werde ich nächstes Mal dran denken! Mein erster Versuch mit ihr, um ehrlich zu sein; habe am Schwesternheim auf sie gewartet, und sie ist nicht aufgetaucht. Habe eine Nachricht zurückgelassen, weil ich dachte, sie wäre vielleicht in der Station aufgehalten worden – passiert oft –, und habe dann im Wigwam weitergewartet. Nach einiger Zeit kam der übliche Haufen rein, aber ich war nicht in Stimmung und habe mich an einen von Montys Tischchen für zwei gesetzt. Ich meine, sie konnte jeden Augenblick eintrudeln, und ich wollte nicht, dass irgendjemand sie mir wegnahm.«

»Sie sagten Monty zu ihm? Waren Sie eng befreundet?«

»Habe den Laden für ihn geschmissen; zwanzig Prozent Preisnachlass und freie Mitgliedschaft mein Leben lang – au, das hätte ich nicht sagen sollen, oder?«

Marais nahm noch ein Stück Kuchen, sodass noch zwei zum Teilen übrig waren. »Und dann, Mr Shirley?«

»Na ja, dann habe ich mir Eves erste Nummer angeschaut und beschlossen, mir auch die zweite noch anzusehen.«

»War mit der Krankenschwester noch zu rechnen?«

»Die war längst vergessen, um die Wahrheit zu sagen. Ich hatte ganz schön was geschluckt, und der zweite Auftritt – ich glaube, das ist nichts für Ihre Notizen! Sie schreiben ja herrlich schnell mit.«

»Das liegt daran, dass ich am Gericht gearbeitet habe, bevor ich zur Polizei gegangen bin.«

»Tatsächlich? Das ist sicher ungewöhnlich. Aber wo waren wir stehen geblieben? Ah, ja. Ihr Auftritt war zu Ende, und ich musste nötig und raste zum Herrenklo. Als ich wieder herauskam, schienen alle weg zu sein bis auf Monty und sein Problem, diesen Idioten aus Kenia, der immer Mau-Mau-Rebellen zu frühstücken pflegte. Ich wollte keinesfalls da hineingezogen werden, deshalb habe ich mich zur anderen Seite geschlichen und bin sicher bis zur Tür gekommen. Ein Glück! Der Mann –«

»Was war denn mit der Band?«

»Die war schon weg. Die sprinten förmlich davon – das sollten Sie mal sehen.«

»Und wie viel Uhr war es?«

»Kann ich nicht genau sagen. Vielleicht fünf nach? So ungefähr.«

Marais unterbrach seine Kurzschrift, um das in normalen Druckbuchstaben aufzuschreiben.

»Noch immer nicht fertig, Sergeant? Hat irgendein reizender Mensch vielleicht meinen Namen in den Dreck gezogen?«

Marais sah zur Tür und grinste.

»So ähnlich. Stevenson hat auf seinem Abschiedsbrief noch die Worte hinterlassen: ›Warum fragen Sie nicht Shirley?‹«

»Wie seltsam!«

»Es sagt Ihnen nichts?«

»Nein. Ihnen?«

»Hat mich ganz schön in die Bredouille gebracht, um ehrlich zu sein. Den Lieutenant auch und den Colonel. Hat es vielleicht mit Eve zu tun – Miss Bergstroom?«

Shirley goss Marais und sich selbst noch eine Tasse Tee ein, während er nachdachte.

»Ah! Ich glaube, ich habs. Ich werde vielleicht deshalb in dem Brief erwähnt, weil Monty mir in der betreffenden Nacht etwas anvertraut hat. Alles unter dem Siegel der Verschwiegenheit. Hat gesehen, dass ich allein war, und ist auf ein Wort zu mir rübergekommen. Wir haben zusammen eine Flasche geköpft, und nachdem wir über Frauen im Allgemeinen gelästert haben, sagte er, Miss Bergstroom würde er nicht dazuzählen, weil sich zwischen ihnen – ich zitiere, ›ein nettes kleines Verhältnis‹ angebahnt habe. Haben Sie mal seine Frau kennengelernt? Du liebe Güte, es ist unglaublich. Der arme alte Mont – auf seine Art ein ganz netter Kerl.«

Marais blätterte in seinem Notizbuch zu der Seite mit den Aussagen von Mrs Shirley und dem Hausmädchen zurück.

»Nun noch schnell den Zeitabschnitt, nachdem Sie den Club verlassen hatten«, sagte er, »dann haben wir alles unter Dach und Fach.«

Es unterschied sich in nichts von dem, was Marais schon wusste. Shirley war nach zwanzigminütiger Heimfahrt um 0.30 Uhr zu Hause gewesen und gegen 1 Uhr eingeschlafen. So einfach war das.

11

Wessels stand voller Unbehagen da in seiner neuen beigefarbenen Safarijacke und Shorts, weiß an den Knien, rosa am Hals, wo die Haare geschnitten worden waren, und sah aus, als sei er einem Lucky-Strike-Päckchen entschlüpft.

»Na los doch, mein Sohn«, sagte Kloppers, der seinen Kombi beladen haben und noch vor Sonnenuntergang in der Stadt zurück sein wollte.

»Ja, ich bin ziemlich sicher, dass ers ist«, murmelte Wessels.

Der Kopf der Leiche zu seinen Füßen hatte leicht abstehende Ohren und war, wenn er von Nxumalo ordentlich hochgehalten wurde, hinten am Schädel irgendwie platt.

Kramer stieß mit dem Zeh an die Jacke.

»Und die sieht auch aus, als hätte sie die gleiche Farbe, obwohl ich sie ein bisschen dunkler in Erinnerung habe.«

»Gut. Jetzt noch zu dem anderen.«

Wessels ging zu der Bahre hinüber, die bereits in den Halterungen auf der Ladefläche des Kombis befestigt war, und zupfte an seiner neuen Frisur herum.

»Das Hemd, ja, aber der Kopf – das könnte sonst jemand sein.«

»Danke«, sagte Kramer und gesellte sich wieder zu Zondi, der am Chevy lehnte. »Er ist ziemlich sicher, was den Fahrer angeht, aber bei dem anderen nicht. Sie waren nicht besoffen.«

Zondi schaute den Hang hoch, wo der alte De Soto zwischen zwei Haarnadelkurven der Straße heruntergestürzt, unten senkrecht aufgeprallt war und sich dann überschlagen hatte.

»Nicht weiter schwierig«, sagte er.

»Ja, wir alle wissen, dass du gewissermaßen ein Experte in diesen Dingen bist, nur hast du dir noch nicht deinen Hals dabei gebrochen.«

»Ist Dr. Strydom schon da?«

»Natürlich nicht! Er sieht sie sich später im Leichenschauhaus an, aber es muss etwa so gelaufen sein. Sie müssen volle Pulle gefahren sein und gedacht haben, hier sei ja ohnehin kein Verkehr.«

Zondi seufzte zufrieden. Ihm war das tote Schaf zugesprochen worden, und es lag bereits im Kofferraum.

Kramer nahm die Pässe und Führerscheine, die auf der Motorhaube lagen, und sah sich noch einmal die Namen an: Mpeta und Dubulamanzi. Diese beiden hätten auf alles eine Antwort gewusst und besaßen die richtigen Papiere für eine Verkehrskontrolle.

»Dieses ›Dubulamanzi‹ taucht ja überall auf, was? Es steht sogar auf Segelbooten oben am Damm.«

»Es heißt ›Teiler der Gewässer‹, Boss. Ist auch der Name des Häuptlings, der den Engländern in Isandhlwana und Rorke's Drift die Prügel verpasst hat.«

»Hm. Ein ziemlicher Abstieg bis zum kleinen Gauner. Hättest du je gedacht, dass er es war?«

»Ein guter Fahrer. Ich weiß noch, dass er mal ein Piratentaxi gefahren hat. Die Polizei hat ihn sechsmal gejagt. Mpeta ist einfach nur ein tollwütiger Hund; viele werden froh sein, wenn sie hören, dass er tot ist.«

»Wenn er früher schon Schusswaffen benutzt hat, hätten wir ihn in den Akten finden müssen.«

»Keine Beweise, Boss. Erinnern Sie sich noch an die Bierhalle? Als der alte Mann bei einem Streit erschossen wurde und alles davonrannte? Damals haben die Spitzel gesagt, er sei es gewesen, aber Sithole und ich konnten keinen Einzigen zum Reden bringen.«

»Warum glaubst du, sie hätten nichts über diese beiden aufgeschnappt? Schließlich sind sie doch in Peacevale.«

»Vielleicht sind die schlauer, als wir denken. Sie geben ihr Geld nicht aus; sie warten ein bisschen.«

»Auf den De Soto umzusteigen, war gar nicht so schlecht; das wäre die letzte Kiste, worin ich eine Flucht wagen würde. Diese Mischung aus durchtrieben und dumm ist es, die mir bei den beiden einfach nicht in den Kopf will, aber genau davon müssen wir immer ausgehen.«

»Er ist fertig, Boss«, sagte Zondi und deutete auf Tomlinson von der Spurensicherung, der eben das letzte Foto vom Unfallort geschossen hatte.

Sie gingen zu dem Wrack hinüber, als Kloppers gerade abfuhr und Wessels mitnahm. Die Großspurigkeit des Jungen ging Kramer ganz schön auf die Nerven.

»Tut mir leid, dass ich so herumfuhrwerke, Sir, aber das Licht wird allmählich zu schwach«, sagte Tomlinson. »Wenn Sie wollen, können Sie jetzt loslegen.«

Kramer wollte nicht. Es widerstrebte ihm seltsamerweise irgendwie, mehr in Erfahrung zu bringen und womöglich das bestätigt zu finden, was längst viel mehr war als ein bloßer Verdacht. Die Wahrheit hatte diesmal überhaupt keinen Reiz, und er fragte sich, warum.

»Schau du es dir an«, sagte er zu Zondi.

»Ja, ich würde auch nicht so gern meine Hände da

reinstecken«, pflichtete ihm Tomlinson bei und bot ihm eine Zigarette an. »Blut finde ich weniger schlimm.«

Dann gab er Kramer Feuer, und sie standen eine Zeit lang schweigend nebeneinander, schauten ins Land und lauschten, wie die Nachtinsekten die richtige Tonart suchten.

»Müssen Sie noch die Lageskizze machen?«, fragte Kramer.

»Echte Zeitverschwendung, so was. Zum Glück hat der Sergeant von der Wache schon alles vermessen. Wissen Sie, vor einiger Zeit war ein Zivilist bei uns, um sich ein paar Aufnahmen anzusehen, und der Mann war überrascht, dass sogar ein Neger, der in irgendeinem Hinterhof umgebracht wurde, die gleiche Behandlung erfährt. Netter Kerl, kam aus Deutschland, ist aber nur sechs Monate hier gewesen. Wir haben ihm die Akte von dem Metzger gezeigt, da hat er nicht schlecht gestaunt – all die Pläne, Bilder und so weiter. Sagte, er könnte uns vielleicht mit unseren Makroobjektiven helfen. Leicas kommen doch von dort, nicht wahr?«

Zondi hatte gerade etwas aus dem Wagen gehoben und ins Gras gelegt.

»Was? Ja, ich glaube wohl.«

»Ist etwas mit Ihnen, Sir? Probleme? Oder –?«

»Müde«, sagte Kramer.

Zondi hatte schon wieder etwas ins Gras gelegt; es sah aus wie eine kleine Bonbondose. Er schien so glücklich zu sein wie ein Kind beim Sandkuchenbacken.

»Das können Sie laut sagen«, seufzte Tomlinson. »Ich fahre nach Hause, sobald das hier vorbei ist.«

Dann hielt es Kramer nicht länger. Er ging den Hang hinunter, sprang über eine kleine Aloe und blieb neben Zondis gebückter Gestalt stehen.

Im Gras lag eine langläufige Pistole Kaliber .22, deren gesprungener Griff mit Klebeband umwickelt war, und ein Bündel Banknoten, die gerade sorgfältig gezählt wurden.

»Wie viel?«, fragte er, als Zondi sie in die Dose zurücklegte.

»Sechsundachtzig Rand, ein paar Zerquetschte und eine Münze, die ich nicht kenne.«

Er reichte sie Kramer zur Begutachtung.

»Centavo? Das ist portugiesisch.«

»*Hau!*«

»War vielleicht als Glücksbringer oder so was in der Kasse. Ich werde bei Gelegenheit mal nachfragen. Wo war denn all das Zeug?«

»Unter dem Bezug des Beifahrersitzes. Es war nicht leicht zu finden, aber es ist bei dem Aufprall verrutscht, und als ich fest obendrauf gedrückt habe, hörte ich es klappern. Dies war auch noch da.«

Und Zondi zeigte ihm eine kleine Packung Schnellfeuermunition, Kaliber .22, und legte sie neben die Pistole.

»Ich frage mich, wohin sie mit diesem Zeug unterwegs waren«, murmelte Kramer und merkte, dass sein Widerwille gegen die Wahrheit dadurch verursacht wurde, dass er ein Problem gelöst hatte, ohne eine echte Erklärung dafür zu finden.

Seine Stimmung musste ihm anzusehen sein. Zondi ließ die Dose fallen und erhob sich abgespannt, wobei er sich Grashalme und Scherben, die von der zersplitterten Windschutzscheibe stammten, von der Hose klopfte. Und dann standen sie beide da und warfen noch einen letzten prüfenden Blick auf die Szene, die ihnen nach ihren jeweiligen Jahren in Uniform so normal und vertraut war. Es erschien ihnen fast wie ein gemeiner Trick, dass sie jetzt wieder voller Bedeutung sein sollte. Das Glas, die verbogenen Chromleisten, die losen Radkappen und herrenlosen Schuhe, Bodenmatten und Luftfilter, der Geruch nach Öl und Batteriesäure, der Hauch des Todes …

Plötzlich packte Kramer Zondi am Arm und zeigte auf etwas.

Gardiner sah sofort, was der Lieutenant meinte, als er die Doppeltüren des Hauptkühlschranks geöffnet hatte. Die Füße, an denen schief das Schild mit dem Namen Mpeta steckte, waren ungewöhnlich klein.

»Es ist schon sieben durch«, nörgelte Kloppers neben ihm. »Ich habe vergessen, Nxumalo hierzubehalten, wenn Sie also Hilfe brauchen, muss ich wohl ran.«

»Kein Schweiß«, sagte Gardiner, der beide Fußsohlen auf ihre Feuchtigkeit hin prüfte, »ich kann es gleich hier machen.«

»Meine Frau ist dies alles verflucht leid, kann ich Ihnen sagen.«

»Reichen Sie mir mal die Walze. Danke.«

»Was sagt Ihre denn?«

»Eine Menge.«

»Wie lange genau wird das hier dauern?«

»Ach, nur ein, zwei Minuten, Sarge, dann muss ich ins Büro zurück und die Lupe benutzen.«

Gardiner misslang die erste Probe, und er griff nach einer neuen Abdruckform.

»Gibts was Neues über das Mädel da rechts?«

»Geht voran, wie ich höre. Marais war heute Abend in der Kantine und hat mir erzählt, er wäre seine erste Liste von eindeutigen Verdächtigen durchgegangen, weder Clubmitglieder noch Gäste kämen infrage, sie hätten alle hieb- und stichfeste Alibis. Hat sie alle aufgesucht bis auf einen, der nicht da war, aber der wird von anderen vernommen. Folglich müssen sie jetzt wohl in ihrer schauerlichen Vergangenheit nachgraben.«

Kloppers tippte auf das Schild *Stevenson* und zeigte tatsächlich einen Augenblick lang lebhaftes Interesse.

»So einfach sind die Dinge nie«, sagte er.

Kramer dachte ganz anders darüber. Ärger füllte allmählich das Vakuum, das durch Zondis Abfahrt entstanden war und durch die erstaunliche Erkenntnis, die dieser nach Peacevale mitnahm, dass Mpeta mit nackten Füßen auf der Stufe vor Luckys Hintertür gestanden haben musste. Ein Vakuum, weil nichts, weder neue Ideen noch Mutmaßungen, darin Bestand hatte, ehe nicht frische Informationen eingingen. Nach Gardiners Anruf war auch er wie betäubt.

Es war deshalb gut, sich wieder ein wenig auf sein Gefühl zu besinnen, das er jetzt gierig auf den Zeilen sauber getippter Worte vor sich wachsen ließ. Marais war in mancher Hinsicht außerordentlich tüchtig, in anderer jedoch ein absoluter Ochse.

»Allmächtiger«, sagte Kramer leise.

»Sir?«, echote Marais, der geduldig auf ein Lob wartete.

»Dieser Teil von Shirleys Aussage, der anfängt mit dem Satz: ›Vielleicht werde ich in dem Brief erwähnt, weil …‹«

»Ja? Stevenson wollte damit klarmachen, dass seine persönliche Einstellung zu der Toten …«, Marais brach ab, denn er merkte, dass etwas nicht stimmte.

»Sie haben Ihre Frage nicht aufgeschrieben, aber nach der Antwort zu urteilen, hatte Shirley offenbar gemerkt, dass wir nichts in petto hatten – er kannte anscheinend den genauen Stand unserer Ermittlungen. Sollten Sie vielleicht einen Verdächtigen begünstigt haben?«

Marais wurde rot und sagte: »Ich habe ihn keineswegs begünstigen wollen, Sir!«

»Ach nein? Er hat also nicht die Möglichkeit bekommen, irgendwelches dummes Zeug zu erfinden? In dem Wissen, dass wir etwas, das uns nur durch Hörensagen von einem Toten bekannt ist, nicht auf seinen Wahrheitsgehalt überprüfen können?«

»Ich dachte … es würde ihn dazu anregen, die Wahrheit zu sagen, Sir, ehrlich. Als ob wir schon Bescheid wüssten, aber nichts durchblicken ließen, damit wir feststellen könnten –«

»Marais! Sie haben sich überhaupt nichts dabei gedacht, oder?« Kramer hatte Zeit, sich eine Lucky anzuzünden, ehe das schmerzliche Eingeständnis kam: Marais hatte sich nichts dabei gedacht. »Spielt es denn wirklich eine Rolle, Sir?«

»Das fragen Sie noch?«

»Aber es ist doch nicht so, als hätte ich nichts gewusst. Ich hatte ja schon die ersten Aussagen, auch über sein Alibi, in meinem Notizbuch. Seine Mutter sagt, sie hätte sich sehr über ihn geärgert, weil er sie um 0.25 Uhr geweckt hätte, um ihr zu sagen, dass er einen lausigen Abend hinter sich hätte und früh aufbrechen wolle, um sich Freunden anzuschließen, die in die Berge gefahren seien.«

»Die Zeitangabe ist ja sehr präzise.«

»Ich habe alles hier notiert, Sir. Sie sagt, sie war so wütend, dass sie ihren Wecker vom Nachttisch genommen hätte, um zu sehen, wie viel Uhr es war. Sie nähme Schlaftabletten, sagt sie, und mag es nicht, wenn sie aufgeweckt wird.«

»Hm.«

»Dann sagte die Bantufrau Martha, sie sei in ihrem

kia wach geworden, als der junge Herr an ihre Tür geklopft hätte. Er wollte, dass sie ihm ein frühes Frühstück bereitet, und bat sie um ihre Uhr, damit er sie stellen und den Alarm für sechs Uhr einstellen konnte, und dann ist er wieder hineingegangen. Als sie ihre Tür schloss, sah sie im Licht des Hofes, dass es etwa eine Minute nach halb eins war. Sie ist um sechs aufgestanden, hat ihm um Viertel nach das Bad einlaufen lassen, um sieben das Frühstück serviert und ihn um 7.30 Uhr davonfahren sehen.«

»Haben sie denn keinen Koch?«

»Sie ist die Köchin, Sir; war vorher die Kinderfrau. Warum?«

»Um sechs ist sie bestimmt sowieso schon auf.«

»Sonntags stehen die Leute in vielen dieser Häuser erst auf, wenn die Johannesburger Zeitungen ankommen, sodass die Angestellten auch ihre Ruhe haben. Der alte Drache beispielsweise –«

»Wer?«

»Mrs Shirley, meine ich – sie schlief fest bis kurz vor Mittag. Sonntags isst sie kein Frühstück, sondern ›hält sich frei‹, wie sie es nennt, für ein Essen mit Freunden oder im Club.«

»Wo ist denn der Ehemann die ganze Zeit über?«

»Der Ex-Richter ist ins Umfolozi-Wildreservat gefahren.«

»Ex-was?«

»Berufungsrichter«, sagte Marais beflissen.

Kramer funkelte ihn an.

Er rang mit sich selbst, ob er den Trottel kräftig in den Arsch treten oder versuchen sollte, ihm etwas in seinen Dickschädel einzuhämmern. Doch die bessere Einsicht gewann gegen das größere Vergnügen.

»Sergeant, ziehen Sie sich Zondis Hocker her, und setzen Sie sich. Wir beide müssen uns ein wenig unterhalten. Ich möchte, dass Sie den Abschiedszettel erst mal vergessen. Wenn Shirley sauber ist, hat er keine Rolle gespielt; wenn nicht, kann es durchaus von Vorteil sein, anscheinend blöd zu sein, während der andere sich für klug hält.«

»Äh – danke, Sir.«

»Schon gut. Na los, setzen Sie sich. Sie scheinen beeindruckt zu sein von diesem Mann.«

»Er ist tatsächlich höflich und freundlich. Hört wirklich zu, wenn man redet.«

»Kennen Sie einen Kuli, der Sie nicht auf diese Art einzuseifen versucht?«

»Bitte?«, sagte Marais schockiert.

»Und dann der Teil, wo er nach Ihren Angaben zum *kia* der Köchin gegangen sein soll, um die Uhr zu stellen und dem Mädchen Anweisungen für den Morgen zu geben – warum hat er nicht nach ihr gerufen? Ist er ein Liberaler?«

»Ein Progressiver vielleicht – in seiner Position kann er nichts Verbotenes sein.«

»Ach, wir reden doch hier nicht über Politik! Sind wir vielleicht die Staatssicherheit? Ich habe Ihnen eine klare Frage gestellt. Ja oder nein!«

»Er behandelt das Mädchen – na ja, vielleicht ist er ein bisschen liberal; aber nicht unbedingt verdächtig.«

»Seit wann ist Liberalismus unverdächtig, solange nicht das Gegenteil bewiesen ist?«, fragte Kramer und verfehlte den Aschenbecher. »Neun von zehn Malen werden Sie feststellen, dass es sich um einen gebildeten Einfaltspinsel handelt, der es unter seinesgleichen nicht schafft und deshalb liberal tut, um an Frauen zu kommen, die zwangsläufig von seinem Interesse geschmeichelt sind. Ja?«

Marais nickte, dann sagte er mit einem hoffnungsvollen Lächeln: »So kann es nicht sein mit der Köchin, Sir. Sie ist wie ein verfluchter Briefkasten gebaut und alt genug, um –«

»Unsinn! Wir haben keine Zeit für Witze! Dies sind Ermittlungen in einem Mordfall! Wir suchen nach einem Motiv und all dem Mist. Können Sie mir jetzt folgen?«

»Verzeihung, Sir.«

»Und da Sie sich schon so unter die Gesellschaft gemischt haben – haben Sie irgendwelche jungen Damen kennengelernt, die diesen Shirley kannten?«

»Nur die eine. Die anderen hatten schon Feierabend. Sie sagte, für sie sei Shirley auch nicht gerade das Gelbe vom Ei; im Grunde zu katzenhaft, tut nur, was ihm gefällt. Sie sagte, sie hätte höchstens einmal in seine Richtung geschaut.«

»Interessant, dass er auf ein Date mit ihr gewartet hat, mit einer Unbekannten sozusagen.«

»Hat mich auch überrascht; er redet wie ein Frauenheld, dabei scheint er sie eher abzustoßen.«

»Und diese Eve – Sonja Bergstroom –, hatte sie nicht dunkle Haut?«

»Sie war – ja, gut gebräunt. Aber nach ihrem Ausweis –«

»Ist das zu hoch für Sie? Wir reden davon, wie sie auf ihn wirkte.«

Kramer sah zu, wie sich die Einsicht, die Marais dämmerte, rosarot vom Kragen aus verteilte. Der Mann war anscheinend doch kein so verdammter Idiot. Und unter den gegebenen Umständen war das auch schon etwas.

Dem Brauch entsprechend, war die Leiche des Metzgers in eine Ecke des Wohnzimmers gelegt und mit einem Tuch abgedeckt worden. Davor stand eine Untertasse auf dem Fußboden, schon recht gut gefüllt mit Geldspenden für die Familie und die Beerdigung.

Zondi, der nicht gerade aus Pietät gekommen war, legte dennoch eine Randnote hin wie alle Übrigen und trat zurück.

»Das nützt nun auch nichts mehr«, sagte die Witwe, deren Gesicht mit einem schwarzen Tuch verhüllt war, bitter.

Der weiße Priester aus England, der Zondi seine Aufenthaltserlaubnis für Peacevale gezeigt hatte, als ob ihn die gekümmert hätte, führte sie ins Nachbarzimmer, wo die Betten beiseitegeschoben worden waren, damit die Trauergäste Platz zum Stehen hatten. Viele Männer waren da, in der Mehrzahl kleine Händler mit Westen und schwarzen Armbinden, die alle den Hut an die Brust gedrückt hielten und in gedämpftem Ton miteinander sprachen.

Sie mieden Zondis direkten Blick, und er ärgerte sich – ob über sie oder über sich selbst, war ihm nicht ganz klar.

»Bleibt gesund, meine Brüder«, sagte er.

»Lass es dir gut gehen«, murmelten sie im Chor.

Hier war nicht der Ort, um Fragen zu stellen.

Draußen im Hof spielten Kinder im Licht der Straßenlaterne an der Ecke. Er blieb stehen, um ihnen zuzusehen.

»Such mich, such mich!«, schrien sie und rannten kreischend in dunkle Ecken, wobei sie in Blechzäune krachten, Eimer umstießen und Hühner aufscheuchten. Ihre gespielte Panik war ebenso lebendig wie ihre Fantasie.

Noch ein paar Jahre würde er nichts weiter als der Buhmann für sie sein, und mit dem gab es die allerbesten Nachtspiele.

Zondi knurrte und fuchtelte mit den Armen, sodass sie sich entzückt kreischend auf fünf und mehr Anwesen verteilten.

Dann stapfte er langsam über die glatte, abgetretene Böschung zum Tor, wo sein Wagen stand, und überlegte dabei, wohin er sich als Nächstes wenden sollte auf seiner Suche nach dem dritten Mann, dem, der aus dem Auto gekommen war, dem wahren Mörder. Denn das war es, was er aus dem Fußabdruck-Puzzle machte – und außerdem erschien Mpeta als Revolverheld nicht besonders überzeugend.

Er sah zwei Jugendliche, die durch das Fenster auf der Fahrerseite in seinen Wagen spähten, und wollte ihnen gerade einen gehörigen Schrecken einjagen und sie vertreiben, als er in dem größeren der beiden Jerry, den ältesten Sohn von Beebop Williams, erkannte. Den hatte er gesucht.

»Gefallen dir Autos?«, fragte Zondi.

»Sehr, Sergeant!«

»Wer ist denn das hier, Jerry?«

»Sein Vater ist der Tote da drin – er heißt Thomas.«

»Hast du auch im Geschäft deines Vaters gearbeitet?«

»Ich bin in der sechsten Klasse«, erwiderte Thomas stolz.

»Aber wir haben doch Schulferien, oder? Bist du dir jetzt zu fein für die Arbeit im Laden?«

»Er arbeitet für jemand anders im Kreditkaufhaus und macht die ganze Abrechnung für ihn.«

»Einmal habe ich bei meinem Vater gearbeitet«, fügte Thomas hinzu und malte Zahlen in den Staub auf dem

Kotflügel. »Aber er hat gesagt, ich sei kein weißes Kind, das kostenlos die Schule besuchen kann, und müsste mir schon das Schulgeld und das Geld für die Bücher verdienen; Fahrradfahren könnte auch ein dummer Junge für ihn. Ich muss jetzt gehen. Grüß deine Familie, Jerry, und danke, dass du morgen mitkommen willst.«

Er meinte die Beerdigung, und das schnürte ihm so die Kehle zu, dass er sich duckte und rasch davonrannte.

»Wenn du dich nicht genierst, weil die anderen denken könnten, du wärst verhaftet, kannst du mit mir mitfahren«, sagte Zondi zu Jerry, während er die Autotür aufschloss. »Ich komme an eurem Haus vorbei.«

Glucksend vor Vergnügen, ließ sich Jerry auf den Sitz gleiten, hüpfte auf und ab, um die Federung zu prüfen, und fingerte an jedem Knopf und jedem Hebel herum. Er zog an einem Stahlring unter dem Armaturenbrett und war völlig verblüfft, dass er fest angeschweißt war.

»Für Handschellen«, erklärte ihm Zondi und fuhr ganz langsam los für den Fall, dass junge Autofans in ihrer Begeisterung das Fahrgestell von unten begutachteten.

Die holperige Straße, im Lauf der letzten Regenfälle durch Busspuren zerfurcht, zwang ihn, auch langsam weiterzufahren. Sorgfältig wurde der rechte Augenblick gewählt.

»Sag doch mal, Jerry, wo warst du eigentlich, als Yankee Boy zu deinem Vater kam?«, fragte er, während er drei Draufgängern, die bis zum Bauchnabel hoch nackt waren, auswich und so tat, als hätte er von Jerrys Dresche nichts mitbekommen. »Ich nehme mal an, bei den Mädchen drüben vom Modehaus. Oder bei den anderen, die Wäsche waschen am Fluss?«

»Hau!«, keuchte der Jugendliche.

»Welche?«

»Die vom Modehaus.«

»Soll ich obenrum fahren?«

»O ja, bitte, das wäre toll!«

»Und als du zurückkamst: Erinnerst du dich, was du da gesehen hast?«

Jerry ließ einen Arm über die Rückenlehne herunterbaumeln, legte die Beine übereinander, stemmte einen Fuß gegen das Armaturenbrett und fing an, zwischen den Zähnen zu pfeifen.

»Er kann sich nicht erinnern«, zankte Zondi leise, der einen Traum nicht verscheuchen wollte. »Er, der so smart und clever aussieht, als wäre ich sein Chauffeur und er Dr. Pentecost!«

Sein Fahrgast gluckste wieder amüsiert. »Als mich dieser Sithole vernimmt, sagt er, ich habe einen sehr klaren Blick für die Dinge, rede aber zu viel.«

»Du machst Ausflüchte. In Wahrheit ist dein Gedächtnis einfach sehr, sehr schlecht.«

»Ha!«

»Welche Farbe hatte das Auto?«

»Rot, Sergeant. Ich erinnere mich, dass es dort hielt, weil ich dachte, es gäbe Ärger, wenn sie den Laden meines Vaters beträten und er von mir verlangen würde, eine 78er-Platte zu finden – der Wagen sah nicht sehr fein aus, wissen Sie? Dann kommt dieser Blödmann von nebenan, der Thomas vertritt, er kommt auf seinem Fahrrad an und sagt, mein Vater würde hinten nach mir rufen.«

»Und?«

Zondi reichte ihm eine von zwei Zigaretten, die er sich gerade in den Mund gesteckt und angezündet hatte, und Jerry lehnte sich zurück, zog schnell hintereinander daran und schloss die Augen.

»Ich überquere die Straße und sehe einen Mann in dem Auto, und dann gehe ich seitwärts, damit mein Vater mich nicht sieht. Zwei alte Frauen schwatzen da drüben miteinander, und auf der anderen Seite ist ein alter Mann mit einem Eselskarren. Der Bus ist eben durch und hat die Leute an der Haltestelle mitgenommen, und eine Frau mit Baby auf dem Rücken ist da und packt ihren Koffer, weil er aufgegangen ist, als er vom Dach des Busses runtergeworfen wurde.«

»Hm. Dein Gedächtnis ist am Ende doch nicht so hervorragend.«

»Lassen Sie mich erst zu Ende berichten«, sagte Jerry beleidigt und machte es sich wieder bequem. »Ich bin also auf der Straße. Dann gehe ich sehr vorsichtig den Pfad entlang, denn vielleicht hält mein Vater ja wieder Ausschau nach mir. Ich laufe auf allen vieren wie ein Hund durch das Unkraut, um das Autowrack herum. Ich spähe hinüber. *Hau!* Ich sehe etwas Weißes blitzen und weiß, dass es das Hemd meines Vaters ist. Aber beim nächsten Blick sehe ich, dass es nur einer von diesen Männern aus dem Krankenhaus ist, die hinausgeworfen werden, wenn die Ärzte mit ihnen fertig sind. Er durchwühlt die Mülltonne nach etwas Essbarem, und ich verstecke mich für den Fall, dass mein Vater herauskommt, um ihn wegzuscheuchen. Als er woandershin weitersuchen gegangen ist, laufe ich wieder wie ein Hund direkt bis zur Tür, packe den Knauf und drehe ihn so leise, dass es niemand hören kann, und dann gehe ich hinein. Yankee Boy Msomi ist da, ich begrüße ihn, und wir unterhalten uns ein bisschen. Er ist ein sehr guter Freund von mir.«

Zondi fuhr auf die Schnellstraße mit Mittelstreifen und gab Gas. Er trieb die Tachonadel auf die erlaubte

Höchstgeschwindigkeit und darüber und kurbelte das Fenster herunter, um den vollen Luftstrom ins Auto zu bekommen. Jerrys Arm schwang von der Sitzlehne wieder nach vorn, er packte den Griff am Armaturenbrett, presste die Stirn gegen die Windschutzscheibe und begann, mit der Zunge zu schnalzen, damit es noch schneller ging.

Erst einen halben Kilometer weiter merkte er, dass sie schon an seiner Abfahrt vorbei waren.

»Fahren wir noch woandershin?«, schrie er hoffnungsvoll.

»Wenn du keine Angst hast.«

»Ich? Ich bin doch ein Mann!«

Jemand anders fuhr ihn vom Leichenschauhaus wieder nach Hause, sehr kleinlaut, aber um eine Erfahrung reicher.

Marais war immer noch dabei, sein Vorgehen zu rechtfertigen, als Kramer Zondis Hupen von der Straße her hörte und mit Marais das Gebäude verließ.

»Hören Sie, Mann – morgen fangen wir als Erstes noch mal von vorn an«, sagte Kramer. »Ich werde von dem Burschen da drüben abgeholt.«

»Alles Gute«, sagte Marais und blieb stehen, um seine Fahrradklammern anzulegen.

Kramer wusste genau, wen Zondi meinte. »Hm. Es gibt nicht allzu viele davon, aber ich kenne welche«, sagte er, als sie sich auf den Heimweg machten, sie waren beide hundemüde. »Jungs von den Reservaten und Entlassene aus den Krankenhäusern, die keine Kohle haben, um nach Hause zurückzukehren. Leben von Almosen und wühlen in Abfalltonnen herum, bis die Polizei sie wegen Landstreicherei aufgreift und ihnen eine Strafe aufbrummt.«

»Genau die. Viele haben keine Schuhe an, wenn sie kommen, und viele haben keine Schuhe an, wenn sie gehen – sie verkaufen sie, um sich im Krankenhaus Süßigkeiten und kalte Getränke zu kaufen, und dann gibt es da auch noch die schwarzen Miststücke von Krankenschwestern, bei denen Männer für die Toilette bezahlen müssen.«

»Ist ja toll.«

»Und wo sieht man diese Leute am häufigsten, Boss? Hinter den Geschäften, wo der Abfall ist. Betrachtet sie irgendjemand genau? Nein, niemand sieht gern näher hin. Man schämt sich vielleicht, kann aber nicht für alle Welt aufkommen. Was sagen Sie bloß, wenn ich Ihnen jetzt erzähle, dass ein junger Mann heute Abend Mpeta als einen solchen Müllmann identifiziert hat, der sich hinter der Metzgerei zu schaffen gemacht hat?«

»Mannomann!«

»Warten Sie, es kommt noch dicker. Um es zweifelsfrei zu überprüfen, bin ich zuerst zum Lagerkommandanten gegangen, aber er sagt, sie hätten keinen Gefangenen in letzter Zeit gehabt, auf den die Beschreibung hinsichtlich der Größe und so weiter passt. Ich glaube, man kümmert sich heutzutage kaum noch um diese Leute. Um wirklich sicherzugehen, habe ich noch ein Drittes getan und drei Leute an den anderen Tatorten aufgesucht, die sich jetzt auch an einen solchen Mann erinnern, der dicke Bandagen an den Armen hatte und den sie nicht wiedergesehen haben. Einer hat gesagt, er hätte keine Hunde bemerkt, was also die seltsame Frage sollte.«

Zondi unterdrückte ein Gähnen und kniff die Augen kurz zu, um wieder klar sehen zu können. Die Teerstraße vorn wurde breiter, gabelte sich, verengte sich wieder, lief durch die Tore der Township und endete hinter dem Büro des Direktors jäh im Rattern und Holpern der schlaglochübersäten Piste. Dann hörten auch die Bäume auf; es gab nur noch endlose Reihen von winzigen Monopoly-Häusern, zwischen denen die Wege verliefen. Kramer ertappte sich dabei, wie er immer noch jede vorbeisausende Häuserreihe sorgfältig zählte.

Eine Tür öffnete und schloss sich schnell auf der anderen Wegseite, als sie vor 2137 anhielten.

»Sechzehn wohnen da«, sagte Zondi lächelnd. »Sie glauben jetzt, der alte Mr Tchor-tchor würde ihnen einen Besuch abstatten.«

Kramer zuckte bei diesem sinnträchtigen Namen für den betriebsamen Direktor zusammen und murmelte: »Also, was denkst du?«

»Genau das, Boss – ein Beobachtungsposten. Diese Läden sind keine weißen Geschäfte mit Vorhängeschlössern hinten, sondern Kinder sind drinnen und draußen, die Jungen vergessen, die Türen zu schließen, und die Männer stehen in der Tür, um ein wenig Sonne abzubekommen. Es besteht also bei einem Überfall das Risiko, dass jemand durch den Hintereingang hereinkommt und einen sieht. Aber wenn man einen Wachposten dort aufstellt, der die anbettelt, die hineinwollen, ist man sicher. Der Mann kann unauffällig wieder weglaufen.«

»Ha! Unausgegoren, Mann.«

»Vielleicht, Boss, aber Blut ist die Hefe.«

Kerzenlicht strahlte warm im Fenster von 2137 auf, und Zondi legte unwillkürlich die Hand auf die Türklinke. Sein Magen knurrte. »Verfluchter Kannibale«, sagte Kramer.

Und fuhr mit dem befriedigenden Gefühl ab, dass die

ganze Sache am Morgen noch einmal zurechtgerückt werden konnte – wenn nötig, zusammen mit ein paar Schicksalen. Erschöpfung löst eine ganz eigene Euphorie aus.

12

Das Donnerstagskind bedeutete gegenüber der übrigen Woche eine erhebliche Verbesserung. Piet war draußen und schoss mit seinem neuen Luftgewehr, noch ehe die Sonne richtig hochkam.

»Hör dir das einmal an«, sagte die Witwe Fourie, als Kramer mit dem Kaffee hereinkam und sich auf die Bettkante setzte.

Wieder zersplitterte eine an einer Schnur pendelnde Flasche in der alten Scheune.

»Wie war er denn letzte Nacht?«, erkundigte sich Kramer, den nichts hätte aufwecken können.

»Hat viel mehr geschlafen, aber trotzdem anfangs ab und zu einen schlechten Traum gehabt. Ich wünschte, du würdest dir das mal anhören und mir dann deine Meinung sagen.«

Kramer tat so, als wollte er das Zimmer gleich wieder verlassen, und sie warf ein Kissen nach ihm.

»Dann schieß mal los«, sagte er und streckte sich, schon vollständig angekleidet, neben ihr aus.

Eine Gottesanbeterin auf der Fensterbank wechselte von der einen Seite zur anderen.

»Na ja, es steht alles in diesen Büchern.«

»Hm.«

»Weißt du, je mehr ich darin lese, umso mehr kriege ich den Eindruck, dass Piet am Ödipus leidet.«

»Hoho!«

»So warte doch. Doktoren haben ja nicht immer recht!«

»Schon gut, schon gut. Du hast den ganzen Morgen bis acht Uhr.«

Die Witwe Fourie stopfte sich das Kissen hinter den Kopf und sah zu der hohen, altmodischen Zimmerdecke mit ihren Stuckverzierungen wie auf einer Hochzeitstorte empor und versuchte, die richtigen Worte zu finden. »Es ist etwa so: Piet war genau in dem bewussten Alter, als es passierte – verstehst du?«

»Hm.«

»Das wird in den Büchern die ›Fixierung durch ein traumatisches Ereignis‹ genannt. Es braucht nur ein schmerzlicher Verlust einzutreten. In dem Alter war es nur natürlich, dass Piet eifersüchtig wurde auf – na, du weißt schon.«

»Seinen Pa.«

»Ja, und es war auch ganz natürlich, dass er Pa loswerden wollte und ihm den Tod gewünscht hat und so.«

»Hm.«

»Du hast von alledem noch nichts gehört, weil es ein neuer Teil ist, den ich in *Adams Rippe* gefunden habe. Darin heißt es, dass dem Kind klar wird, dass es Ärger gibt, wenn sein Vater herausfindet, was es fühlt. Dass der Vater den Sohn bestrafen wird – was leicht ist, da er viel größer ist. Das Kind vermischt zwei Sachen miteinander, nämlich seine Schwärmerei für seine Mom und seine Angst davor, dass ihm sein Vater sein – na, du weißt schon, was – abschneidet.«

»*Tondo?*«

»Herrgott noch mal, diese Worte bringt dir Mickey bei!«

»Recht so, schieb nur alle Schuld auf einen armen Kaffer«, sagte er und gab ihr einen Stupser.

»Tromp, jetzt mal im Ernst, Mann, hör mir bitte zu. Nach dem klassischen Beispiel versucht das Kind also, besonders nett zu seinem Pa zu sein, um irgendwie wettzumachen, dass es ihm eigentlich den Tod an den Hals wünscht. Sie schreiben, das würde sich bei einem normalen Jungen darin äußern, dass er auf einer späteren Entwicklungsstufe dazu übergeht, seinen Vater anzubeten.«

»Wenn er also an diesem Punkt stecken bleibt, kommt es zu der Fehlhaltung, dass er seinen Pa mag, obwohl er ihn in Wirklichkeit lieber –«

»He! Wir reden von Piet, das ist folglich völlig daneben.«

»Piet«, bestätigte Kramer.

»Und weißt du, was ich glaube, was mit ihm los ist? Er hält sich für einen Mörder!«

Die Kaffeespritzer verteilten sich heiß auf Kramers Hemd, als er sich bolzengerade aufsetzte. »Was für ein verfluchter Unsinn!«

»Und deshalb hast du den Einfluss auf ihn, von dem die Doktoren immer reden. Sie verstehen es nicht, aber ich. Piet weiß, welche Leute du fasst – und was in Pretoria mit ihnen geschieht.«

»Du meinst …?« Kramer stand auf, zog das befleckte Hemd aus und ersetzte es durch ein frisches aus seinem Koffer im Kleiderschrank. Dann ging er auf sie los.

»Jetzt hör du mir mal zu«, sagte er. »Ich habe die Bücher gelesen und auch das, was da über Psychopathen gesagt wird. Ich will vorerst all diesen Quatsch gelten lassen, nur um dir klarzumachen, dass sie schreiben, die wichtigen Jahre seien die bis fünf. Ist in den Jahren etwas bei Piet versäumt worden? Hast du ihn nicht immer bei dir gehabt? Hast du ihn nicht liebkost und ihn Gefühle und all das gelehrt? Du hast mir erzählt, du hättest erst ein Hausmädchen eingestellt, als du nach dem Tod deines Mannes arbeiten musstest. Bis dahin hat Piet –«

Die Witwe Fourie starrte ihn mit offenem Mund an.

»Oder was meinst du?«, fragte er, kam herüber und nahm ihr die leere Tasse ab.

»Ich habe nie gesagt, mein Piet wäre ein Psychopath!«

»Ach, das ist doch ein und dasselbe! Ödipus und frühkind–«

»Nur bei einem Psychopathen, du Blödmann! Hör doch richtig zu!«

»Na schön«, sagte Kramer und stellte die Tasse mit einem Knall auf ihren Frisiertisch. »Piet hält sich also für einen Mörder. Wen hat er denn umgebracht?«

»Seinen – seinen eigenen Vater.«

»*Yirra!*«

»Sieh es doch mal von seiner Warte aus! Er ist klein, und er wünscht sich, sein Pa wäre tot, damit er mich für sich allein hat – und was passiert? Sein Pa stirbt! Was soll ein Kind anderes denken? Weißt du nicht, dass sie in einer Zauberwelt leben? Dass sie Freunde haben können, die nur in ihrer Einbildung bestehen? Sonderbare Ängste? Warum soll er dann nicht nachts denken, die Vorhänge bewegten sich, weil der Geist von seinem Pa zurückkehrt, um …«

Kramer knöpfte sich langsam sein Hemd zu, dann die Manschetten, und schließlich knotete er seinen Schlips.

»Du hast recht – es waren Gespenster, vor denen Piet in der einen Nacht solche Angst hatte, als ich in sein Zimmer kam«, gab er zu und fügte mit einem schiefen Lächeln hinzu: »Darum habe ich ihm das Gewehr besorgt, damit er sie erschießen kann.«

Der Colonel brütete über der Titelseite der *Gazette* mit der breiten Schlagzeile SCHLANGEN UND OTTERN, unter der zu lesen stand: »Schlangen töten 35 000 Menschen jährlich – ein Opfer fand auf tragische Weise diese Woche in Trekkersburg den Tod. Doch die Giftzähne entsprechen keineswegs immer ihrem Ruf, schreibt K. Madison, unser Wissenschaftsredakteur.«

Dann kam das übliche Geflüster, gefolgt vom lauten Klopfen und munteren Grüßen, mit dem die Pressekonferenz jeden Morgen um 8.30 Uhr begann.

Er teilte ihnen mit, dass zwei Bantu, die an dem brutalen Überfall auf das Café Munchausen beteiligt gewesen waren, auf ihrer Flucht durch einen Unfall ums Leben gekommen waren und dass sowohl das Geld als auch die Schusswaffe gefunden worden seien. Es folgten die Einzelheiten zweier Einbrüche, bei denen es jeweils um Eigentum im Wert von etwa zweihundert Rand ging, und abschließend gab er die Zahl der Toten bei einem Bandenkrieg am vergangenen Wochenende in Tugela Valley bekannt – zweiundvierzig auf der einen, achtunddreißig auf der anderen Seite; außerdem waren insgesamt neunzig Hütten niedergebrannt.

»Das wärs, Colonel Muller?«, fragte ein besonders Tüchtiger, stopfte sein Notizbuch weg und ging auf die Tür zu.

»Das wärs«, bestätigte Muller, »aber ich möchte die Herren von der *Gazette* bitten, noch einen Augenblick hierzubleiben. Ich wüsste gern, wer dieser Madison ist.«

»Ich«, sagte einer von ihnen.

»Aber Sie sind doch Mr Keith, oder nicht?«

Die anderen Reporter sahen sich an und flohen aus dem Zimmer, und ihr Gelächter hallte laut im Korridor wider.

»Äh – Keith Madison, Sir. Anscheinend hat es ein Missverständnis gegeben, als ich mich vorgestellt habe.«

»Aha. Also Sie sind zuständig für Wissenschaft und Verbrechen?«

»Und Film und Landwirtschaft.«

»Jaja«, sagte der Colonel. »Und nun sagen Sie mir doch bitte mal, worauf Sie in Ihrem Artikel hinauswollen.«

»In welcher Beziehung?«

»Wieso sind die Dinge oft anders als ihr Ruf?«

»Ah – Ansichtssache. Zum Beispiel habe ich festgestellt, wie Sie dort nachlesen können, dass nur hier im Westen, wo wir übergenug Fleisch haben, kaum Schlange gegessen wird. Für Millionen Menschen, besonders in Asien, Südamerika, Afrika und Indien, sind sie ein Eiweißlieferant.«

»Tatsächlich? Und Sie finden das nicht ein wenig geschmacklos?« Der Reporter wieherte und sagte: »Oh, verdammt witzig, Sir!«

»Bitte?«

»Ich – wir wollen im Grunde auf gar nichts hinaus. Nehmen uns nur eines Themas an, das gerade in ist. Die ganze Stadt ist vom Schlangenfieber befallen – der Tod des Mädchens hat wirklich was in Gang gesetzt. Die Umweltschützer fürchten schon, dass durch das Schlangentöten überall das Gleichgewicht der –«

»Offen gestanden, Mr Madison, ich bin nicht gerade glücklich über die Richtung, in die diese Sache läuft. Haben Sie auch die Leserbriefe geschrieben? Von den sogenannten Experten, die sich darüber auslassen, dass der Tod auch so verursacht worden sein könnte, wie in der Dienstagsausgabe stand?«

»Nein, nein, die sind echt. *Python regius* besitzt gar nicht die –«

»Ach was!«

»Na gut, Colonel, Sie machen keine Umschweife, da will ich auch keine machen«, sagte der Reporter in der herausfordernden Art eines Mannes, der seine Stunde gekommen sieht. »Es werden eine Menge Fragen gestellt. Zuerst hat Eve einen tödlichen Unfall. Als Nächstes stirbt Stevenson durch seine eigene Hand in Polizeigewahrsam. Dann nehmen Ihre Leute intensive Ermittlungen auf – und doch geben Sie keinerlei Erklärung zu einem dieser Todesfälle ab. Das sind vier Sachen, die sich nicht zusammenreimen!«

»Und?«

Die Luft war raus, und der Reporter trollte sich, wohl wissend, dass er nur ein Recht auf Informationen über Feuersbrünste oder Verkehrsunfälle hatte.

Der Colonel jedoch drang auf der internen Leitung zu Kramer durch und sagte: »Tromp, welche Theorien Sie auch bezüglich der Peacevale-Gang hegen mögen, dieses Team ist ja inzwischen geplatzt, und deshalb lassen wir die Sache vorerst auf sich beruhen, bis die Akte Bergstroom geschlossen ist. Ich will nichts anderes mehr hören – ist das klar? Ich möchte, dass Sie von heute an all Ihre Männer einsetzen und die Ermittlungen leiten, bis eine Verhaftung erfolgt ist oder ich mir sagen kann, dass wir alles in unserer Macht Stehende getan haben.«

Damit knallte er den Hörer auf die Gabel und nahm sich die Eingänge vor. Kramers merkwürdige Indifferenz dem Mädchen und seine Besessenheit der Gang gegenüber verblüfften ihn – obwohl er einmal, wenn auch nur eine Sekunde lang, etwas gespürt hatte, auf das er den Finger nicht legen konnte.

»Tut mir leid, Boss, keine Löffel«, sagte Zondi, als er mit einem Tablett hereinkam und Kramer, Marais und Wessels ihren Tee brachte, bevor er sich mit seiner Blechtasse, die durch fünf Portionen Zucker randvoll war, in die Ecke zurückzog.

Marais räusperte sich laut.

»Nein, Zondi sollte auch etwas hiervon mitbekommen«, sagte Kramer und nahm einen Schluck, »denn ich glaube, er kann uns die Entscheidung erleichtern, ob Shirley gestrichen und diese Liste abgehakt werden kann. Bis dahin hat es keinen Zweck, irgendeine andere Spur zu verfolgen.«

»Wie erleichtern?«, wollte Marais wissen.

»Hausangestellte können mehr über eine Familie erzählen als deren Arzt, Rechtsanwalt und Engelmacher zusammen.«

»Hm.«

»Würden Sie bitte Constable Wessels eine Zusammenfassung geben?«

Marais gab kurz Mrs Shirleys Aussage wieder.

»Sie haben nur die Aussage einer Mutter, Sergeant, Sir?«, fragte Zondi.

»Stell dich nicht blöd an«, sagte Marais. »Das meint dein Boss. Auch das Mädchen sagt, sie wäre auf fünf Minuten genau zur genannten Zeit geweckt worden. Würde sie uns etwas vorlügen?«

Zondi zuckte die Achseln.

»Ich glaube einfach nur, dass Mickey auch nicht weit kommt mit dieser Martha, Sir. Das ist eine von den Treuen, wenn Sie mich fragen, sitzt voll mit dem Hintern in der Butter. Mrs Shirley hat mir erzählt, dass sie in der Familie ist, seit ihr einziger Sprössling fünf Jahre alt war und sie schon etliche Kinderfrauen verbraucht hatten. Und hinterher haben sie sie zur Köchin gemacht, damit sie bleiben konnte.«

»Und, Zondi?«, drängte Kramer und nahm den von Wessels angebotenen nassen Bleistift zum Rühren.

»Wenn ihr Leben wirklich ein Honigschlecken wäre, würde sie vielleicht lügen – aber es dürfte schwierig sein, einem Hausmädchen zu erklären, warum sie das tun sollte. Außerdem haben Schwarze mehr Angst vor der Polizei.«

»Spricht in meinen Ohren dafür, es so zu machen, wie Sergeant Marais vorschlägt, und seine Zeugenaussagen zu akzeptieren.«

»Sicher, Constable, aber Sergeant Marais und ich haben diese Woche schon selbst eine Lektion lernen müssen, wie es mit den Aussagen von Weibervolk gehen kann – nicht wahr?«

»Teufel auch, jetzt verstehe ich, warum Sie noch zweifeln!«, rief Marais.

Komischerweise war dies auch der Augenblick, in dem Kramer die Erleuchtung kam. Bisher hatte er, abgelenkt von all den Morden und Überfällen, dieser Lagebesprechung nur zugehört und abgewartet, dass sich irgendeine Taktik von selbst ergab. Zugleich aber, und das war noch merkwürdiger, überwogen jetzt starke Zweifel.

»Augenblick mal«, sagte er und trat auf den Balkon zum Hof hinaus, um Rückzug und Angriff gegeneinander abzuwägen.

Die Frau eines ehemaligen Richters war absolut nicht mit der eines schäbigen Nachtclubbesitzers zu vergleichen. Damit war jedoch nicht gesagt, dass sie nicht zum Schutz ihres Sohnes lügen würde. Eines Sohnes, der eigens in Zusammenhang mit dem Tod des Verstorbenen erwähnt worden war. Eines Einzelkindes, das kein Alibi hatte außer dem, das ihm seine Mutter mit verdächtiger Genauigkeit beschaffte – unterstützt von einer Hausangestellten, die beeinflussbar war. Und eine Grundbedingung aller Routineermittlungen lautete, jedem Verdacht nachzugehen.

So einfach.

Er wartete. Aber es wollte sich kein Gefühl einfinden; alles blieb ausdruckslos in seinem Kopf wie Schachfiguren, die durcheinandergewürfelt in ihrem Kasten lagen, bevor sie auf dem Schachbrett aufgestellt wurden.

»Ach, ich wills einfach nicht wissen«, murmelte Kramer in sich hinein und merkte, dass das der Wahrheit entsprach.

Dann fiel ihm der Knopf ein.

»Aber Lieutenant«, protestierte Marais eine halbe Minute später, »sollten wir nicht erst die diversen Beziehungen durchgehen? Sie wollen, dass ich mich beim jetzigen Stand der Dinge um das Hemd kümmere? Wenn sie allein zu Hause ist?«

»Reine Routine, um einen Verdacht auszuschließen«, sagte Kramer und legte die Füße auf den Schreibtisch. »Eine hübsche kleine harte Tatsache, mit der man herumspielen kann.«

»Na schön.«

»Tun Sie beides. Zondi, du gehst und holst den Knopf aus dem Safe, während Sergeant Marais sein Auto holt. Und Sie, Wessels, sind ja der Undercover-Spezialist; Sie decken irgendetwas auf.«

»Und was, Sir?«

»Die Hintergründe. Also los, halten wir uns nicht länger mit den Vorreden auf.«

Und als sich das Büro geleert hatte, kam er zu dem

Schluss, dass die Peacevale-Sache wie das Spiel mit den drei Kronkorken und dem Kieselsteinchen war, nur dass man raten musste, worunter die Kanone war.

Martha öffnete die Eingangstür, als Marais zaghaft mit dem Messingklopfer pochte.

»Ist deine Missus da?«

»Sie hat sich hingelegt, Master; ich glaube, sie schläft. Wünschen Sie, dass ich sie störe?«

»Einen Augenb–, sie schläft, sagst du?«

Martha nickte.

»Meinst du, sie hätte etwas dagegen, wenn ich hereinkäme und etwas nachschaute? Nur ganz schnell?«

Das Mädchen schaute sehr zweifelnd drein, als ein Knarren und dann ein lauter Bums aus dem Zimmer über der Eingangshalle zu hören war. Marais schob die Hand in seine Tasche, um sich durch den Knopf in der Plastikverpackung ein Gefühl der Sicherheit zu geben, als wärs eine Hasenpfote.

Er war weg.

»Die Missus kommt«, sagte Martha.

»Sieh doch mal, ob mein Boy dahinten ist, ja?«

»Dort ist ein Mann.«

»Dann geh schnell hin, und bitte ihn, dir den Knopf zu geben – los, los. Und bring ihn her, *che-che*.«

»Oh, Sie schnüffeln wieder herum, wie ich sehe«, sagte Mrs Shirley von der Treppe aus. »Und wo willst du hin, Martha? Du bist doch noch nicht mit dem Staubwischen fertig, oder?«

Der Ton, in dem sie mit dem Hausmädchen sprach, zerstreute sofort jeden Gedanken an ein liberales Verhältnis zwischen ihnen.

»Also, Mrs Shirley –«

»Martha!«

»Er hat einen Mann dahinten, von dem ich ihm einen Knopf holen soll, Madam.«

»Einen Mann dahinten?«

»Nur mein Boy«, erklärte Marais hastig. »Er hatte Durst, und da habe ich ihn zur Küche geschickt, damit er sich einen Schluck Wasser holt.«

Martha zog die Brauen etwas hoch, sagte aber nichts, um ihn nicht noch mehr zu kompromittieren.

»Steh nicht dumm herum, Mädchen!«

Während Martha mit ihrem Federwisch nach oben ging, trat Mrs Shirley, mehr Hexe als Drache in ihrem schwarzen Hausmantel, lautlos die letzte Treppenstufe herunter.

»Das Mädchen ist nicht dazu da, nach Ihrer Pfeife zu tanzen!«

»Verzeihung. Ist sie die einzige –«, begann Marais und erstarrte, als ihm bewusst wurde, wie töricht seine unterwürfige Art war.

»So eine Unverschämtheit! Sie sind keine fünf Minuten in diesem Haus, und schon versuchen Sie, mich auszufragen!«

»Nein, bestimmt nicht, gnä' Frau, ich wollte nichts von Ihnen, wirklich nicht!«

»Wenn mein Gatte, Richter Shirley, seinen Jahresurlaub nimmt und keine Gäste bewirtet werden müssen, macht auch das Personal Ferien. Martha ist sehr gut in der Lage, meinen und Peters Bedürfnissen nachzukommen – aber sicher nicht denen der gesamten südafrikanischen Polizei. Habe ich mich klar ausgedrückt?«

»Jawohl, gnä' Frau, verzeihen Sie, bitte?«

»Und es ist vollkommen lächerlich, um diese Zeit einen Besuch zu machen. Mein Sohn ist kaum mittags zu Hause anzutreffen.«

»Das macht nichts. Ich bin nur gekommen, um etwas nachzuschauen.«

»Ach ja?«

»Der Lieutenant schickt mich. Sie können ihn anrufen, wenn Sie wollen.«

Mrs Shirley überlegte sich das einen Augenblick. »Nun? Was wollen Sie nachschauen?«

»Reine Routine – die Hemden –, wir werden es bei jedem so halten.«

»Zeigen Sie mir den Durchsuchungsbefehl.« Sie stellte sich mitten vor die Treppe.Er hatte so etwas schon in Western gesehen und fühlte sich plötzlich größer und sicherer. »Durchsuchungsbefehle, Madam, werden nur von einem Richter ausgestellt, wenn positives Beweismaterial vorliegt oder wir aus Gründen, die verdächtig erscheinen, an der Ausübung unserer normalen Ermittlungsarbeit gehindert werden.«

Oder so ähnlich; aber es wirkte. Er konnte förmlich sehen, dass ihr das einen Dämpfer versetzt hatte.

»Was für Hemden? Sicher nicht alle!«

»Nein, Smokinghemden.«

»Frackhemden meinen Sie, wie ich annehme?«

»Genau. Darf ich mal –«

»Sie, junger Mann, gehen in diesem Haus keinen Schritt weiter. Ich bin durchaus in der Lage, sie Ihnen zu bringen.« Damit fegte sie lautlos die Treppe hinauf.

Zurück blieb ein roter, verwirrter Marais, dem das Herz sank und dann noch tiefer in die Hose rutschte, als er beide Hände in die Taschen steckte und spürte, wie sich die linke um den Knopf schloss.

»Oh, *yirra*«, sagte er, und ihm wurde klar, dass Zondi ihn pflichtschuldigst in seine Jacke gesteckt haben musste, als diese im Auto zusammengefaltet auf dem Sitz neben ihm lag – und dass alle Hoffnung, dem Mistkerl die Schuld an seinem Schnitzer in die Schuhe zu schieben, damit geschwunden war.

Was ihm den nötigen Antrieb gab, hinter Shirleys Mutter herzujagen und sicherzustellen, dass sie keinen Unfug machte.

Zondi und der Hund betrachteten einander mit einer Mischung aus tiefem Abscheu und einigem Respekt.

So, Auge in Auge und Wassernapf neben Plastiktasse, saßen sie nun schon da, seit Mrs Shirley erschienen war, um sich zu vergewissern, dass sie beide im Hof blieben. Sie hatte Zondi wortlos das Wasser gereicht und war wieder verschwunden. Ein seltsamer Ort.

Dann gesellte sich Martha Mabile aufs Neue zu ihm.

»*Pooma!*«, sagte sie zu dem Hund, der daraufhin wegschlich und sich unter einen Passionsblumenstrauch legte, der den Hof von der Garage trennte.

»So ist das Leben«, sagte Zondi, der bei ihr alle Zeichen einer frommen Kirchgängerin sah.

»Ist der junge Master in großen Schwierigkeiten?«, fragte sie.

»Meinst du etwa, dass sie mir etwas sagen?«, erwiderte Zondi mit verdrießlichem Lachen. »Ha! Ich bin der Fahrer von dem Sergeant, sonst nichts. Vielleicht hat er etwas gestohlen.«

»Sprich nicht so von meinem jungen Herrn! Wer bist du denn schon? Ein fauler Esel, der andere auf seinem Rücken trägt. Ich bin bei dem Master, seit er so groß war, ein kleiner Junge, und er ist ein freundlicher Mann.«

»Wie heißt er denn?«

»Master Peter. Aber er ist nun schon lange Jahre der junge Herr.«

Zondi musste wieder lachen, diesmal über die gesellschaftliche Konvention, nach der Kinderfrauen ein Kind nicht mehr beim Namen nennen durften, sobald ein Junge aus ihm geworden war, der nicht mehr herumkommandiert werden sollte.

Martha wurde zutraulicher und reichte ihm eine halbe Orange.

»*Hau, hau, hau,* aber er war ein echter *skabenga,* als er klein war. Ich bin heilfroh, dass er jetzt erwachsen ist. Er nahm seine Schrotflinte oder Schleuder und schoss, schoss überall. Er kletterte auf die Bäume, fiel hinunter und verletzte sich, er hatte immer Hunger und machte viel Arbeit und Ärger. Und er war grausam zu anderen Kindern, die zum Spielen hierherkamen, und ich musste ihn tüchtig verhauen!«

»Die Madam hat dir erlaubt, ihn zu schlagen?«

»Schscht! Sie würde in die Luft gehen, wenn sie wüsste, dass ich Hand an ihn gelegt habe! Weißt du, wie ich es gemacht habe? Ich habe ihn auf die Fußsohlen geschlagen, damit sie keine Spuren sieht.«

Zondi lobte ihre List mit lautem Gelächter. »Hat er denn seiner Mutter nie davon erzählt?«

»Natürlich, oft. Aber ich habe immer gesagt: ›Ich, Madam? Wollen Sie mich entlassen?‹ Und dann sagte sie: ›Das ist doch wieder geflunkert, Peter – mach, dass du wegkommst!‹ Flunkern ist ihr Wort für Lügen.«

»Und dieses Kind ist jetzt tatsächlich ein guter Mensch?«

Martha kicherte und spuckte einen Kern aus. »Er ist immer mit jungen Frauen zusammen«, sagte sie. »Jetzt herrscht Frieden.«

Dann rief Marais von der Einfahrt her: »Mickey! Los, Mann, wo zum Teufel steckst du?«

»Du solltest ihm Schläge auf die Fußsohlen geben«, vertraute ihm Martha flüsternd an.

Die Aktennotiz lag auf der Schreibunterlage des Colonels, von der Spitze seines Brieföffners festgenagelt wie ein giftiger Plattfisch.

»Der Brigadekommandeur hat sich sogar die Mühe gemacht, es schriftlich abzufassen, Kramer.«

»Ach ja?«

»Ich dachte, ein freundlicher Anruf am Morgen würde genügen, um bei Ihnen ein persönliches Interesse für den Fall zu wecken.«

»Und inwiefern ist dem nicht so, Colonel?«

»Insofern, als der Brigadier hier mitteilt, er hätte gerade ein sehr unangenehmes kleines Gespräch mit einem Freund des Kronanwalts gehabt.«

»Hm?«

»Mit Mr Shirley, dem ehemaligen Bundesrichter und Ehemann einer höchst aufgebrachten Dame, wie er sagt. Der Richter kommt jetzt von Zululand herunter, um sich um 16.30 Uhr mit dem Brigadier zu treffen. Offenbar ist einer unserer Männer in seinem Haus gewesen und sehr unangenehm aufgefallen.«

»Können Sie mir sagen, wie?«

»Ja. Er hat sich Einlass verschafft und Mrs Shirley unter Drohungen dazu bewogen, ihr ein paar Hemden zu zeigen, die er mit einem Knopf vergleichen wollte.«

»Was?«

»Wissen Sie, was meines Erachtens als Nächstes passiert, Kramer? Unser kleiner schwarzer Freund Zondi wird weiße Verdächtige festnehmen. So weit kommt es noch.«

Der Brieföffner bohrte sich ganz durch das Papier.

»Was Sie da sagen, gefällt mir nicht, Colonel.«

»Mir gefällt es noch weniger, dass einer meiner dienstältesten Officer es für angebracht hält, einen unerfahrenen Untergebenen an seiner Stelle loszuschicken, um höchst delikate Ermittlungen durchzuführen. Gefallen? Das ist kaum das richtige Wort!«

Ohne um Erlaubnis zu fragen, riss ihm Kramer die Aktennotiz weg.

»Wie ich sehe, will der Brigadekommandeur eine vollständige Rechtfertigung unseres Handelns, bevor der Richter hier ist«, sagte er.

»Das spielt jetzt kaum noch eine Rolle. Sie behaupten, Shirley rage heraus wie ein vereiterter Daumen, aber dem, was Sie sonst noch erzählen, entnehme ich, dass Sie noch einen weiten Weg vor sich haben – falls Sie überhaupt die richtige Richtung eingeschlagen haben. Welche Nachforschungen sind zum Beispiel in der Pension der Toten durchgeführt worden in Bezug auf Männer in ihrem Leben?«

»Warten Sie – ich werde die feine Dame selbst aufsuchen.«

»Gott im Himmel!«, brüllte der Colonel. »Können Sie nicht mal mehr lesen? Niemand nähert sich ihr, Shirley oder dem Haus, bis der Brigadekommandeur –«

Dann merkte auch er auf einmal, was zwischen den Zeilen stand. Und Kramer murmelte: »Vielleicht war Marais doch der richtige Mann für den Job, Sir. Er müsste bald zurück sein.«

13

Der Wutausbruch im Amt verblüffte Wessels anscheinend ebenso wie Zondi.

»Du hinterlistiger schwarzer Bastard!«, wetterte Marais und wirbelte mit erhobener Faust herum.

»Keinen Schritt weiter, Sergeant«, sagte Kramer ruhig. »Das Mädchen hat ihm nichts von dem Knopf erzählt. Sie können ihm am Gesicht ablesen, dass er von nichts weiß.«

»Aber wie –«

»Direkt aus erster Hand – von Mrs Shirley. Sie hat sich beim Brigadekommandeur darüber beschwert.«

Zondi versuchte diskret, sich zu verdrücken.

»Du bleibst hier«, befahl Kramer.

Marais holte Luft, um zu protestieren, aber bei der nächsten Bemerkung blieb sie ihm weg.

»Mann, ich glaube, Sie haben Ihre Sache dort gut gemacht, auch wenn sie sich in die Hosen macht vor Wut.«

»Sir?«

Kramer bedeutete ihm, seinen Platz wieder einzunehmen, und sagte dann: »Lassen Sie mal hören, von Anfang an.«

»Sie war sehr aggressiv, als ich das Haus betrat«, begann Marais, nachdem er eine lange Pause gemacht hatte, um sich zu sammeln. »Sie wollte meinen Durchsuchungsbefehl sehen, nahm aber Abstand davon, nachdem ich ihr erklärt hatte, dass er nur bei dringendem

Verdacht ausgestellt wird … Das Mädchen ist schuld daran, dass sie überhaupt von dem Knopf erfahren hat.«

»Hm?«

»Zuerst hat Zondi ihn in die falsche Tasche gesteckt, und dann –«

»Ach, bitte nicht. Was hat Ma Shirley als Nächstes getan?«

Marais schwankte und sagte: »Wollen Sie es wirklich Schritt für Schritt hören? Aber ich habe Ihnen doch gesagt, dass ich selbst nach dem Fehler mit dem Knopf davon überzeugt bin –«

»In allen Einzelheiten«, sagte Kramer barsch.

»Na schön. Sie ging also nach oben, um das Mädchen zu rufen und mir die Hemden zu holen. Sie stand ja noch unter Verdacht, und deshalb habe ich sie absichtlich in dem Glauben gelassen, sie könnte mir entwischen. Ich bin ihr aber gefolgt und habe sie in größter Aufregung im Zimmer des Verdächtigen angetroffen, und sie sagte, sie wüsste nicht, wo die Frackhemden lägen.«

»In welchem zeitlichen Abstand sind Sie ihr gefolgt?«

»Nur Sekunden später, Sir. Dann hat sie das Mädchen, Martha, gerufen, sie solle ihr zeigen, wo die Hemden sind. Ich prüfte die Hemden, aber sie waren alle in Ordnung, nirgendwo war ein neuer Knopf oder ein Anzeichen dafür, dass ein Knopf ersetzt worden war. Es waren insgesamt fünf Hemden, und das Mädchen hat bestätigt, dass es sich um die richtige Zahl handle. Ich war infolgedessen überzeugt, dass der Knopf nicht zu einem der Hemden des Verdächtigen gehört.«

»Wie hat sie sich benommen?«

»Sie war aggressiv, Sir.«

»Nicht irgendwie nervös?«

»Ich hatte keine Veranlassung, auf diesen Gedanken zu kommen. Meiner Meinung nach hat sie einfach irgendetwas gegen mich – warum, weiß ich nicht.«

»Und Sie sind ganz sicher, dass sie keine Zeit hatte, ein Hemd verschwinden zu lassen und dem Mädchen einen Wink zu geben, damit es auch sagte, es gäbe nur fünf?«

»Das Mädchen hat im anderen Flügel gearbeitet. Es wäre unmöglich gewesen, in der Zeit, die ich ihr gelassen habe, dorthin zu gelangen.«

»Das Mädchen hätte aber angesichts der fünf Hemden einfach bestätigen können, dass die Zahl stimmte – weil es sich nicht mit seiner Arbeitgeberin anlegen oder, wie Sie sagen, den Hintern aus der Butter heben wollte?«

»Die beiden lieben sich nicht gerade, Sir, so viel steht fest.«

»Zondi?«

»Sie hat keinen Respekt, Lieutenant.«

Marais hielt den Daumen hoch und zwinkerte ihm zu.

»Wo waren denn diese Hemden, Sergeant?«

»In einem Fach im Kleiderschrank.«

»Nicht schwer zu finden?«

»Sie kennen doch diese Sorte Frau, Sir. Sie würde ihren eigenen Kopf nicht finden ohne –«

»Das könnte alles Tarnung sein«, sagte Kramer. »Das Hemd war bereits versorgt, und die Szene mit dem Mädchen diente nur dazu, Ihnen weiszumachen, sie wüsste nicht, wo sie anfangen sollte, und so weiter. Ihre Haltung dem Mädchen gegenüber könnte auch gespielt sein, damit wir es für unmöglich halten, dass sie mit ihm unter einer Decke gesteckt hat, was die Uhrzeit betrifft.«

»Dann hätte ich aber wenigstens eine gewisse Reaktion erwartet, als der Knopf ins Spiel kam, aber sie schien nicht einmal dem Mädchen richtig zuzuhören.«

»Dass sie zum Beispiel zusammenzuckt, meinen Sie?«

Marais nickte mit dem dicken Kopf.

»Ich glaube, Sie gehen zu oft ins Kino«, sagte Kramer, stand auf und ging hin und her. »Bleiben wir auf dem Boden der Tatsachen, an die wir uns im wirklichen Leben halten müssen. Wir haben einen Mörder, und einen Mörder zu schützen, ist Aufgabe einer Frau – Ehefrau, Mutter, Freundin. Männer tun es auch, aber nur für Geld. Ma Shirley war die Erste im Haus, die befragt wurde.«

»Ja.«

»Als Sie mit Ihren Fragen fertig waren, hatte sie da Gelegenheit, das Mädchen anzuweisen, was es Ihnen sagen sollte?«

»Hm, ich glaube, ja. Sie ging, um Martha aus der Küche zu holen.«

»Obwohl sie hätte klingeln können?«

»Ich habe keine –«

»Und Shirley selbst, war er außer Hörweite von Ihnen und möglicherweise bei ihr, bevor er seine Aussage gemacht hat?«

»Er wollte frischen Tee bestellen.«

»Sir, darf ich etwas dazu sagen?«, fragte Wessels. »All dies klingt so, als ob sie spontan in dem betreffenden Augenblick ein Alibi erfunden hätten. Aber warum sollten Shirley und sie es sich nicht schon vorher überlegt haben?«

Kramer drehte sich um und sagte lächelnd: »Würden Sie es Ihrer Ma erzählen, wenn Sie so etwas getan hätten?«

»Gütiger Himmel, nein!«

»Aber vergessen Sie nicht, sie ist ja Ihre Ma – würde sie es nicht merken, wenn Sie in Schwierigkeiten steckten?«

»Eine Mutter weiß immer alles«, sagte Zondi.

Und alle Männer im Raum bekundeten ihre Zustimmung.

Dann kratzte sich Marais am Kopf, um zu zeigen, dass sein Zweifel keine Kritik beinhaltete, und sagte: »Außer dass sie ihren Sohn mit allen möglichen Schimpfnamen betitelt und deutlich durchblicken lässt, dass er ihr scheißegal ist.«

»So etwas Ähnliches hat auch Martha gesagt«, warf jetzt Zondi ein. »Wie schnell die Madam bei der Hand gewesen wäre, den jungen Herrn einen Lügner zu nennen und ihn wegzuschicken – als er noch ein kleiner Junge war und etwas angestellt hatte.«

»Welche Mutter tut das nicht bisweilen?«

»Sie wirkte sehr hart, Lieutenant.«

»Sie sind alle hart da oben. Aber sehen Sie denn nicht? Wenn sie uns so etwas vorspielt, hilft das ihrer Sache nicht mehr als alles andere?«

»Stimmt«, sagte Wessels.

Kramer setzte sich wieder und trommelte mit den Fingern auf der Schreibtischplatte, sodass die anderen unruhig wurden.

»Was habt ihr anderen beiden denn noch herausbekommen?«, fragte Kramer und machte Zondi ein Zeichen, dass er zuerst an der Reihe war.

»Nichts Besonderes. Sie redet nur davon, wie der Mann noch klein war und Dummheiten mit seiner Schleuder gemacht hat.«

Wessels lachte und sagte: »Ich wette, sie hat dir nicht

erzählt, dass er ihr mal ein paar verfluchte Steine in ihr *kia* geworfen hat, als sie mit einem Typen im Bett war! Mehr konnte ich nicht rauskriegen, und das habe ich von einem alten Bantu-Constable in der örtlichen Polizeiwache. Ist das als Hang zur Gewalttätigkeit einzustufen, Sir?«

»Gab es Verletzungen?«, fragte Kramer lächelnd, aber mit Interesse.

»O ja, und einen Mordsradau, aber als die Polizei eintraf, war der Kerl mit seinen Kriegsverletzungen über alle Berge. Immer die gleiche Sache: Er hielt sich verbotenerweise auf dem Gelände auf, ohne Erlaubnis. Es heißt – was haben Sie denn, Sir?«

»Marais, erinnern Sie sich noch an das Parkhaus, in dem Stevenson einen eigenen Platz hatte? Würde ein feiner Pinkel wie Shirley nicht –?«

»Teufel auch, das ist eine Wahnsinnsidee, Sir! Es gibt einen Boy am Eingang, der Wache hält, und Sportwagen fallen immer auf! Um welche Zeit er dort weggefahren ist?«

»Richtig. Sehen Sie, ob Sie den Boy finden!«

Kramer hätte Zondi mit Marais losgeschickt, aber der empfindsame kleine Mistkerl war verschwunden, ehe es jemand bemerkt hatte – was unter den gegebenen Umständen durchaus verständlich war.

Marais versuchte es noch einmal. Der Bantuwachmann machte es ihm wirklich schwer. Und sie hatten Zuschauer.

»Hast du nun Samstagnacht Dienst getan oder nicht?«

»*Aikona,* nein.«

»Dein Boss sagt aber, du hättest.«

»Der Manager? Aber er weiß doch, dass sonntags Schichtwechsel ist.«

»Wer hatte denn dann Dienst um 0.30 Uhr – verstehst du das?«

Marais zeigte ihm die korrekte Zeigerstellung auf seiner Pilotenuhr, die der Wachmann sehr bewunderte und für die er ihm drei Rand bot.

»Antworte mir gefälligst!«

»Zu dem Zeitpunkt, Sir, hatte ich hier Dienst.«

»Jesus, Maria und Josef!«

»Amen, halleluja«, murmelte der Wachmann und rollte die Augen.

Marais packte ihn am Jackenaufschlag. »Und?«

»Das ist Sonntag, nicht Samstag, Sir.«

»Du bist also ein schlaues Bürschchen, was? Hältst dich wohl für clever! Dann will ich dir mal eins sagen – du bist verhaftet.«

»*Hau!*«

Sollte sich doch der Hätschelaffe des Lieutenants mit ihm befassen.

Kramer wurde auf frischer Tat ertappt.

»Ich habe von Wessels gehört, Sie hätten eine Idee, wie das Alibi geknackt werden könnte«, sagte der Colonel und setzte sich auf eine Ecke des Schreibtischs. »Das hier klang mir aber nicht nach den entsprechenden Ermittlungen.«

»Marais ist seit einer halben Stunde weg, Sir. Wenn Sie noch eine Minute warten, hören Sie vielleicht, was er erreicht hat.« Kramer nahm beiläufig die Hand vom Telefonhörer, den er eben aufgelegt hatte.

»Und mit wem haben Sie gesprochen?«, bohrte der Colonel nach.

»Eben? Bloß mit einer Nonne, die ich kenne.«

»Sie lassen sich von ihr während der Dienstzeit anrufen?«

Kramers Grinsen gefiel dem Colonel, und sie entspannten sich beide.

»Eine der Funchaltöchter. Ich wollte den Punkt mit der Centavomünze klären, die wir gestern in dem Auto gefunden haben, und habe nach Da Gama gefragt. Aber er hat das Geschäft übernommen und war in Durban, und sie hat mir erzählt, nachdem sie ihre Großmama gefragt hatte, dass ihr Vater immer einen Centavo in der Kasse hatte, weil er von einem Erzbischof gesegnet worden sei oder so was.«

»Dann wäre das auch klar«, sagte der Colonel.

»Hm.«

»Aber was ist mit dem Knopf? Ich habe noch nichts von Ihnen gehört, und Wessels scheint der Auffassung zu sein, dass die Mutter bald auf den Plan tritt.«

»Es riecht, Sir, genau gesagt, es stinkt. Und ich bin gar nicht erfreut darüber, dass sie einen Moment lang im Schlafzimmer allein sein konnte, ehe Marais sie einholte. Diese Geschichte, so zu tun, als ließe er sie entwischen, klingt ein bisschen zu –«

»Wenn man vom Teufel spricht«, sagte der Colonel, als Marais rot und schlecht gelaunt eintrat.

»Ich habe den Parkhauswächter unten, Sir, Mickey soll ihn verhören – sein Englisch ist verflucht miserabel.«

»Ja, wo ist er denn?«, fragte der Colonel.

Wessels kam hereinspaziert und sagte: »Wer?«

»Zondi.«

»Ich weiß nicht, Sir.«

»Sie vielleicht, Lieutenant?«, knurrte der Colonel. »Oder macht er auf der Straße Schießübungen?«

Genau in diesem Augenblick schlüpfte Zondi ins Zimmer.

»Wo warst du?«

»Colonel, Sir?«

»Erkläre deine Abwesenheit von diesem Amt.«

»Ich war bei den Shirleys, Sir.«

»Was? Weswegen?«

»Um eine Verhaftung vorzunehmen.«

Der Colonel sprang auf. »Nein! Wen denn, du Verrückter?«

»Ach, nur die Mutter des jungen Herrn.«

Kramer starrte ihn, wie alle anderen auch, wie vom Donner gerührt an, nur schien ihm das Gesicht eine gewisse Selbstgefälligkeit auszustrahlen, als wäre endlich eine Meinungsverschiedenheit zufriedenstellend zugunsten dieses verrückten Mistkerls beigelegt.

Martha Mabile saß, die Hände locker zusammengelegt im Schoß, auf dem Hocker im Vernehmungszimmer, ohne ihre Umgebung recht wahrzunehmen.

Darum unterhielten sich die Männer, die auf sie herabsahen, einfach so, als wäre sie gar nicht da.

»Ich hätte dir geholfen?«, fragte Kramer.

»*Hau,* als Sie das über die Mutterliebe sagten, Lieutenant.«

»Ach was!«, brachte Marais vor.

»Darüber, dass sie gemeinsam etwas vortäuschen könnten?«

»Genau, und was Sergeant Marais gesagt hat, war auch weise, denn er hat scharfe Augen und hat uns erzählt, dass sich die Missus und das Mädchen nicht gerade liebten. Warum sollte das Mädchen dann in dem Haus bleiben? Es ist klug und kann leicht anderswo eine Anstellung finden.«

»Viele Kinderfrauen werden Köchinnen«, unterbrach ihn Marais, um gleich wieder zu verstummen, als der Colonel die Stirn runzelte.

»Ich denke also bei mir: Was hat mir diese Frau erzählt? Dass das Kind Hunger hatte und sie es gefüttert hat; dass es sich wehgetan und sie es getröstet hat; und dann noch das Liebevollste – dass es ungezogen war und sie es gezüchtigt hat.«

»So ein Blödsinn, dazu sind Kinderfrauen doch da!«

»Marais …«

»Entschuldigung, Colonel.«

»Und wenn«, fuhr Zondi mit respektvoller Zurückhaltung im Ton fort, »das Kind der Missus erzählt hat, dass seine Kinderfrau es geschlagen hat, bestimmt das Wort der Kinderfrau, wie das Wort einer Mutter, was wahr ist, egal, ob sie recht oder unrecht hat.«

Wessels fragte: »Was war mit all den anderen Kinderfrauen?«

»Sie mochten ihn nicht, weil sie kein gutes Haar an ihm sahen – aber Martha blickte tiefer.«

»Sie hat das Kind also wie ein eigenes angenommen?«

»Das kommt meines Wissens oft vor, Colonel. Selbst bei Frauen mit Kleinkindern, die in den Homelands zurückbleiben müssen.«

»He, wissen Sie, woran mich das erinnert?«, sagte Wessels plötzlich. »Wissen Sie noch, wie es war, wenn man an einer feinen Schule Rugby spielte? Das Anfeuern? Die alten Negermammis, die immer hinter dem Zaun standen und riefen: ›*Shiya sterek,* Nummer siebenzehn, *che-che!*‹«

»Na und?«, sagte Marais wegwerfend. »Soweit ich mich erinnere, haben immer alle geschrien! Und erinnern Sie sich noch, wie die Gegenspieler abzuziehen pflegten, ohne aufzuschauen, weil sie erwarteten, dass wir ihnen ›Kaffernliebchen‹ nachrufen würden – oje, tut mir leid, Colonel!«

Kramer stellte sich vor Martha, deren Gesicht noch immer genauso teilnahmslos war wie vorher, als sie in das Zimmer geführt wurde.

»Zondi, du willst also behaupten, dass Shirley dieser Frau von seinen Schwierigkeiten erzählt hat – wie der leiblichen Mutter?«

Martha lachte leise.

»Nein, Sie verstehen nicht richtig, Sir. Sie ist die Köchin, die sich um ihn kümmert und ihm den Bauch füllt. Würde er sich da nicht schämen?«

»Das meine ich ja, Mann! Woher wusste sie, dass sie die Maßnahmen ergreifen musste, deren du sie beschuldigst?«

»Wo sie nicht einmal lesen und schreiben kann«, fügte Marais hinzu, »das hat mir Shirley selbst gesagt – was weiß sie da schon von polizeilichen Ermittlungen?«

»Nein, das will ich jetzt von ihr hören«, entschied Kramer.

Martha sagte Zondi etwas ins Ohr. Er tätschelte ihr die Schulter und wandte sich an den Colonel.

»Ihr Englisch ist schlecht; sie bittet mich, zu übersetzen.«

»Gut, dann los!«

»Auf Afrikaans natürlich«, erinnerte ihn Marais und zog sein Notizbuch hervor, »und in der ersten Person.«

»Ich weiß immer noch nicht, warum dieser ganze Wirbel um den jungen Herrn gemacht wird«, begann Martha. »Aber wie ich Polizisten aufs Haus zukommen sehe, und sie sind vom CID, bekomme ich große Angst um ihn. Ich habe diese Angst, weil mir am vergangenen Wochenende gewisse Sachen aufgefallen sind. Die erste Sache ist die, dass Master Peter mitten in der Nacht an meine Tür kommt. Normalerweise ruft er mich von der Hintertür aus. Ich ängstige mich, denn er könnte sehen, dass mein Mann Aaron bei mir schläft, der keine Genehmigung hat, sich auf dem Gelände aufzuhalten. Also gehe ich schnell zur Tür, und als er nach meiner Uhr fragt, gebe ich sie ihm gleich, damit er nicht eintritt. Ich finde es merkwürdig, dass er die Zeiger nicht von mir einstellen lässt, denn das ist etwas, das ich gelernt habe. Dann schließe ich die Tür und sehe, dass es kurz nach halb eins ist, und sage zu Aaron, dass der junge Herr früh nach Hause kommt dafür, dass Wochenende ist. Aaron sagt, die Uhr geht falsch, denn auf seiner Taschenuhr ist es fast ein Uhr. Wir müssen lachen, denn ich sage zu ihm: ›Das alte Ding taugt doch nichts mehr!‹, und er behauptet, es hätte viele Steine.«

Der Colonel sagte: »O Gott!«

Und wieder waren die beiden Stimmen zu hören. »Am Morgen mache ich dem jungen Herrn sein Frühstück und stelle es ins Esszimmer, und während er im Bad ist, richte ich sein Zimmer her. Seit er ein kleiner Junge war, ist sein Zimmer immer unordentlich gewesen, hat er seine Kleider einfach auf den Fußboden geworfen. Ich nehme die schmutzige Wäsche und sehe, dass an seinem Hemd ein Knopf fehlt, den ich finden und wieder annähen muss. Doch obwohl ich an der Stelle suche und suche, wo er sich auszieht, ist dort kein Knopf heruntergefallen, und ich denke, er war wieder bei Mädchen. Er brüstet sich mit so was vor mir, um mir zu zeigen, dass er jetzt ein Mann ist. Ich bürste seine Jacke, auf der weiße Farbe ist, und dann bemerke ich –«

»Was ist, Zondi?«

»*Hau,* sie sagt, dieser Teil sei nicht für die Ohren der

weißen Herren bestimmt. Sie lässt ihn lieber aus, weil sie zu schüchtern ist und sich schämt.«

»Sag ihr, dass wir nicht böse werden.«

Zondi, dem die Sache ebenfalls Unbehagen zu bereiten schien, überredete sie dazu, fortzufahren.

»Ich habe das Hemd des jungen Herrn, das Unterhemd und die Socken, da merke ich, dass ich seine Unterhosen nicht habe. Ich suche also wieder auf dem Fußboden und überall. Dann habe ich etwas getan, ohne nachzudenken, weil ich es früher viele Male getan habe.«

»Weiter«, sagte der Colonel.

»Als er dabei war, ein Mann zu werden, versteckte er seinen Schlafanzug gern unter der Matratze, wenn er ihn am Morgen auszog. Ich hatte Anweisung, den Schlafanzug unter das Kissen zu legen, wenn das Bett gemacht wurde, und suchte deshalb angestrengt, bis ich entdeckte, dass er diese Angewohnheit hatte. Ich glaube, er hat das getan, wenn er nachts beim Träumen einen Samenerguss –«

»Okay, das können wir überspringen, Zondi.«

»Ich fand die Unterhosen unter der Matratze, und es war ein wenig Samen daran. Aber seit Langem schon hatte sich der junge Herr nicht mehr wegen solcher Dinge geschämt, und ich frage mich, was ihn jetzt dazu bringt. Dann denke ich an das, was Aaron über die Uhr gesagt hat, obgleich ich die Missus anscheinend zur rechten Zeit geweckt hatte. Dann kommt der CID, und ich werde gefragt, wie viel Uhr, wie viel Uhr, und ich sehe, dass die Uhr irgendwie wichtig war. Ich kann entweder sagen, was mir der junge Herr erzählt oder was Aaron gesagt hat. Aaron ist es egal, und so sage ich einfach –«

»Und der Knopf?«, fragte Marais und ließ seinen Stift fallen.

»Sie war diejenige, die genügend Zeit hatte, um nach oben zu eilen«, sagte Kramer. »Sie hat schnell das Hemd gesucht und Ma Shirley die falsche Zahl bestätigt, und das alles, ohne genau zu wissen, was zum Kuckuck eigentlich vorging.«

Zondi sprach auf Zulu mit Martha und bestätigte dann, dass dies der Ablauf der Ereignisse gewesen sei – obwohl sie beinahe von ihrer Arbeitgeberin erblickt worden wäre.

Marais überkam plötzlich sein altes Leiden wieder, und er hastete zum Klo.

Martha sagte noch etwas.

»Sie fragt, ob sie jetzt erfahren dürfte, welches Mädchen eine Klage gegen ihren jungen Herrn angestrengt hat«, erklärte Zondi. »Sie ist wahrhaftig nicht dumm.«

»Was wir jetzt brauchen«, sagte Kramer und kam aus der Versenkung, »ist ihr Mann, damit er uns die Zeit bestätigen kann. Wo wohnt er denn? Im verfluchten Durban, nehme ich mal an!«

»*Hau,* nein, Lieutenant. Ihn habe ich mir zuerst geschnappt.«

»Was? Wieso?«

»Die Geschichte, die Boss Wessels erzählt hat von einem Mann in ihrem *kia,* klang in meinen Ohren merkwürdig, denn ich kann sehen, dass sie eine fromme Frau ist, die ihre Gunst nicht verschenkt.«

»Wo war er denn? Du hattest doch nur –«

»Gleich nebenan bei Nummer 32. Ich habe ihm gesagt, dass er diesmal keinen Ärger bekommen würde wegen seiner Verfehlung, sofern er gewillt sei, uns zu unterstützen.«

»Sehr richtig«, sagte der Colonel, dann sah er, dass es schon halb fünf war.

Marais war allein losgeschickt worden, um Shirley zum Verhör zu holen, sodass Wessels zur Kantine hinüberspringen und sich eine schnelle Cola gönnen konnte.

Er trank sie am Türeingang und sonnte sich gerade in dem, was er wusste, aber vorerst noch für sich behalten musste, da winkte ihn Gardiner zu sich; als er merkte, dass Wessels bewaffnet war und nicht hereindurfte, kam er zu ihm herüber.

»Wie macht sich der Fall?«, fragte Gardiner.

»Nicht schlecht, Sir.«

»Dann habt ihr also den dritten Burschen gefunden?«

»Ach, den Fall meinen Sie. Für die Sache hatten wir heute keine Zeit. Als ich aus dem CID hergekommen bin, hat der Lieutenant eben den Geistesblitz gehabt, der Kerl an der Hintertür hätte geschossen.«

Gardiners Augenbrauen traten in Aktion.

»Ja, und dann gabs noch das Problem, wo der Beifahrer geblieben sein könnte, und Mickey sagte, warum nicht unter dem Armaturenbrett?«

»Ich glaub, ich spinne«, sagte Gardiner.

»Nein, das ist ganz logisch, auch für einen Neger. Sie fahren alte Autos, die noch die hohen Türen haben, und es gibt ja keine Bürgersteige in Peacevale, durch die Vorübergehende eine Stufe höher wären, und keine Obergeschosse. Wie Kramer richtig sagt, zählt man die Zahl der Insassen eines Fahrzeugs nach den Köpfen, und wenn plötzlich einer fehlt, meint man, wohl einen Augenblick weggesehen zu haben.«

»Reden wir im Durchgang weiter«, sagte Gardiner und schob Wessels mit einem freundlichen Puff in den

Bauch nach draußen. »Jetzt erklären Sie mir das mal hier, wo ich Sie besser verstehen kann.«

»Es ist kreuzeinfach, so wie er es jetzt ausgetüftelt hat. Der eine mit den Bandagen – die vielleicht sogar seine Waffe verbergen – kommt allein und zu Fuß am Schauplatz an. Die anderen beiden fahren vor den Läden vor, und der Beifahrer zieht den Kopf ein. Der Fahrer hat derweil ein Auge darauf, wann der Fußgängerstrom nachlässt, um dann zu hupen, was ich gehört habe; aber die Kaffern sind so daran gewöhnt, dass ihre Landsleute Krach machen, dass sie es gleich wieder vergessen. Und die Schüsse –«

»Und der mit der Kanone?«

»Wenn die Hupe losgeht, hat er einen Laden gefunden, der hinten unbewacht ist. Er geht hinein, schaut sich um, sieht keine Kunden, erschießt den Ladenbesitzer, schnappt sich das Geld und ist längst hinten wieder hinaus, während alles vorn zusammenrennt, um das Auto davonspritzen zu sehen. Selbst wenn dieses Auto in eine Straßensperre gerät, haben die zwei darin kein Geld und keine Knarre – nichts, worum sie sich Sorgen machen müssten. Und später treffen sie sich alle wieder.«

Gardiner schüttelte den Kopf.

»Ist nicht alles blühende Fantasie, Sir. Zum Beispiel hat der Lieutenant anscheinend diesen Lucky gewarnt, und jetzt hat er uns dargelegt, dass Lucky nicht an seiner Kasse erschossen wurde, sondern in der Nähe des Schaufensters, als hätte er das Auto kommen sehen und beobachtet. Außerdem hat Doc Strydom gesagt, er sei getroffen worden, als er sich gerade umdrehte – zu jemandem hin, verstehen Sie, nicht weg. Und wäre Lucky nicht auch bis zu seiner Kasse zurückgewichen, wenn vorn ein Mann hereinkam? Denken Sie bloß mal daran, wie oft dieses

Auto schon andernorts gehalten haben mag, die Türen nach hinten hinaus aber abgeschlossen waren. Sie hätten auch den Plattenladen nehmen können statt der Metzgerei – vielleicht hatten sie das auch vor. Reiner Zufall, sagt Kramer!«

»Ist ja krank!« Gardiner lachte.

Drei Gefangene wurden zwischen ihnen durch hinunter zu den Zellen gebracht.

»Noch etwas zu Lucky – sein Laden ist so hoch von der Erde weg gebaut, dass er möglicherweise sehen konnte, wie sich der eine Wageninsasse duckte, und keine unmittelbare Gefahr darin sah. Dann hört er ein Geräusch, dreht sich um, und der Schuss ist für den Fahrer das Signal –«

»Schon gut, ich habs kapiert«, sagte Gardiner und gab sein Glas dem kleinen schwarzen Helfer. »Aber einiges stimmt da noch nicht. Was Peacevale betrifft, ist alles gut und schön, aber in dem Café konnte der Mistkerl auf keinen Fall von hinten schießen. Ich habe die Skizzen gezeichnet.«

»Sie haben sie sich vorgeholt. Kramer vertritt die Theorie, dass er durch das Klofenster und die Toilettentür unter der Treppe hereinkam. Ich gebe zu, dass ich nicht daran gedacht habe, alles zu versiegeln, als das Auto erst mal weg war – großer Gott!«

»*Aikona,* er hat bestimmt keine Zeit gehabt, auch nur das Kleingeld zusammenzuraffen und zur Klotür zurückzusprinten, bevor der Kuli aus der Küche spähte.«

»Das hat der Lieutenant auch schon überlegt. Er könnte hinter der Küchentür gestanden haben, als sie aufging.«

»Und wie lange haben Sie gebraucht, um vorne hereinzukommen?«

»Ach, das sind doch nicht meine Ideen! Dieser Mickey meint jetzt, sie hätten einen besseren Plan ausgeheckt und wären nur in die Stadt gekommen, um erst einmal mit einer leichten Sache zu üben. Er wärmt nur einen von Kramers alten Gedanken wieder auf und hält sich für superclever.«

»Trotzdem, vielleicht lohnt es sich, noch mal darüber nachzudenken.«

Wessels warf erst verstohlen, dann unumwunden einen Blick auf die Uhr.

»Noch deutlicher brauchen Sie nicht zu werden, Wessels«, sagte Gardiner missbilligend. »Dabei waren Sie es, der die ganze Zeit geredet hat, während ich nur herübergekommen bin, um Sie zu fragen, ob Sie mir einen Weg ersparen und Kramer etwas bestellen können.«

Wessels nickte und schüttelte die Kohlensäure aus seiner Cola, um den Rest schneller trinken zu können.

»Folgendes: Er soll bloß zusehen, dass er den anderen verdammten Psychopathen schnell zu fassen kriegt, damit die Leute endlich wieder ruhig schlafen können.«

»Wer denn, Sir?«

»Heute Abend waren sage und schreibe fünf Portugiesen hier und haben uns über das Munchausen ausgefragt. Sie sind alle zu mir geschickt worden, und ich habe sie über den Unfall, die Spuren und alles Übrige informiert, aber sie benehmen sich, als wären sie nicht ganz sicher, ob wir sie nicht nur hinhalten. Werfen sich Blicke zu und so. Das macht sie bei der Mannschaft nicht gerade beliebt, und es wäre doch schade, wenn das so weitergeht und wir die Öffentlichkeit aussperren müssten.«

Das klang nicht nach einer Nachricht, die Kramer gern hören würde, aber Wessels versprach, sie wortgetreu weiterzugeben. Dann raste er zum CID-Gebäude zurück und kam eben rechtzeitig, um zu sehen, wie Marais einen sehr cool wirkenden jungen Herrn die Treppen hinaufgeleitete.

14

Auf dem Hocker, auf dem Martha Mabile gesessen hatte, saß nun in aller Ruhe Peter Andrew Shirley, desinteressiert und ungerührt von allem, was ihm in den letzten sechs Stunden gesagt worden war.

Kramer hatte noch nie einen Mann erlebt, der seine Schuldgefühle so gut verbergen konnte. Selbst bei den Unschuldigen gab es immer Anzeichen von Spannung wegen irgendwelcher Kleinigkeiten. Dabei machte die Sache mit den Unterhosen zweifelsfrei deutlich, dass der glattzüngige Hund ein schlechtes Gewissen hatte.

Das musste man nur ordentlich bearbeiten, und der Rest würde in einem einzigen grauenhaften Schwall unter Schluchzen gestanden werden. Aber bisher war jede Tatsache, die ihm an den Kopf geworfen wurde, an ihm abgeprallt.

Kramer, der jetzt allein weitermachte, versuchte es noch einmal. »Sie haben die Uhr Ihrer Mutter zurückgestellt, bevor Sie sie aufgeweckt haben, und ebenso die Uhr des Mädchens vor dessen *kia* – um die fünfundzwanzig Minuten wiederzugewinnen, die Sie verloren haben, als Sie Sonja Bergstroom durch Erdrosseln umbrachten!«

Er hätte ebenso gut sagen können, durch Ansteckung mit Keuchhusten.

»Sie hatten die Gelegenheit, beide Zeitmesser wieder vorzustellen – damit also niemand bemerkte, dass Sie fünfundzwanzig Minuten Verspätung hatten, wurden Sie angeblich unterwegs aufgehalten. In Wahrheit sind Sie den ganzen Weg wie der Teufel gefahren.«

»Zeitmesser klingt wirklich gut aus Ihrem Munde«, sagte Shirley. »Das muss ich meinem Vater erzählen. Es wird ihn amüsieren.«

»Wird ihn auch sonst noch etwas amüsieren? Der Gedanke, dass sein Sohn ein Mörder ist? Dass er seine Mutter dazu benutzt hat, den Verdacht zu entschärfen, indem er zu einem feststehenden Befragungstermin zu spät kam?«

»Er wird sicherlich mehr Gefallen an der Idee finden, dass jemand überhaupt annimmt, ich könnte etwas in der Art tun, was Sie mir unterschieben wollen, ohne dann Vorsichtsmaßnahmen zu ergreifen – bis auf das Herumfummeln an Zeitmessern –, um meine Spuren zu verwischen. Niemand mit Selbsterhaltungswillen würde so dumm sein.«

»Ich sehe jeden Tag solche Leute.«

»Ach, was Sie nicht sagen – wo denn, Lieutenant Kramer?«

»Auf der Straße, in Sportwagen. Sie fahren mit überhöhter Geschwindigkeit und verlassen sich zu ihrer eigenen Sicherheit vollkommen darauf, dass die anderen Verkehrsteilnehmer die Regeln einhalten und das Rechte tun.«

»Sie sind ja ein richtiger Philosoph!«

»Hm. Das ist mehr die Philosophie eines Trottels, der ein Mädchen umbringt und dann von allen anderen erwartet, dass sie das Rechte tun – nur Monty Stevenson hat sich nicht daran gehalten, oder?«

»Wieso?«

»Seine eigene Gesetzlosigkeit hat uns überhaupt erst

auf diese Sache aufmerksam gemacht, obwohl es irgendwann ohnehin so gekommen wäre.«

»Was haben wir denn sonst noch gemeinsam, der arme alte Monty und ich?«, fragte Shirley, so kühl wie eh und je.

»Jedenfalls nicht die Spermienart, kann ich Ihnen für den Anfang sagen!«

Das war schlechtes Timing. Shirley machte den Mund zu und gab bis kurz vor Mitternacht keinen Ton mehr von sich.

Da nämlich fiel Kramer ein, dass er es ja möglicherweise mit einem Liberalen zu tun hatte.

»Welche Einstellung haben Sie zu den Bantu?«, fragte er.

»Sie sind Menschen.«

»Aha. Mit Gefühlen und allem Pipapo, wie Sie und ich?«

»So heißt es.«

Mehr als das war in einer Polizeistation kaum zu erwarten.

»Und wenn ich Ihnen jetzt enthülle, dass ein Bantu bereit ist, mit seiner Zeugenaussage die Tricks zu bestätigen, die Sie mit den Uhren veranstaltet haben?«

Shirley lachte absichtlich laut und spöttisch.

»Sie glauben also, er ist gekauft?«

»Natürlich, und er tut mir leid, denn Meineid ist –«

»Und ich dachte, Sie kriechen den Bantu in den Arsch, weil Sie ein schlechtes Gewissen haben wegen etwas, das Sie einem von ihnen angetan haben.«

»Ihre Vorstellungen sind sehr primitiv, wenn ich so sagen darf.«

»Der Bantu heißt Aaron.«

»Er kann doch nicht auch noch Jude sein! Ein Sammy Davis in Trekkersburg?«

»Möchten Sie ihn kennenlernen?«

»Gern.«

Kramer klingelte unten bei Zondi an und sagte ihm, er solle den Mann hochbringen. Sie kamen so schnell, dass es nur Sekunden gedauert zu haben schien, bis die Tür des Vernehmungszimmers aufschwang und den Blick auf die beiden im grellen Licht des Korridors freigab.

»Da ist er«, sagte Kramer. »Das ist Aaron.«

Shirley drehte sich auf dem Hocker um und starrte die ernste Gestalt in Kochbekleidung ohne Interesse an. Dann wurden seine Augen schmal, um sich jäh zu weiten.

»Der!«, sagte er schwer atmend.

Und wandte sich zu Kramer, als hätte er gerade einen Geist gesehen und keinen verwirrten alten Neger.

»So etwas habe ich noch nie gehört, Sir«, sagte Wessels und folgte Kramer zurück ins Büro. »Er ist einfach zusammengebrochen!«

»Ich wusste, dass er ein verflucht schlechtes Gewissen hatte, Mann. Das musste man nur richtig kitzeln.«

»Er hatte offenbar eine Scheißangst, aber kaum Scham–«

»Ach, lassen Sie das jetzt. Sagen Sie mir lieber, was das mit den Psychopathen alles soll; das interessiert mich jetzt viel mehr.«

Wessels teilte ihm Gardiners Nachricht mit.

»Hm.«

»Gardiner hat auch besonders auf den Punkt hingewiesen, ob denn der Schütze genügend Zeit gehabt hätte, das Kleingeld mitzunehmen.«

»Hat er bei Lucky aber nicht gemacht«, sagte Kramer, ließ sich schwer auf seinen Sessel fallen und gähnte.

»Nein, Sir?«

»Ist wohl – Entschuldigung – von ein paar kleinen *skabengas* geklaut worden.«

Das Gähnen steckte Zondi an, der in seiner Ecke auf eine Mitfahrgelegenheit nach Hause wartete, und dann Wessels.

»Es war das erste Mal, dass sie das Kleingeld mitgenommen haben«, murmelte Zondi und vergaß, die Form zu wahren. »Ist das nicht seltsam? Was sie nicht gebrauchen konnten – die kleine Münze –, war für uns immerhin von Nutzen.«

»Ja, das ist wahr«, pflichtete ihm Wessels bei. »Wenigstens einer, der von alledem einen Nutzen gehabt hat.«

Unter weiterem Gähnen sagte er »Gute Nacht« und schlurfte davon.

»Zondi!«, sagte Kramer.

Wie ein schwarzer Blitz hatte es ihn getroffen.

Im Laden in der Bahnhofsgegend, wo unter hellen Lampen durchgehend Zigaretten verkauft wurden, war keine Kundschaft.

Ein Wagen mit zwei Insassen kam kreischend zum Stehen, und ein Mann sprang heraus.

Kramer hatte Glück, dass er nicht schon auf der Schwelle erschossen wurde.

»Stecken Sie sie weg, Fred, und kommen Sie mal her!«, forderte er den dicken, derzeit ungemütlichen Mann mit Schürze auf, der eine Beretta Kaliber .25 in beiden Händen hielt.

»Heilige Mutter Gottes, tun Sie so was nicht wieder, Mr Kramer! Ich wische nur eben den Fußboden!«

»Hierher! Tempo!«

Fred, der eigentlich Fernando und noch etliches mehr hieß, kam herbeigeeilt, während seine Familie, die im Hinterzimmer Radio gehört hatte, durch die Tür lugte.

»Gibt es etwas, das Fred für Sie tun könnte?«

»Ja, zweierlei. Ich habe heute Schwester Maria angerufen – Sie wissen doch, Mr Funchals Tochter –, und sie sagte, Da Gama würde jetzt das Familiengeschäft führen. Auf welcher Basis?«

»Basis? Mein Englisch …«

Ein schlaksiger Jugendlicher mit leicht gewelltem Schnurrbart kam herüber und sagte seinem Vater eindringlich etwas auf Portugiesisch.

»Wissen Sie jetzt, was Basis heißt?«

»Ich habe meinem Vater klargemacht, dass er nicht reden soll«, sagte der junge Mann.

»Dann reden eben Sie«, erwiderte Kramer, packte ihn beim Kragen und schleppte ihn zum Wagen hinaus.

Wo sich seine Haltung änderte, während Zondi am anderen Ende der Stadt hin und her fuhr.

»Funchals Tod hat sie also argwöhnisch gemacht, was?«

»Sie sagen, wenn es irgendein Unfall, eine plötzliche Erkrankung oder so was gewesen wäre, wären sie gleich zur Polizei gegangen.«

»Um uns was zu sagen?«

»Aber als sie gelesen haben, dass ein paar Schwarze das Gleiche schon mal in der Township gemacht haben und ein Polizist sie vor dem Café gesehen hat, mussten sie es ja glauben. Dann haben sie gelesen, dass die Schwarzen tot sind und die Ermittlungen eingestellt wurden, und da fing das Gerede wieder an.«

»Wer sagt, dass sie eingestellt wurden? Sie wären es, wenn wir nicht darauf gestoßen wären, dass es einen Dritten geben muss – was wir einer genauen Analyse der Finger- und Fußabdrücke verdanken.«

Zondi, allein vorn, schaute in den Rückspiegel, der so eingestellt war, dass er das angespannte Gesicht des jungen Mannes wiedergab.

»Du beantwortest keine Fragen, die dir nicht gefallen, oder?«, sagte Kramer und zündete sich eine Zigarette an.

»Ich beantworte alle Fragen, Mister.«

»Wer sind denn sie?«

»Die Männer unserer Volksgruppe.«

»Und Da Gama ist der, der ihnen verdächtig ist?«

Der Chevy fuhr gerade um einen weiteren Häuserblock und an der Moschee vorbei.

»Ich muss dir etwas gestehen«, sagte Kramer, was Zondi zu einer schnellen Kopfbewegung veranlasste. »Wie wir es hier in diesem Land sehen, verkauft ein Portugiese Milchshakes und getrocknete Rindfleischstreifen. Aber Mosambik war kein verfluchtes Riesencafé, nicht wahr? He? Was studierst du eigentlich?«

Die Tuscheflecken an den Fingerspitzen waren selbst im Straßenlaternenlicht nicht zu übersehen.

»Maschinenbau.«

»Dann verstehst du doch, was ich meine, oder?«

»Da Gama –«

»Genau, was war der vorher, da drüben in Lourenço Marques?«

»Wann meinen Sie denn?«

»Bevor die Frelimo die Regierung übernommen hat – herrje, spiel doch nicht Katz und Maus mit mir!«

»Frelimo«, wiederholte der junge Mann, als läge eine gewisse Komik in diesem Wort. »Eines Tages, sehr bald, nachdem die Flüchtlinge durch Transvaal über die Grenze gekommen sind, bringt Mr Funchal diesen Mann ins Café meines Vaters und sagt, er sei der Sohn eines alten Freundes. Er bittet uns, ihn bei uns willkommen zu heißen, weil er bei der Regierungsübernahme alles verloren hätte. Er tut uns allen leid, und er scheint nett zu sein. Aber wir sind alle südafrikanische Bürger, und erst, als andere Männer aus Mosambik ankommen, gibt es Gerede.«

»Sie kannten Da Gama?«

»Nein, und genau das erregte Verdacht.«

»Er kam woandersher? Oder willst du damit sagen, dass er auf seine Art einen Job hatte wie …«

Der junge Mann sah Kramer an und sagte: »Aber hier kennen einen die Leute. Es gibt Buchstaben dafür, die mir jetzt nicht einfallen.« Zondi ließ den Wagen im Leerlauf rollen, er bemühte sich, jedes Wort mitzubekommen und sich einen Reim darauf zu machen. »Geheimpolizei«, sagte Kramer und gähnte noch einmal. Während der Chevy wieder auf Touren kam.

Schwester Maria, in einem hübschen Bademantel, eng umgürtet, öffnete auf das Klopfen hin die Eingangstür der Funchals.

»Tut uns leid, dass wir Sie aufgeweckt haben, Schwester, aber mein Boy hier hat mir etwas gemeldet, das Mr Da Gama wissen sollte. Es betrifft –«

»Tut mir auch leid, aber Mr Da Gama ist immer noch in Durban. Er bleibt über Nacht.«

»Ach wirklich?«

»Genügt Ihnen das Wort einer Schwester nicht?«, fragte sie mit dem gleichen feinen Humor, den sie schon am Telefon bewiesen hatte.

»Es ist nur –«

»Er hat erst vor einer Stunde angerufen – nein, noch später; ja, vor einer guten halben Stunde, und er hat gesagt, ich solle die Bestattungsvorbereitungen treffen, während er dafür sorgen würde, dass alle Geschäftsführer am Montag dabei sein könnten.«

»Gott segne Sie«, sagte Kramer und scheuchte Zondi zum Auto zurück.

»Zum Munchausen, mit Vollgas. Wenn es nicht die Toilettentür war, dann hat Gardiner etwas übersehen.«

»Aber Boss, das wären viele Männer, die er für seinen Plan getötet hat.«

»Der sieht das mit den Augen eines Kriegsveteranen. Kein Problem für ihn.«

»Nicht, dass wir jetzt eine Dummheit machen, meine ich. Wir hetzen uns ab und hetzen uns ab – wann denken wir endlich nach?«

»Worüber?«

»Es passt nicht alles nahtlos zusammen. Dubulamanzi und Mpeta – woher kennt er sie?«

»Das wird er uns sagen müssen.«

»Wollen Sie ihn auf Verdacht festnehmen?«

»Hm.«

Zondi bremste den Chevy einen halben Häuserblock vor dem Munchausen so ab, dass er nur noch kroch, dann stellte er den Motor ab und zog die Handbremse, als der Wagen stand.

»Was soll denn das?«

»Der betrunkene Kaffer geht kundschaften«, sagte Zondi, stieg aus und ging schwankend und taumelnd, ohne in die Parodie abzugleiten, den Bürgersteig entlang.

Er kam rasch auf Zehenspitzen zurückgelaufen.

»Es ist Licht unter der Küchentür, Boss, und ich kann sehen, dass sich dort ein Mann bewegt!«

»So?«

»Und haben Sie das Auto gesehen, auf das ich mich mit der Hand gestützt habe, um nicht umzufallen? Der Motor ist noch warm.«

»Dann ist er zurück!«

»Und kocht Kaffee?«

»Genau! Sind noch andere Lampen an?«

»*Aikona,* nur die eine. Das Vorhängeschloss an der Vordertür fehlt auch, ich glaube, sie geht einfach auf.«

»Dann erwartet er Besuch. Komm, wir gehen zusammen.«

»Wie ist der Plan?«

»Ich werde ihn mir schnappen. Du wartest drüben und folgst seinem Freund ins Haus. Was ist los, Mann? Willst du es mit beiden auf einmal aufnehmen?«

Die Tür gab auf Druck der Fingerspitzen nach; Kramer blieb nur kurz stehen, um zu prüfen, ob die Füße noch in der Küche waren. Sie waren es, und er konnte das Klappern einer Tasse hören, die auf die Untertasse gestellt wurde. Wenn das kochende Wasser eingegossen wurde – das war der richtige Augenblick.

Er pirschte sich halben Wegs über die Gummifliesen vor, dann hielt er wieder inne, um zu lauschen. Die Geräusche nahmen Form an, er konnte jetzt leise gesungene Worte unterscheiden – Worte, die er nicht verstand, denn es war Portugiesisch. Aber sie gaben ihm die letzte Gewissheit, die er brauchte.

Ein lautes Klicken ertönte in der Küche, und das Singen brach ab. Ein elektrischer Kessel stieß an eine Kaffeekanne.

Mit drei Schritten erreichte er die Tür.

Das Wasser sprudelte aus der Tülle des Kessels.

Kramer stürzte in die Küche und drückte dem Mann seine Waffe in den Rücken.

Dann sah er, dass der Mann schwarz war und ein Tuch um sein Kinn geschlungen hatte, als hätte er Zahnschmerzen. Der Tellerwäscher!

Der dann mit unvermuteter, schrecklicher Geschicklichkeit auf Kramer losging, ohne einen Laut von sich zu geben. Woran ihn nur ein Schwall brühheißer Kaffee ins Gesicht hindern konnte, sonst wäre noch ein Hals ohne blaue Flecken gebrochen.

Kramer schleppte den Killer wie ein Bündel ins Café und merkte jetzt erst, dass seine Kanone und die Scherben von zwei Tassen auf dem Fußboden hinter ihm lagen. Aber da war es schon zu spät.

Hoch oben vor ihnen knackte laut ein Gewehrschloss. Ein haarsträubendes, alarmierendes Geräusch, bei dem der Tellerwäscher in dem huschenden Lichtschimmer von der Straße her den Kopf hochriss, um die Kugel genau zwischen die Augen zu bekommen. Um mit einknickenden Knien zu Boden zu gehen.

Ehe es wieder knackte, war Kramer mit einem Hechtsprung hinter der Theke.

»Ich werde Sie töten«, erklang Da Gamas Stimme oben auf dem dunklen Zwischengeschoss.

»Das müssen Sie wohl«, sagte Kramer. »Keine Sorge, verstehe schon.«

»Polizei?«, fragte Da Gama.

»Frelimo.«

»Ist Ihr Zeuge tot?«

»Hm.«

Kramer hatte inzwischen den schweren Körper hinter die Spanplattenverkleidung der Kassentheke gezogen und benutzte ihn als Schutzschild.

Da Gama, mit nichts im Sinn als Zerstörung und Flucht in möglichst kurzer Zeit, fing an, in die Theke zu feuern. Die Spanplatte erwies sich als gerade dick genug, um die Schnellfeuerkugeln abzubremsen, sodass sie in dem Tellerwäscher stecken blieben.

Für beide war es nur noch eine Frage der Zeit, und Kramer hoffte, dass Zondi das begriff.

Zondi schloss die Tür leise hinter sich, wartete, bis ihm ein Schuss in den Ohren gellte, und schob den unteren Riegel zu, damit der da oben, wer immer es auch sein mochte, auf jeden Fall in der Minderheit blieb.

Der Hahn seiner PPK war bereits gespannt, er würde also geräuschlos bis zur Mitte des Raums vordringen können.

Der Lieutenant war offensichtlich hinter der Theke festgenagelt, aber er sah keine sichere Möglichkeit, zu ihm zu stoßen.

»Wir haben Sie hochgenommen!«, schrie der Lieutenant zum Zwischenstock hinauf. »Hochgenommen, verstehen Sie? Hoch!«

Ein Gewehr schwereren Kalibers feuerte seinen ersten Schuss über Zondis Kopf hinweg ab und riss das Außer-Betrieb-Zeichen von der Ladenkasse. Bald würde es sich auf seine Entfernung einschießen.

»Hoch, hoch, hoch!«, brüllte der Lieutenant. »Sie sind ein linker Typ – ein ganz linker Typ!«

Der Gedanke, ein feiner Kerl könnte verrückt geworden sein, stimmte Zondi traurig – dann begriff er.

»Genau das! Der Sieg des Rechts, Da Gama, jetzt –«

Diese Kugel bewirkte ein Husten in der Ecke.

Dann gab der Lieutenant, ein bisschen heiser, einen weiteren Schwall Unsinn von sich: »Stopp! Stopp! Ich tue ja alles. Ich gehe zurück und sage kein Wort. Stopp! Voll drauf! Na los, schieß schon, du verdammter Idiot! Schieß! Du bist autorisiert!«

Und Zondi schoss senkrecht nach oben in den dünnen Boden des Mezzanins und platzierte die Kugeln sorgfältig; nur die neunte hielt er zurück für den Fall, dass sie noch gebraucht wurde.

Eine reine Sparmaßnahme, wie sich herausstellte, denn zuerst gab es einen lauten Schlag von etwas Aufprallendem oben und dann einen dumpfen Bums.

»Gott im Himmel«, sagte der Lieutenant und kam schwankend und hirnbekleckert herüber. »Warte nur, bis der Colonel hört, was du jetzt wieder angestellt hast.«

Piet lehnte sein Luftgewehr an den Baum, unter dem Kramer saß, und setzte sich zu ihm ins Gras.

»Erzähl mir noch was«, drängte er.

»Was denn?«

»Ach, egal.«

Kramer war nicht in Stimmung zum Geschichtenerzählen, und sein Bein, das halb in Gips lag, tat fürchterlich weh. Selbst nach einer ganzen Woche auf Blue Haze.

»Dann erzähl mir wenigstens ein paar von den Streichen.«

»Was?«

»Von Mickey.«

»Zondi? Er ist ein Mann, und du bist ein Kind.«

»Na schön, ich weiß. Den, wo Zondi denkt, Da Gama hätte dich in den Kopf getroffen, und du wischst was weg und sagst, du wärst so schlau, dass es dir manchmal zu den Ohren herauskommt.«

»Wer hat dir das denn erzählt?«, fragte Kramer scharf. »Deine Ma?«

»Mickey, als er uns mit deinen Koffern und Kartons geholfen hat. Er hat mir auch erzählt, wie du ihn im Mündungsfeuer gesteuert hast und wie all der Rauch abgezogen ist, als ihr die Fenster aufgemacht habt. Aber willst du nicht endlich erzählen, was da Komisches war?«

»Ach, Mann – du weißt es doch schon.«

»Egal.«

»Und es ist gar nicht richtig komisch, denn dem Toten vor mir ist von der einen Kugel fast der ganze Kopf weggepustet worden – auch für dich Grund genug, mit dem Ding da vorsichtig zu sein.«

»Erzähl mir noch mal, was der schwarze *skabenga* getan hat.«

»Verdammt!«, sagte Kramer, und dann wurde ihm klar, dass seine Fluchtmöglichkeiten gleich null waren. »Der *skabenga* hieß Ruru, und er war einmal mit Da Gama zusammen bei einer speziellen Art von Polizei.«

»Wie du und Mi–«

»Hm. Als dann in Lourenço Marques die Rebellen ans Ruder kamen, liefen sie davon und kamen in unsere Stadt, wo – nein, falsch. Zuerst kam Da Gama hierher und brachte einen alten Mann dazu, ihn gewissermaßen als Sohn anzunehmen, weil der alte Mann –«

»Funchal?«

»Weil Funchal reich war und komisch – ich meine nicht lustig –, und er hatte Angst vor Da Gama. Dann kam Ruru und arbeitete als Tellerwäscher im Café. Gama und Ruru fassten den Plan, den alten Mann umzubringen und später den ganzen Familienclan um seine Geschäfte zu bringen. Ruru war schwarz, er konnte sich also unter die Schwarzen in Peacevale mischen und Männer – Gangster – suchen, die mitmachten.«

»Warum?«

Diese Frage stellte Piet immer.

»Was habe ich letztes Mal gesagt?«

»Weil ihnen eine Menge Geld versprochen wurde und sie sehen konnten, wie schlau Ruru war.«

»Dann frag mich auch nicht mehr! Jedenfalls haben

Ruru und die anderen zwei, Dubulamanzi und Mpeta, einen Anfang gemacht, indem sie Ladenbesitzer in Peacevale ermordeten.«

»Lucky?«

»Das kann dir nur deine Ma erzählt haben!«

Vernünftigerweise sagte Piet nichts, sondern tat so, als beobachte er voller Interesse einen Marienkäfer.

»Jedenfalls kam schließlich der Tag, an dem Ruru, wie sie meinen, einen teuren – ach was, einen Laden in der Stadt, wo es eine Menge Geld gibt – ausrauben sollte, und er erzählt ihnen von Mr Funchal und wie reich er ist. Sie warten vor dem Café, hören den Knall, fahren weg und verstecken das Auto irgendwo. Dann gehen sie zu Fuß dahin zurück, wo Ruru in einem alten De Soto auf sie warten wollte. Was sie allerdings nicht wissen, ist, dass dieser alte De Soto ihr Sarg auf Rädern ist!«

»Diesen Teil der Story finde ich am besten.«

»Ruru hat die Waffe – das war bloß eine Pistole ohne Zielfernrohr – bereits versteckt und genau die Geldsumme unter dem Sitz, die Da Gama als gestohlen melden wird. Dann legt Ruru, um sicherzustellen, dass wir auch wirklich nicht weitersuchen, noch einen Centavo in die Dose, und jetzt braucht er etwas normales Kleingeld zum Untermischen, damit der Centavo nicht so – na, du weißt schon.«

»Auffällt?«

»Hm. Vergiss nicht, als der Wagen eben vor dem –«

»Die Stelle kenn ich in- und auswendig! Da Gama ist hinuntergegangen und hat die Kasse geleert. Dann rief er – nein, warte mal, Mr Funchal saß ja an der Kasse. Das konnte Dubulamanzi sehen, und als niemand in das Café ging, drückte er auf die Hupe. Da wusste Da Gama, dem der Blick direkt nach unten versperrt war, dass es sicher war, nach unten zu rufen und Mr Funchal zu bitten, mal in die Kasse zu sehen. Mr Funchal öffnete die Kasse, sah, dass nichts drin war, und schaute irritiert nach oben zu Da Gama. Da Gama hatte ihn schon genau im Visier, da, wo die Fäden sich kreuzen, und –«

»Wer erzählt hier eigentlich die Geschichte, du oder ich?«, sagte Kramer und gab ihm eine Kopfnuss.

»Au, du dicker Bulle!«

»Dubulamanzi und Mpeta fahren also raus in die Berge, dahin, wo die scharfen Haarnadelkurven sind – nicht besonders weit. Ruru befiehlt ihnen anzuhalten, reicht jedem ein großes, in Lumpen gewickeltes Papierbündel und sagt, sie sollten ihren Lohn zählen.«

»Er sitzt also hinten!«

»Richtig. Und als sie sich über das Geld beugen, um zu zählen –«

»Das doch nur Papier ist!«

»Bricht er ihnen so den Hals.«

Piet erhob sich aus seiner Bauchlage und versuchte, die Gräueltat nachzuahmen. »Stimmt das?«, fragte er. »Bringt einen das wirklich um?«

»Ach was!«, log Kramer lachend, weil er gerade die Witwe Fourie mit zwei kühlen Lagerbier durch den Garten kommen sah, und es war schließlich ihr Sohn, den er verdarb.

»Und dann?«

»Ruru tut das, was er früher schon oft gemacht hat: Er türkt einen Verkehrsunfall, sodass niemand etwas merkt. Dann fahren er und Da Gama nach Durban und schauen sich die Geschäfte dort an, ob –«

»Warum hatten sie kein Licht an im Café, als du dich so dämlich angestellt hast?«

»Vorsicht, Söhnchen! Wozu brauchen sie Licht, wenn

sie sich nur unterhalten wollen, wo doch oben auf dem Zwischenstock die vielen Fenster sind? Licht hätte nur auf sie aufmerksam gemacht, und es war schließlich ihr Treffplatz. Sieh mal, Da Gama war weiß und ...«

Gott sei Dank. Piet hatte endlich das Interesse verloren.

Dann blickte der Junge zu ihm auf und fragte: »Ist die Geschichte wahr? Wirklich wahr?«

»Warum fragst du?«

»Weil jeder am Ende stirbt, und wie –«

»Was ist denn hier los? Wird wieder erzählt?«

»Ja, Mam – von der Schlange.«

Die Witwe Fourie blieb abrupt stehen.

»Trompie! Du hast mir doch gesagt –«

»Von der Schlange im Gras, Mom, sonst nichts.«

»Dem Himmel sei Dank«, sagte sie, setzte sich und reichte Kramer ein Glas, ehe sie lächelte.

»War das gerade Zondi?«

»Ist auf einen Sprung vorbeigekommen, um sich zu erkundigen, wie es dir geht – ich glaube, er mag Klip Marais nicht besonders –, und dir zu bestellen, dass die Klage gegen Martha fallen gelassen wird.«

»Bis später«, sagte Piet, schulterte sein Gewehr und verschwand in Richtung Scheune.

Kramer musterte einen dicken Ast über seinem Kopf eingehend.

»Was ist?«, fragte die Witwe Fourie. »Erzähl mir bloß nicht, an meinem Lieblingsbaum säßen Schaumzikaden!«

»Nein. Ich musste nur gerade daran denken, dass letzten Endes nur einer gehängt wird.«

»Peter? Peter Shirley? Aber der ist meines Erachtens unzurechnungsfähig!«

»Ha! Nach dem Gesetz kann er Recht und Unrecht unterscheiden.«

Die Witwe Fourie schnitt ihm ein Gesicht und trank einen Schluck von ihrem Bier.

»Ist dir an Piet nichts aufgefallen?«, fragte sie.

»Was denn jetzt?«

»Er nennt dich nicht mehr Onkel Trompie.«

»Hm?«

»Und weißt du auch, warum nicht?«

»Weil ich der Vermieter bin?«

»Weil er dich liebt, glaube ich.«

»Piet«, sagte Kramer und zog sich an dem Baum hoch, »ist auch nur eine Schlange im Gras.«

Kramer & Zondi ermitteln

»James McClure ist ein grandioser Schriftsteller, dessen sprachliche Präzision, seine Erzählökonomie, das Gefühl für kleinste Nuancen, seine überraschenden und verblüffenden Wendungen und sein Gespür für die fürchterliche Komik der Umstände auch heute nur selten erreicht werden.« *Thomas Wörtche, Deutschlandradio*

Song Dog
Lieutenant Kramer und Sergeant Zondi ermitteln im Mordfall an einer jungen weißen Frau.

Steam Pig
Die Ermittler Kramer und Zondi decken in Südafrika unter dem Apartheid-Regime eine Tragödie auf.

Caterpillar Cop
Der 12-jährige Boetie wird erdrosselt und verstümmelt aufgefunden. War er Opfer eines Pädophilen?

Gooseberry Fool
Ein fliehender Diener, ein Autounfall und Verfolgung in entlegenen Dörfern: Es geht an die Substanz.

Snake
Raubüberfälle und eine von ihrer Python erwürgte Tänzerin: Schlaflose Nächte für Kramer und Zondi.

Sunday Hangman
Ein gekonnt erhängter Bankräuber, keine Beute, aber eine Bibel in der Hand. Wer ist der *Hangman?*

Blood of an Englishman
Ein brutaler Riese versetzt Trekkersburg in Schrecken – wer sonst könnte so unmenschlich kräftig töten?

Artful Egg
Kramer untersucht den Mordfall an einer berühmten Autorin, doch ein Postbote spielt auch Detektiv.

Mehr über Autor und Werk auf *www.unionsverlag.com*

Michael Dibdin im Unionsverlag

Aurelio Zen ermittelt

Commissario Aurelio Zen zieht durch ganz Italien, von Fall zu Fall. »Unter den britischen Krimiautoren kann es keiner mit Michael Dibdin aufnehmen. Keiner reicht an seinen grandiosen Stil, seine Imaginationskraft und seinen Umgang mit den Abgründen der menschlichen Seele heran.« *The Times*

Entführung auf Italienisch Aurelio Zen ermittelt in Perugia

Vendetta Aurelio Zen ermittelt in Sardinien

Himmelfahrt Aurelio Zen ermittelt in Rom

Tödliche Lagune Aurelio Zen ermittelt in Venedig

Così fan tutti Aurelio Zen ermittelt in Neapel

Schwarzer Trüffel Aurelio Zen ermittelt im Piemont

Sizilianisches Finale Aurelio Zen ermittelt in Sizilien

Roter Marmor Aurelio Zen ermittelt in der Toskana

Im Zeichen der Medusa Aurelio Zen ermittelt in Südtirol

Tod auf der Piazza Aurelio Zen ermittelt in Bologna

Sterben auf Italienisch Aurelio Zen ermittelt in Kalabrien

Garry Disher *Bitter Wash Road*

In der Nähe von Tiverton, einer Kleinstadt in Australiens Nirgendwo, wird ein Mädchen tot am Straßenrand gefunden. Constable Paul Hirschhausen, genannt Hirsch, übernimmt den Fall. Er glaubt nicht an einen Unfall mit Fahrerflucht. Hirsch rüttelt an der trügerischen Stille und wirbelt nicht nur den Staub der ausgedörrten Straßen auf.

Leonardo Padura *Ein perfektes Leben*

Teniente Mario Conde soll einen Verschwundenen finden, Rafael Morín, der mit Conde zur Schule gegangen ist. Der Mann mit der scheinbar blütenweißen Weste war schon damals ein Musterschüler, der immer das bekam, was er wollte – auch Condes Freundin Tamara. Der Teniente muss sich den Träumen und Illusionen seiner eigenen Generation stellen.

Jean-Claude Izzo *Die Marseille-Trilogie*

Fabio Montale: ein kleiner Polizist mit großem Herz. Für ihn ist es reiner biografischer Zufall, ob einer Polizist wird oder Gangster. Freund bleibt Freund. Deshalb rächt Fabio zwei seiner Gangster-Freunde, die ermordet wurden. Das Spiel wird allerdings nach Regeln von Leuten gespielt, denen ebenso egal ist, ob einer Polizist ist oder Verbrecher.

Xavier-Marie Bonnot *Im Sumpf der Camargue*

Der Marseiller Polizeikommandant Michel de Palma wird von Ingrid Steinert um Hilfe gebeten: Ihr Ehemann, ein milliardenschwerer Industrieller, ist verschwunden. Kurz darauf wird seine Leiche in den schlammigen Sümpfen der Camargue gefunden. Und es bleibt nicht die einzige Leiche. Ist die Tarasque, das Ungeheuer aus den Sümpfen, mehr als ein Mythos?

Giuseppe Fava *Ehrenwerte Leute*

Als die junge Lehrerin Elena in einem sizilianischen Bergdorf eine Stelle antritt, wird sie über Nacht zur Respektsperson. Wer sie beleidigt, wird am nächsten Morgen tot auf der Piazza gefunden. Ein unerklärliches Netz ist um sie gesponnen. Sie steht unter dem Schutz »ehrenwerter« Leute und weiß nicht warum. Das Dorf wird ihr zum Alptraum.

James McClure *Song Dog*

Lieutenant Tromp Kramer und Detective Michael Zondi lernen sich in Zululand kennen, als Kramer ein Sprengstoffattentat an einer jungen weißen Frau und einem Polizisten untersucht. Die Ermittlungen des Duos werden von inkompetenten Kollegen behindert, und je näher sie der Wahrheit kommen, desto mehr begeben sie sich in Lebensgefahr.

Devi & Ivanov *Schockfrost*

Die alleinerziehende Psychiaterin Sarah Marten hat ihr Leben im Griff. Doch dann stürzt sie die Treppe hinunter, leidet unter Sehstörungen und Gedächtnislücken. Ihr 15-jähriger Sohn verschwindet. Ein Wettlauf gegen die Zeit beginnt. Die Crime-Queens Petra Ivanov und Mitra Devi haben gemeinsam einen Psychothriller geschrieben, der unter die Haut geht.

Petra Ivanov *Tiefe Narben*

Staatsanwältin Regina Flint und Kriminalpolizist Bruno Cavalli haben es mit ihrem bislang schwierigsten Fall zu tun: Ein brutaler Frauenmord weist auf den »Metzger« hin – aber der sitzt bereits im Gefängnis. Der Täter muss also über Insiderwissen verfügen. Wem können Flint und Cavalli noch trauen?

VICENTE ALFONSO *Die Tränen von San Lorenzo*

Einer der Ayala-Zwillinge wird des Mordes verdächtigt. Das Problem: Sie sind identisch. Von Rómulo fehlt jede Spur – Remo ist in therapeutischer Behandlung. Was hat das Verschwinden der heiligen Niña damit zu tun und warum interessiert sich ein hoher Politiker dafür? Wie nah kommt man der Wahrheit, wenn sie wie Perseiden an uns vorbeizieht?

FRIEDRICH GLAUSER *Schlumpf Erwin Mord*

Wachtmeister Studer blickt hinter die Kulissen eines vermeintlichen Routinefalls. Was er sieht, gefällt ihm nicht. Er kämpft für einen Verdächtigen, von dessen Unschuld er überzeugt ist. Glausers berühmter Kriminalroman in der einzig authentischen Textfassung.

NII PARKES *Die Spur des Bienenfressers*

In einem Dorf im Hinterland Ghanas, in dem sich seit Jahrhunderten kaum etwas verändert hat, verschwindet ein Mann. Der Städter Kayo, der den Glauben der Dorfbewohner an Übersinnliches nicht teilt, wird mit der Aufklärung beautragt – muss jedoch bald einsehen, dass westliche Logik und politische Bürokratie ihre Grenzen haben.

CLAUDIA PIÑEIRO *Betibú*

Inmitten einer idyllischen Wohnsiedlung wird ein Unternehmer mit aufgeschlitzter Kehle in seinem Lieblingssessel aufgefunden. Im ersten Moment deutet alles auf Selbstmord hin, doch schon bald erwachsen Zweifel. – Claudia Piñeiro nimmt mit scharfem Blick das Verhältnis zwischen Medien und politischer Macht unter die Lupe.

Avtar Singh *Nekropolis*

Kommissar Dayal und sein Team müssen die aufsehenerregendsten, rätselhaftesten Kriminalfälle Delhis lösen. Sie arbeiten mit modernster Technik und stoßen auf archaische Bräuche. Ihre Ermittlungen führen uns durch alle Schichten dieser brodelnden, vielgesichtigen und geschichtsträchtigen Stadt, in die Villen der Reichen, in die Hütten der Slums.

Bill Moody *Auf der Suche nach Chet Baker*

Ein klassischer Fall von Jazz & Crime: Rauchige Clubs, amerikanische Musiker im selbstgewählten europäischen Exil, die Coffee-Shops und kleinen Gassen in Amsterdam bilden den Hintergrund für einen spannenden Kriminalroman, der den Spuren des von den Drogen und der Musik getriebenen Trompeters nachgeht.

Celil Oker *Schnee am Bosporus*

Seit Remzi Ünal als Pilot bei Turkish Airlines rausgeflogen ist, sorgt sein Job als Privatdetektiv fürs nötige Kleingeld. Als er aber bei seinem ersten Fall nicht nur einen ausgerissenen Studenten finden soll, sondern auch noch über eine Leiche stolpert, lernt er die verborgenen Seiten von Istanbul kennen.

Jörg Juretzka *Der Willy ist weg*

Willy Heckhoff, Millionenerbe mit Villa und triebgesteuertes Maskottchen einer Bikergang, ist verschwunden. Spurlos. Der Verdacht, er könnte entführt worden sein, bestätigt sich, als bei den Bikern Erpresserbriefe mit horrenden Lösegeldforderungen eingehen. Ruhr-City-Ermittler Kryszinski läuft zur Höchstform auf.

NGUGI WA THIONG'O *Der Fluss dazwischen*

Waiyaki wächst in der traditionellen Dorfgemeinschaft der Gikuyu auf und wird von seinem Vater als spiritueller Führer und Erneuerer seines Volkes eingeweiht. Er besucht eine christliche Missionsschule, aber als er sich in ein Mädchen aus dem christianisierten Nachbardorf verliebt, kommt es zum tragischen Konflikt.

NII PARKES *Die Spur des Bienenfressers*

In einem Dorf im Hinterland Ghanas, in dem sich seit Jahrhunderten kaum etwas verändert hat, verschwindet ein Mann. Der Städter Kayo, der den Glauben der Dorfbewohner an Übersinnliches nicht teilt, wird mit der Aufklärung beautragt – muss jedoch bald einsehen, dass westliche Logik und politische Bürokratie ihre Grenzen haben.

MARYSE CONDÉ *Segu*

Es sind Zeiten des Umbruchs: Der Islam dringt vor in Afrika, Missionare und Kolonisatoren kommen ins Land, der Sklavenhandel blüht. Maryse Condé hat die faszinierende Geschichte einer versunkenen Welt geschrieben. Sie erzählt von Händlern und Bauern, Eroberern und Sklaven – eine opulente Familiensaga in dramatischen Zeiten.

MIA COUTO *Imani*

Das Mädchen Imani muss einen portugiesischen Offizier unterstützen, der den Vormarsch des großen Herrschers Ngungunyane in Mosambik gegen die Kolonialherren aufhalten soll. Ihr Dorf wird vom Krieg der Männer heimgesucht, zu einer Zeit, in der das Wort einer Frau nicht zählt. Doch die Frauen nutzen eigene Mächte, um die Pfade der Männer zu lenken.

Sefi Atta *Sag allen, es wird gut!*

Es ist Freundschaft auf den ersten Blick. Doch die Familien von Enitan und Sheri könnten ungleicher nicht sein. Auf der Suche nach einem selbstbestimmten Leben scheren die beiden jungen Frauen, jede auf ihre Weise, aus den vorgezeichneten Bahnen aus. Bestand hat dabei nur eines: ihr unerschütterliches Vertrauen ineinander.

Ahmadou Kourouma *Die Nächte des großen Jägers*

Koyaga, Präsident einer fiktiven Republik in Westafrika, hatte eigentlich ideale Voraussetzungen, erster Mann des Staates zu werden und dies unter Einsatz aller Mittel – Mord, Raub, Korruption, Vergewaltigung – zu bleiben. Doch dann kommt die Demokratisierung und Wahlen stehen an. Der politische Roman Afrikas voll umwerfender Komik.

Herman Charles Bosman *Mafeking Road*

In seinen originellen Erzählungen führt uns Herman Charles Bosman in die tiefste südafrikanische Provinz und macht sie zur Weltbühne. So intensiv sind all diese Geschichten, dass der Leser am Ende glaubt, die Gegend und ihre Menschen zu kennen wie seine Nachbarschaft.

Zakes Mda *Der Walrufer*

Der Walrufer ist überzeugt, dass das Glattwalweibchen seine Liebe erwidert, wenn sie zu den Tönen aus seinem Horn im Wasser tanzt. Während er den Wal umwirbt, wird er selbst von Saluni umworben. Saluni stellt sein Leben auf den Kopf und ist nicht gewillt, das Dreiecksverhältnis zwischen Mann, Frau und Wal zu akzeptieren.